Feuilleton du journal *L'ÉVÉNEMENT*

ROBERT BURAT

PAR

JULES CLARETIE

PARIS
IMPRIMERIE DE DUBUISSON & Cie
5, RUE COQ-HÉRON, 5
1866

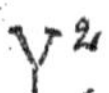

Feuilleton du journal l'ÉVÉNEMENT

ROBERT BURAT

I

Robert Burat était considéré au collége Henri IV comme un des meilleurs élèves, un « sujet à palmes, » un de ceux qui enlevaient les prix au concours général et dont le nom devenait une réclame au bas des journaux, le mois de la rentrée venu. On l'aimait beaucoup malgré son caractère sombre. Pourtant il n'avait pas de véritable ami ; sa bienveillance un peu sauvage était la même pour tous ses camarades, mais d'enfant qui pèsent au cœur d'un aussi grand poids que les angoisses ou les déceptions de l'âge mûr. Robert, d'ailleurs, était un enfant étrange, pâle, mince, l'œil très brillant et très vif, les mouvements nerveux, l'allure un peu farouche, l'esprit le plus délicat et le plus sensible.

Son visage très intelligent et très pur portait déjà la trace de soucis profonds, et souvent une ride chagrine apparaissait entre ses deux sourcils, douloureux sillon qui semblait mal venu sur ce front de seize ans.

Il aimait être seul et se cloitrait parfois, joyeux alors, dans l'étude, aux heures de récréation. Là, sa poitrine semblait se dilater plus librement : il prenait un livre et lisait ou couvrait fiévreusement quelques pages d'un petit cahier qu'il cachait ensuite avec soin au fond de son pupitre. Ce cahier consolait et fortifiait Robert. Ces pauvres feuillets remplaçaient pour lui le compagnon qu'il dédaignait ou qu'il ne trouvait pas. Quand il voulait souffrir un peu moins, ou davantage, qui sait? il les ouvrait, les relisait ou s'arrêtait et songeait...

On savait tout cela parmi les élèves, mais on ignorait pourquoi Robert affichait cet âpre amour de la solitude et presque toujours semblait hanté par quelque sourde douleur. Les suppositions montraient leurs griffes; et dans cette foule de jeunes cervelles déjà mûres pour le mal, naquirent les romans les plus absurdes. Qu'était-ce que Robert, et comment vivait-il? sa famille; ses parents? On avait remarqué depuis longtemps qu'il ne sortait jamais. Nul correspondant qui vînt le visiter. Un jour, une dame vêtue à la mode avait fait demander Robert au parloir. Il s'y était rendu après quelque hésitation et en était revenu plus pâle. Le nom de cette dame? On l'ignorait. Personne n'eût osé questionner Robert, qui demeura plusieurs jours après cette visite, plus agité, plus assombri. On savait, il est vrai, que M. Burat le père était mort et qu'on adressait de temps à autre à Robert des lettres de la province. Mais c'était tout. Il fallait bien se contenter de ces renseignements modérés, et qui voulait savoir devait chercher.

Robert travaillait beaucoup, avec une ardeur indomptable. Durant les soirées d'hiver, il demandait à rester encore à l'étude lorsque la cloche avait sonné l'heure du coucher. Ce surcroit de veillée était une heure de plus sacrifiée à son activité. Sur cette science réglementaire que lui donnaient ses maîtres, il entait, pour ainsi dire, la féconde et fructifiante instruction que l'on acquiert seul par l'amour ou la patience. Il traduisait pour sa satisfaction propre les *Lettres de Sénèque* et les annotait de ses réflexions. Quelquefois aussi il demeurait inactif et songeant, l'œil perdu, regardant sans le voir le tableau noir barbouillé de craie ou la liste des formules chimiques tracées au pinceau sur le mur.

La lumière du gaz jetait sur son front sa clarté blanche, et l'on ne voyait que sa tête intelligente dans la pénombre, pendant que sur les pupitres luisants les plumes criaient monotones, et que les bruits de pieds froissés, de livres feuilletés, de chuchotements dissimulés, semblaient se fondre dans le silence. Et de ses rêveries, tantôt il sortait accablé, tantôt singulièrement fortifié, le cœur dispos ou l'esprit las. Il n'était pas rare de le voir pris, durant des semaines entières, d'un découragement profond et comme d'un immense dégoût, puis il secouait cette torpeur avec une certaine honte, et, plus ardent qu'auparavant, il se remettait au travail.

Dans la longue cour plantée d'arbres, où l'on enfermait les écoliers sous le prétexte de les récréer, Robert avait coutume, lorsqu'il ne gardait pas l'étude, de s'asseoir sur un banc, au pied d'un gros acacia, et de clouer ses yeux sur les hautes fenêtres des maisons voisines, qui dépassaient la cour du collége et l'enclavaient, sinistres comme les murs d'une prison. Ces murailles, derrière lesquelles on était libre, ces maisons, où l'on avait du moins un coin où se cacher, où penser, où rêver, où pleurer à son aise, comme Robert les enviait! La vie à Paris, la vie sans entraves lui semblait être le salut, et si parfois le chagrin disparaissait de son visage, c'est qu'il avait pour consolatrices les promesses de cette ville, entrevue par le coin d'une ruelle noire. Et qu'il oubliait vite alors les mauvais souvenirs qui le torturaient si fort? Car, à cet âge-là, seize ans, la vie n'est point dans le passé, et de quelque somme de douleurs que soit chargé le plateau d'hier, il y a tant d'espérance sur celui de demain, que la balance penche joyeusement vers l'aveuir.

En ces heures de promesses, de sourires et de réveil, le front de Robert s'éclairait d'un rayon confiant; il lui semblait alors que sa vie ne devait plus avoir que des jours de lumière, et il se mettait à marcher, comme au sortir d'un mauvais rêve, pour se prouver qu'il était bien éveillé. Espérances d'un moment, éblouissements passagers. Il retombait bientôt dans son marasme et dans son cauchemar.

Les vacances venues, Robert demeurait encore au collége. Une ou deux fois à peine il était allé, on ignorait chez qui, en Périgord. Il ne connaissait pas les jours de sortie et refusait obstinément l'hospitalité que ses camarades lui offraient bien souvent. « — Ce sont des politesses que je ne pourrais pas rendre, » disait-il. Et si tristement qu'on ne pouvait se fâcher du refus.

Tout au plus avait-on le droit de lui reprocher une fierté excessive que son humeur sombre expliquait et faisait pardonner. Durant les mois de vacances, il s'occupait à des travaux spéciaux, et, tandis que ses camarades oubliaient, s'enfuyaient, s'évadaient, il étudiait une colonie de fourmis justement établie au pied de son acacia favori.

— On prend, disait-il, ses petits bonheurs où on les trouve!

Il y eut un jour un grand scandale dans le collége. Un élève externe, qui portait un beau nom et passait pour riche assura nettement qu'il connaissait le secret de Robert. La dame venue pour visiter Burat était sa mère, femme charmante, très connue, paraît-il, dans un certain monde, et que plus d'un avait le droit de tutoyer.

La nouvelle était importante; l'écervelé l'apporta mystérieusement, et la confia à ses voisins sous le sceau du secret. Aussi bien elle circula à travers le collége comme prend feu une traînée de poudre, et, le soir même, Robert fut le seul peut-être à l'ignorer.

Certaines sympathies s'éloignèrent dès lors du jeune homme. Les préjugés et les vanités du monde se retrouvent tout aussi puissants et odieux au collége que partout ailleurs. Les beaux esprits aiguisèrent leurs plaisanteries, et, sans qu'il s'en aperçût, malgré sa défiance, Robert fut persiflé à bout portant. Le Christophe Colomb de la nouvelle se trouvait naturellement au premier rang des rieurs. C'était à lui qu'on devait la découverte de ce beau secret; il avait certes bien le droit de l'exploiter.

Aux classes de dessin, les élèves se donnaient le privilége de la causerie, interdite en tout autre lieu. On a là tant de choses à se dire, les fusains à tailler, les canifs à emprunter ou à rendre, les lavis à terminer, l'encre de Chine à délayer! Parmi les bruits de godets, de planches, de règles et d'équerres, les conversations se nouent et se continuent.

La table était longue, divisée en deux par une sorte de galerie faite pour servir d'appui aux planchettes et aux cartons. En face l'un de l'autre, les élèves se tenaient debout, tandis que le professeur faisait le tour de la table s'arrêtant de temps à autre pour corriger une ombre portée, critiquer, conseiller et prêcher d'exemple. Pendant ce temps, les propos se croisaient, et, de ci de là, s'allumaient les rires. Robert, penché sur sa planche de travail, donnait les derniers coups de tire-ligne à son dessin, lorsqu'il entendit, en face de lui, un éclat de rire railleur, et sentit, sur ses paupières baissées, comme une morsure de fer rouge.

Il releva la tête; c'était son voisin de face, le beau colporteur de nouvelles, qui tenait son regard braqué sur le sien. Robert surprit dans ces yeux fixes une certaine intention malveillante. Le jeune homme riait, mais tout seul; les autres se taisaient, quelques-uns haussaient les épaules comme s'ils eussent voulu ne point pactiser avec lui.

— Qu'y a-t-il donc? demanda Robert.

Le jeune homme garda son sourire et ne répondit pas.

— Qu'y a-t-il, voyons? répéta Robert.

— Que t'importe! on ne parlait pas de toi, Burat, répondit un voisin.

— En aucune façon, fit l'élève externe. J'affirmais seulement qu'on ne pouvait pas dire de toutes les femmes ce que nous disons, sans nous tromper, de nos épures.

— Je ne comprends pas, fit Robert, qui chercha, interrogeant du regard ceux qui l'entouraient.

Il entrevoyait pourtant là comme une vague insulte.

— Voyons, reprit l'autre, sentant qu'on l'écoutait et qu'on attendait. Pourrions-nous dire de toutes les femmes : *Elle est pure?* Non! Eh bien! c'est un calembour! il ne s'agit, tu le vois, ni de toi... ni des tiens!

Robert, qui avait écouté tête baissée, les yeux sur son dessin, releva la tête aux derniers mots et regarda celui qui parlait bien en face.

— Qu'avez-vous dit là, vous? s'écria-t-il.

Et ses lèvres devinrent violettes dans son visage blême. Il avait crispé ses poings, et l'on eût surpris un tremblement dans tous ses membres.

L'autre ne répondit pas, haussa les épaules, reprit son pinceau, le trempa négligemment dans le godet, et se mit à siffler un air de vaudeville.

— Vous répondrez! s'écria Robert en sautant sur la table, la main armée de son compas.

On s'élança pour le retenir, il était déjà sur l'insulteur et l'étreignait en le secouant par le collet de son habit. Ses yeux s'étaient soudain cernés, et une expression sourde de rage contractait son visage livide.

— Je vous ai bien compris, disait-il. Vous êtes un misérable, un misérable, entendez-vous?

Et sa main s'abaissa violemment sur la joue du jeune homme. C'était la main gauche heureusement. La main droite tenait le compas; si Robert s'en fût servi, son adversaire était mort. On lui arracha des mains le mauvais plaisant; Robert, tout frêle qu'il fût, traînait après lui une grappe d'élèves, effrayés de cette terrible colère. Il sortit de la lutte, les vêtements en lambeaux, le col de chemise déchiré, et s'affaissa bientôt, en proie à une crise de nerfs. Sa pâleur était effrayante, et des hoquets douloureux soulevaient sa poitrine. Quand il revint à lui, au bout d'un moment, il avait les yeux injectés et pleins de larmes. Son regard se fixa comme celui d'un fou sur ceux qui l'entouraient, et il se leva brusquement, étouffant ses sanglots et retenant ses pleurs, qu'il ne laissa échapper que lorsqu'il fut seul. Un maître d'études le trouva sanglottant dans la cour faisait froid et le temps gris menaçait neige,

— Que faites-vous-là, tête nue? dit-il à Robert.

— Rien, dit Robert.

— En ce cas, rentrez dans votre classe.

— Jamais; je n'y rentrerai plus.

On le fit demander, le soir même, chez le proviseur. Celui-ci, assisté du censeur, prit son visage le plus sévère et lui déclara qu'une conduite pareille était « intolérable, » et qu'en dépit des succès obtenus en Sorbonne, le collége ne pourrait garder un lauréat d'un si mauvais exemple.

— En ce cas, dit Robert froidement, je partirai.

Le censeur regarda le proviseur d'un air indécis, un peu effrayé, et celui-ci, d'un ton plus conciliant, essaya de faire entendre raison au jeune homme. On ne demandait à Robert, pour tout oublier, que des excuses faites à l'élève externe dont la famille pouvait à bon droit se fâcher.

— Des excuses? répondit Robert. Il m'en doit certainement, et je ne daigne pas lui en demander. Quant à en espérer de moi, c'est une dérision, n'est-ce pas!

— Décidément, fit le proviseur d'un ton sec, nous ne

pouvons accepter de telles réponses. J'écrirai, dès ce soir, à votre mère. Un élève boursier doit comprendre que la soumission est pour lui plus qu'une loi.

— Monsieur, dit Robert en devenant plus pâle encore, mon père avait assez bien gagné cette bourse pour qu'on ne me la reproche pas... Je partirai, soit. Mais il est inutile d'écrire à ma mère. Je partirai seul, ou je m'adresserai à celui qui doit me retirer d'ici.

— Et quel est celui-là?

— Mon tuteur.

On essaya vainement d'obtenir de Robert une marque de regret. Il se tint à l'écart durant plusieurs jours, résolu à ne point céder, à partir... Puis il avait soif de silence, d'ombre, de travail acharné dans une chambre, sous les toits, n'importe où, pourvu qu'on y fût libre.

La douleur développe singulièrement l'amour, si naturel à l'homme, de la liberté. Et qu'est-ce que la douleur, sinon une tyrannie? Le pauvre Robert avait beaucoup souffert déjà. Les souffrances qui datent de l'enfance ne sont ni les moins vives, ni les moins cruelles. Elles sont plus terribles, au contraire, parce que, loin de s'affaiblir avec le temps, elles s'aggravent et creusent, empoisonnant parfois dès le but une existence entière. Robert avait beau chercher, il ne trouvait guère dans ses premiers souvenirs de ces jours fleuris, rayonnants, joyeux, faits de gaieté et de lumière, qu'on voit, qu'on respire encore à distance par le souvenir. Rien que des larmes au fond de ce passé. Dès qu'il évoquait l'image de son père, une pâle figure revenait, pensive, douloureuse, visage mâle et attristé, le regard doux et bon, et le fantôme s'asseyait comme autrefois devant la cheminée, un petit garçon entre les jambes, et caressait en hochant la tête les boucles blondes de son fils. Combien Robert avait-il ainsi passé d'heures longues et silencieuses, tout enfant et pourtant déjà grave, interrompant le silence du père par quelque question naïve à laquelle le père répondait toujours doucement,

Un jour, il s'en souvenait, pendant qu'il tirait en riant la moustache de son père, il avait vu courir sur ses joues maigres une grosse larme, de celles qui hésitent longtemps à tomber des paupières, comme si elles craignaient d'emporter avec elles une trop lourde somme de douleurs. — Tu pleures, avait dit l'enfant. Qui donc te fait pleurer?....

— Rien, répondit le père. Il avait embrassé au front le petit Robert, et celui-ci l'avait entendu murmurer un mot, alors incompréhensible pour lui : *Déception!* — Et là-dessus la mère était entrée, rayonnante, avec un immense frou-frou de soie, le sourire irréfléchi et comme dédaigneux. — *Déception!* répétait tout bas l'enfant sans comprendre. Et le mot mystérieux devait plus tard, devait bientôt lui être douloureusement expliqué.

Jean Burat, le père de Robert, était déjà vieux lorsqu'il épousa mademoiselle Desmares. Un mariage d'amour. Jean, ancien interprète de l'armée d'Afrique, se sentait éprouvé plus encore par les fatigues et les blessures que par l'âge. A peine avait-il cinquante ans, mais le soleil du désert l'avait brûlé; l'ophtalmie commençait à l'atteindre et une balle malencontreuse le faisait souffrir de sa jambe gauche. Pourtant une âme toute neuve, un cœur d'enfant, animaient ce corps éprouvé.

Sous cette rude enveloppe, le dévoûment cachait ses plus exquises délicatesses. Une coquette ne pouvait l'aimer, une honnête femme l'eût adoré. Jean Burat avait quitté le service en un moment d'humeur, fort indigné qu'on lui eût refusé la croix qu'il avait maintes fois si bien gagnée. Il revint à Bergerac, où son frère Germain, qui était garçon, et sa sœur qui venait de se marier, lui offrirent une place au coin de leur foyer. Jean accepta. Mais, au bout de six mois, le voilà déclarant bel et bien qu'il était amoureux fou de la directrice des postes et qu'il entendait l'épouser.

Mademoiselle Desmares était jolie à ravir, et ne tenait pas à rester fille, elle épousa l'ancien interprète et le décida bien vite à aller habiter Paris. Aussi bien Jean Burat embrassa les siens et partit.

Il trouva un emploi dans une compagnie industrielle et se crut un moment l'homme le plus heureux du monde. Mais le temps passe; l'air capiteux de Paris avait grisé la faible et vaine madame Burat qui s'occupait bien moins de soigner l'enfant nouveau-né que d'oublier ses indiscrètes allures provinciales. Que de fois Jean Burat se trouva seul! Il n'avait ni l'âge ni l'humeur de courir les soirées, et l'angle de sa cheminée, le journal savouré auprès d'un berceau, les conversations interminables, à la lueur de la lampe, lui suffisaient amplement. Il s'étonnait naïvement de l'inaction de sa femme et de son ennui; puis, il s'accusait lui-même d'égoïsme et, quoique sa petite fortune fût bien mince, il inventait mille surprises et se « saignait à blanc pour distraire madame Burat.

Cependant l'enfant grandissait. Jean avait espéré que le *petit homme*, comme il l'appelait, ramènerait à l'idée sérieuse du ménage cette folle tête qui cherchait le plaisir partout.

Le jour où il s'aperçut qu'il s'était décidément trompé, et que cette petite bouche rose si impérative, ces petits bras si exigeants, ce petit être si tyrannique n'avait pas de pouvoir sur la mère, il baissa la tête tristement, et il le murmura pour la première fois, ce mot de *Déception* qu'il devait si souvent répéter.

Il se prit alors à aimer comme un fou cet enfant qui avait déjà dix ans, et qui allait le comprendre bientôt. Peu lui importait! Celui-là du moins l'aimerait! Et Robert, en effet, adorait le vieux Jean. Autant la femme vaine et coquette qui était sa mère semblait indifférente à l'enfant, autant Robert instinctivement se sentait tout prêt à se dévouer pour son père. Celui-ci racontait, un jour, qu'à l'ambulance le chirurgien avait beaucoup insisté pour lui couper la jambe gauche, de façon qu'il ne l'avait conservée que grâce à son entêtement.

— Père, dit l'enfant, si cela revenait, je me ferais couper la mienne à ta place! Vois donc, je n'aurais pas tant de mal. Elle est si petite!

Si ces enfantillages divins touchaient le pauvre homme jusqu'aux larmes, en revanche ils faisaient sourire la mère. Celle-ci s'inquiétait peu du logis; elle le voulait luxueux, éblouissant; — mais heureux, cela était-il bien nécessaire? Et d'où venait ce luxe? Le pauvre Jean ne le devinait pas, et savait-il que ce fût du luxe? Un soir, il arriva tout attristé de son bureau : — « Décidément, dit-il, ma vue baisse et mes pauvres yeux s'en vont. Comment ferions-nous si je devenais aveugle? Nous aurions à peine de quoi vivre, et il faut bien élever le petit! » Alors il demanda et obtint pour Robert une bourse au collège Henri IV. Sa vue s'affaiblissait de jour en jour; il cessa de travailler. Sa femme le vit avec ennui revenir au logis tout le jour durant.

Elle le laissait pourtant seul des journées entières, dans sa chambre. Alors Jean prenait un livre et lisait. Bientôt on lui défendit même la lecture. Le pauvre abandonné demeurait ainsi dans l'ombre envahissante, inactif, accablé, repassant avec bien des sanglots tout ce qu'il avait rêvé de bonheur et tout ce qu'il avait rencontré de méprises. Mais le dimanche, quel jour de fête! Ce jour-là Robert sortait. Robert, la gaieté, le sourire, le mouvement, le pouls généreux de tout ce logis attristé. Du matin au soir, Robert, assis à côté de son père, causait, lisait, apportait la vie. Puis, avec la fin de cette journée, l'ombre et le silence revenaient. Les jours de congé étaient surtout des jours de congé pour le père. Mais qu'ils étaient rares! Madame Burat trouvait qu'il était « ridicule » de laisser un enfant toute une journée sur une chaise.

— Je vois ce que c'est, disait alors Robert en souriant, maman veut me priver de récréations!

Pour son père, il travaillait, il s'instruisait, il n'encourait jamais une punition. Que serait devenu l'exilé si l'enfant eût été retenu au collége! D'autant que sa vue était anéantie, la cécité était venue; aveugle, il ne pouvait même plus s'égayer du sourire de son fils. Cette triste vie dura deux ans encore.

Un jour, M. Burat fut trouvé dans son lit, le crâne brisé; on ramassa un pistolet sur le tapis ensanglanté, et dans la main crispée du mort, madame Burat trouva ce billet qui contenait le secret du suicide :

« Vous m'avez trompé, et j'aurais cru pouvoir étouffer ma douleur, mais les meubles qui m'entourent sont payés par vous; j'ai vécu de votre infamie. C'est trop. Que Robert me pardonne ; le pauvre enfant n'a pas assez de baume pour toutes mes plaies. D'ailleurs, ne serais-je pas mort avant de l'avoir vu grandir? Et je t'aimais, Jeanne! »

Elle fut un instant atterrée.

— Il savait tout! dit-elle.

Il savait sa trahison depuis cinq ans, il connaissait sa honte depuis une heure.

Ce jour-là, Robert sortit. Quand il vit son père mort, l'enfant ne dit rien, pas un mot; il devint pâle et tomba raide au pied du lit. On le ranima avec peine. Il demeura enfermé tout le jour dans la chambre. Le soir, il dit à sa mère : « — Tu n'avais point gardé une mèche de ses cheveux? Eh! bien, en voici!... » Madame Burat le regarda d'un air effrayé.

— Oh! c'est moi qui les ai coupés. Je n'ai pas peur des morts, moi? dit-il. Je sais qu'il m'aimait bien!

Jusqu'à la fosse, l'enfant suivit. Il eut une crise nouvelle quand tout fut fini et demeura malade à son tour. Madame Burat le fit transporter à l'infirmerie du collége. Il guérit. Quand il demanda sa mère, on lui répondit qu'elle était partie pour l'Italie. Elle revint six mois plus tard, et elle remarqua que Robert ne la tutoyait plus.

Le soir même où le proviseur l'avait averti, Robert écrivit à son oncle, qui habitait, en Périgord, une petite ville, près de Bergerac. L'oncle depuis longtemps devait venir à Paris, qu'il avait vu jadis, en passant. A la lettre de son neveu, lettre pressante, attristée, presque désespérée, il accourut, plus inquiet encore qu'il n'en avait l'air. Robert se jeta dans ses bras, laissant cette fois déborder ses larmes.—Tu souffres donc? mon pauvre enfant? dit Germain Burat.

Robert eut bientôt dit ce qu'il avait sur le cœur, et l'oncle ne voulut pas qu'il restât une minute de plus dans ce collége. Il prit son neveu sous le bras et l'emmena à l'hôtel. En chemin, Robert lui avait conté ce que l'oncle savait déjà. L'oncle hochait la tête. — Allons, disait-il, il y a des familles marquées pour la mauvaise chance. Mon pauvre Jean, ma pauvre Hélène!...

Hélène était la sœur de Jean Burat et de l'oncle Germain. Robert se souvenait avoir vu, dans un de ses derniers voyages en Périgord, au temps où son frère vivait, une grande et jolie femme qui lui souriait comme une mère, et qu'il appelait sa tante. Elle était vêtue de noir et tenait suspendue à son cou une petite fille, maladive et toute frêle, qu'elle embrassait avec une passion fiévreuse. Depuis ce temps, Robert avait porté le deuil de la tante Hélène.

— Ta cousine est à Paris, dit l'oncle Germain en arrivant à la porte de l'hôtel. La pauvre enfant attend ta venue comme celle du Messie. Ce qu'elle aura vu sûrement avec le plus de plaisir à Paris, c'est toi!

Robert trouva une jeune fille de douze ans, maigre, noire, les yeux curieux et agrandis, qui devint rouge à sa vue et fit mine de se cacher derrière un rideau.

— Allons donc! dit l'oncle Germain. Il ne te mangera pas! Et il poussa l'enfant dans les bras de son cousin, qui la baisa au front.

— C'est une sauvage! dit l'oncle Germain, tandis que la petite reculait pour mieux regarder Robert et se tenait devant lui les mains croisées, la bouche ouverte. Ce soir-là, ils allèrent tous trois au spectacle. L'oncle Germain entendait mal, et parfois la petite fille lui traduisait les propos des acteurs.

— Quand je serai tout à fait sourd, disait le brave homme, ma fille Henriette écoutera et parlera pour moi.

En se couchant, Robert éprouva pour la première fois peut-être une vaste joie. Il était donc libre, libre d'aller, de venir, de passer la nuit à lire ou à songer, la lampe allumée, debout ou couché. Plus de maître, plus de discipline. La chambre d'hôtel, avec son papier jaune, maculé et déchiré par endroits, lui semblait riante à côté de ce grand dortoir glacé où les lits rectilignes ressemblaient à des lits d'hôpital. Il n'entendait plus le pas régulier du surveillant, faisant sa ronde avant de s'endormir. A travers la cloison, c'était la voix franche de l'oncle germain qui venait jusqu'à lui. Il se releva, ouvrit sa fenêtre malgré le froid et respira l'air de la rue. Le gaz brillait nettement, et le pas hâtif des gens attardés sonnait mal sur la terre pralinée.

Les étoiles au ciel jetaient à travers l'air glacé leurs flammes aiguës. Robert ferma la fenêtre avec regret. Il eût voulu demeurer là, absorbé dans cette idée que maintenant sa liberté lui appartenait. Puis dans les fantasmagories du sommeil qui approche toute sa vie passée lui apparut rapide, en un instant et sous un aspect bizarre. Les hautes murailles du collége lui faisaient avec leurs lézardes des grimaces railleuses; le regard mouillé de son père répondait au dédaigneux sourire de sa mère, et parmi toutes ces images, le maigre visage de la petite Henriette se détachait avec son sourire gauche et ses beaux grands yeux étonnés.

L'oncle Germain, qui vivait de quelques petites rentes à Montravel, y passait pour un original. L'humeur bizarre et fantasque, gaie d'ailleurs, il fût mort d'ennui au fond de sa province sans une passion qui le galvanisait.

Il aimait les médailles, collectionnait les monnaies, tout jeune s'était épris fatalement, entièrement de morceaux de bronze. Il leur sacrifiait son temps, il leur jetait sa fortune; il disait parfois que ses médailles étaient ses maîtresses. Il les adorait, en effet. Amour profond et point exclusif cependant, ce qui est rare chez un collectionneur. L'amateur n'avait aucunement tué en lui le parent ou l'ami. Il avait recueilli, à la mort de sa sœur Hélène, veuve depuis six années, la petite Henriette, devenue orpheline. Il s'était fait le tuteur de Robert. On le trouvait partout où quelque misère criait. Mais surtout, cette misère, comme s'il savait la reconnaître lorsqu'elle étaet silencieuse!

Il appelait *l'aumôn* une *restitution*. Il était démocrate, philosophe, libr penseur, l'esprit bourré de systèmes, le caractère rugueux d'excentricités, le cœur excellent et l'âme haute.

Il faisait volontiers de l'opposition au conseil municipal, se querellait avec le maire qui faisait démolir le vieux château de Montravel pour construire des maisons neuves avec les vieilles pierres, tenait tête au curé, et rivait le clou au juge de paix qui avait cependant la repartie prompte. Il était celui qui tient les fils de tous les pantins, les fait agir, se démener, se quereller, et rit de leurs gestes et de leurs propos. Aussi bien il adorait sa province, son coin de terre, les querelles de clocher, les petites comédies du village. Quand on lui parlait de Paris, il souriait. — Tout se ressemble dans le monde, disait-il, et je préfère voir la vie au microscope qu'au télescope. Affaire de tempérament! Au physique, grand, sec, un peu voûté, les jambes grêles, disgracieux et charmant à la fois, vieux déjà d'ailleurs, mais le plus spirituel et le plus doux visage sous des cheveux blancs, fins comme de la soie, l'œil vif et souriant, perçants aussi; une vue admirable et une surdité naissante.

Germain était venu à Paris pour retirer son neveu du collége et le placer ailleurs, mais aussi peut-être (il faut tout dire) dans l'espoir de trouver dans ce Paris, où l'on trouve tout, une médaille quelconque, une rareté, une merveille... Tout amoureux — et le collectionneur en est un — rêve l'impossible et le parfait. Il se levait de bonne heure, prenait la petite Henriette sous son bras et courait les quais, se penchant sur les boîtes des marchands de curiosités. Mais que de rivaux avaient interrogé ces médailles exposées aux yeux de tous, dans ces banales boutiques en plein vent!

— Paris, disait l'oncle Germain, c'est une mine d'or chaque jour exploitée. Nos campagnes, c'est un petit ruisseau bien inconnu où l'on trouve pourtant des pépites.

Sa collection était vraiment importante, grâce à ces découvertes faites patiemment chez les paysans, dans les fermes, grâce aux braves gens qui lui apportaient quelque fragment trouvé par hasard (ces bonnes fortunes sont peu fréquentes) dans quelque terre nouvellement défrichée; il souriait alors, haussait doucement les épaules et se riait des numismates parisiens qui prétendent centraliser le *flair* du chercheur.

Robert, pendant ce temps, sortait par les rues, errait au hasard, rêvait, savourait sa vie nouvelle. Lui, travailleur, disposé à l'œuvre, il se sentait pénétré de volupté en une existence oisive, et buvait comme à longs traits son indépendance. Cela dura peu.

L'oncle Germain s'ennuyait à Paris. Sa fantaisie s'y trouvait mal à l aise. Il regrettait Montravel, les braves gens qui le saluaient par son nom, ses courses à cheval dans la campagne, le grand air, le grand soleil.

N'avait-il pas voulu, un matin, réaliser un de ces caprices qui lui passaient par la tête souvent? L'original avait avisé, devant son hôtel, près du marché Saint-Honoré, une marchande de bouillon qui, chaque jour, à neuf heures, servait le déjeuner aux ouvriers du voisinage, à des maçons qui travaillaient du côté de Saint-Roch. De la soupe, du bœuf, un verre de vin. C'était tout. La marchande n'avait pas autre chose en sa boutique.

L'oncle Germain se frotta les main, acheta le fonds tout entier, bouillon et bœuf, et paya comptant.

A neuf heures, les ouvriers arrivent.

— Je n'ai rien à vous servir. Tout est retenu.

— Comment, rien? Et cette soupe, cette viande, ces légumes?

— Tout cela est vendu.

— A qui vendu?

La foule s'assemblait; on murmurait.

— Vendu à ce monsieur, dit la marchande en désignant l'oncle Germain, qui riait tout à son aise. Les ouvriers se sentent mystifiés, commencent à grommeler, et entourent Germain.

— Eh! bien, oui, mes amis, dit-il alors, je tiens à vous offrir à déjeuner aujourd'hui! si vous le voulez, nous trinquerons ensemble.

Ce n'est qu'un cri. On parle du *Petit Manteau Bleu*. La foule, calmée soudain, se met à rire et applaudit. Mais, dans la rue encombrée, apparaissent bientôt des sergents de ville. Ils s'enquièrent de la cause du rassemblement et du tapage. Germain veut tenir tête, se sent appuyé, répond vertement. On le prend au collet et on le mène au poste.

— Lâchez-le donc, disaient les maçons, vous voyez bien que c'est un fou?

On le relâcha, en effet, une heure après. Un peu guéri de son excentricité, l'oncle commença alors à parler de départ et demanda à son neveu ce qu'il entendait faire. Quelles que fussent la force et la netteté d'esprit de Robert, il ne s'était pas encore bien tracé l'idéal qu'il voulait atteindre. La plupart d'entre nous, surtout en cette époque troublée, rêvent un avenir indécis, et les plus résolus formulent mal leurs aspirations. Robert s'était dit qu'il voulait consacrer sa vie à la défense de la vérité, de la justice, de ces abstractions sublimes qui doivent être les divinités de nos temps sans dieux; mais de quelle façon il servirait leur cause, il l'ignorait; il croyait peut-être que tout homme peut, en son coin, faire acte de dévouement, en quelque situation que le sort l'ait fait naître, en quelque lieu que la destinée l'ait fait vivre.

Robert avait raison en cela; il avait tort en négligeant l'instrument, en regardant le but sans se tracer par avance le chemin. Lorsque son oncle lui posa l'indiscrète question sur l'avenir, il répondit à tout hasard qu'il serait avocat, quoiqu'il n'eût ni la facilité d'élocution, ni la flexibilité de sensations et de sentiments que demande le barreau. Au fond, Robert se réservait de diriger sa vie de tout autre côté; l'oncle Germain parut satisfait, et parla d'un collège nouveau. Mais Robert allait avoir vingt ans; il pouvait vivre seul; il couronnerait ses études, d'ailleurs achevées, par des examens auxquels il se préparerait lui-même. Quant à sa vie, il la gagnerait comme il pourrait, en donnant des répétitions, en enseignant à son tour.

— Puis, au fait, disait l'oncle Germain, ne suis-je pas là?... On fera ce qu'il faudra, mons Robert, pour aider son neveu à devenir un grand homme.

— Un grand homme! disait Robert en hochant la tête.

En ses rêves d'avenir, Robert ne songeait jamais à sa mère, ou devenait sombre et n'osait plus interroger le lendemain. C'était là sa plaie secrète, et Germain Burat n'y porta point la main. Vint l'heure de partir. Germain appela son neveu.

— J'avais pris à Montravel cinq cents écus pour mon voyage, dit-il. A peine ai-je dépensé mille francs. Voici le reste. C'est bien peu, mais, une fois là-bas, je t'écrirai.

Robert voulait refuser; mais l'oncle Germain se fût fâché tout rouge. Il avait loué pour son neveu une chambre garnie dans le quartier Latin, et lui-même avait surveillé l'installation avant son départ.

La petite Henriette, époussetant les meubles, essuyant le verre de la pendule, disposant d'une autre façon les gravures qui *ornaient* la chambre, avait mis sa signature de petite ménagère dans ce pauvre réduit. Elle avait découpé en papier rose des bobèches pour les bougies et un abat-jour pour la lampe.

— Tu habitues ton cousin au luxe, disait Germain.

Quand on se sépara, lorsque Robert eut embrassé pour la dernière fois l'oncle devenu tout pâle et la petite Henriette qui pleurait beaucoup, lorsque le conducteur de la diligence fit sonner son clairon pour le départ, Robert demeura muet, immobile, le cœur triste. Seul! Et alors, pour la première fois, à son oreille, il entendit retentir lugubrement, à côté de ce nom joyeux de *liberté*, ce mot, qui jusqu'alors lui avait semblé si savoureux et qu'il trouvait bien amer à présent, la *solitude*.

II

La rue des Postes est une rue calme et quelque peu déserte qui emprunte une certaine allure monacale au voisinage des couvents; les hôtels y sont rares, et la plupart des maisons, avec leurs portes hautes et closes à peu près tout le jour, ressemblent à des constructions religieuses. On peut, d'ailleurs, travailler à l'aise, dans le cœur même du quartier latin, à deux pas de l'école de droit et de la Sorbonne. C'est là, près de la place de l'Estrapade, qu'habitait Robert.

La terrasse de sa petite chambre, au cinquième, donnait sur la place de l'Ecole et au-dessus des toits, émergeant d'un entourage de cheminées, il apercevait la haute coupole du Panthéon, avec sa croix dorée étincelant au soleil. Robert aimait cet horizon; sa chambre, petite et nue, lui semblait un palais. Un lit de noyer, deux chaises, un petit bureau en acajou, quelques planches formant bibliothèque et pliant sous les livres, une cheminée garnie d'une pendule en bronze économiquement doré et de deux chandeliers, une glace dont le tain s'éraillait par plaques squammeuses, deux ou trois tableaux à l'air attristé, fichés contre le papier à fleurs jaunes de la muraille, le parquet mal ciré, la porte barbouillée d'inscriptions laissées par les locataires antérieurs, ce mélange d'objets sans goût et sans voix, formaient aux yeux de Robert le logis le plus adorablement habitable.

C'est qu'il n'avait jamais éprouvé ailleurs qu'en cette pauvre chambre l'infini plaisir de penser et d'agir à son aise. Il en vint à regarder ces meubles vieillis comme des amis et à leur prêter de ses propres sensations. Que de fois demeura-t-il, le soir, au coin du feu, quelque livre aimé sur les genoux, pendant que la neige battait ses carreaux et éclairait les toits d'un reflet blafard.

Il travaillait avec une ardeur puissante ; ses premiers examens passés, il avait pris ses inscriptions à l'École de Droit, il assistait aux leçons, écoutait, prenait des notes, rédigeait, à part soi, les cours de ses professeurs, et souvent, après le cours, les réfutait ou écrivait, au bas de leurs leçons, ses impressions personnelles. Il appelait cela forger ses armes. Ou bien il relisait son vieux cahier de souvenirs, son confident du collège, plein de douleurs, plein d'émotions, plein de rêves...

Il s'était lié, au cours, mais peu intimement, avec deux ou trois jeunes gens qu'il voyait avec plaisir, mais qu'il quittait sans regret à la porte de l'École. Sa sauvagerie primitive le suivait partout, il ne se trouvait heureux que parmi ses livres, ou la plume à la main, écrivant à l'oncle Germain quelques-unes de ces lettres qu'on lisait avec des larmes à Bergerac.

Au premier de l'an, Robert allait saluer sa mère. C'était un devoir qu'il accomplissait sans regret, sans émotion, sans hâte. Madame Burat recevait d'ailleurs son fils froidement. Robert se rencontrait quelquefois avec des étrangers qui se demandaient quel était ce pâle jeune homme, aux vêtements modestes, qui semblait si triste, et ne les saluait pas. Ces jours-là, Robert, marchant d'un pas pressé à travers la foule encombrant les rues, le cœur serré, la tête en feu, montait rapidement à sa chambre, s'enfermait tout seul et pleurait.

La joie rencontrée lui faisait mal, les fronts haut portés lui faisaient honte. Il reçut, un jour, une lettre pressante, un billet, quelques mots écrits au crayon, à la hâte, et qui lui disaient d'accourir vite, que sa mère allait se mourant. C'était le soir. Robert sentit au cœur quelque chose de lancinant, relut les mots terribles et descendit dans la rue. Sa mère mourante ! Il n'avait plus de courroux au fond de l'âme, plus de froideur à la bouche. Sa mère souffrante redevenait sa mère.

Elle habitait dans la Chaussée-d'Antin, un premier étage. Il y courut. La porte était ouverte toute grande. Personne dans l'antichambre, dans le salon personne. Des vêtements et du linge gisaient épars, çà et là.

On avait roulé les tapis. Il y avait dans un cabinet un petit chien enfermé qui criait. Robert appela. Une femme de chambre accourut, ne le reconnut pas, lui dit, d'un air peu affligé :

— Monsieur ne peut pas entrer, madame est morte.

Robert regarda cette fille d'une façon si étrange, qu'elle eut peur et se sauva. Il alla droit à la chambre de sa mère. Elle était bien morte. A la lueur des cierges, les domestiques enveloppaient dans un châle de l'Inde des draps de lit, peut-être pour les voler. Robert ne les vit pas, il s'agenouilla, et longuement il demeura là, immobile. Quand il se releva, son visage décomposé n'avait de vivant que ses yeux rouges. Il traversa, comme il était venu, les salons déserts, il revint à la rue des Postes, il jeta du bois dans son foyer et resta là.

Comme le cortège funèbre de madame Burat allait se mettre en marche le surlendemain, parmi les cinq ou six personnes présentes — encore y avait-il deux domestiques — un homme, qui était venu en équipage et qui paraissait fort affligé, prit la tête du groupe et se plaça, tête nue, immédiatement après la bière.

Robert alors s'avança.

— Je vous demande pardon, dit-il froidement. Je suis le fils.

L'autre salua et s'éloigna d'un pas.

Robert accompagna la bière jusqu'au caveau, songeant à cet autre cortège qu'il avait suivi quelques années auparavant et se demandant pourquoi l'un après l'autre, et pourquoi l'un par l'autre. Sa seule pensée, en sortant du cimetière, fut celle-ci : Je suis orphelin ! Et il se sentit alors horriblement seul. Rentré chez lui, sa chambre lui sembla vide, froide, nue. Orphelin !

Pour la seconde fois, il eut peur de la solitude. Il s'enfuit ; tout le jour durant il erra par les rues, il entra le soir dans un café. Le bruit lui faisait du bien. Il regardait machinalement des gens qui jouaient aux dominos. Il y eut à côté de lui une contestation à un certain moment. On le prit à témoin, on lui demanda son avis ; il regarda et ne répondit pas. Les joueurs se transportèrent plus loin ; ils avaient peur de ces yeux fixes.

Dès ce jour, l'humeur du jeune homme se transforma. Il devint plus sombre et cependant eut besoin de ne point demeurer aussi désespérément seul. Tant de pensées terribles venaient l'assaillir dans son réduit ! La nuit tombée, par exemple, à cette heure du crépuscule, douloureuse pour les malades et les malheureux, il se sentait isolé et n'avait pas toujours la force de supporter son abandon.

Il prit l'habitude du cabinet de lecture et des bibliothèques. Il y alla en travailleur d'abord, puis en curieux. Les physionomies qu'il y rencontrait l'intéressaient. Il comprit que l'étude de l'homme a son charme comme celle des choses, et que le spectacle de la vie vaut bien la contemplation du passé ou le rêve de l'avenir.

Il entra plus franchement dans la vie commune, se dépouilla quelque peu de son instinctive misanthropie, et, gardant toujours au fond du cœur l'éternelle amertume de la vie, il en laissa moins paraître sur ses lèvres. Sa physionomie y gagna et toute sa personne ; il n'eut bientôt plus cet air souffrant et assombri de ses premières années, et l'écolier solitaire du collège Henri IV devint un jeune homme rêveur, calme et doux, qui ne laissa paraître de sa tristesse qu'une sorte de mélancolie souriante.

Robert avait atteint ainsi vingt-quatre ans. Maigre, la tournure élégante, le geste et le coup d'œil rapides, il portait la marque visible d'un tempérament d'élite, nerveux et sanguin à la fois. Sur son front large, surmontant un visage un peu long, le froncement de ses sourcils accusait une ride profonde creusée dès l'enfance et qui se perdait dans la racine du nez. Ce froncement de sourcils donnait souvent à son regard ardent, à ses yeux bruns et rapides, une expression de colère hautaine que son sourire adouci démentait bientôt.

Ses cheveux fins et bruns, déjà rares, se bouclaient naturellement sur son front ; il portait tout entière sa barbe soyeuse, encore peu épaisse. Son costume variait peu ; il avait l'élégance des gens de goût et portait des vêtements sombres.

Il marchait vite, la tête penchée sur l'épaule droite, rêvant. Il entrait partout sans grand fracas, point désireux qu'on le remarquât, et se tenait volontiers à l'écart. Il parlait peu, écoutait, puis s'échauffait dans les discussions qui éclataient parfois à la sortie des cours. Il se savait emporté et se défiait de ses élans irréfléchis. D'allures douces et presque timides, il ne cédait en rien sur ses idées, mais il ne daignait pas toujours répondre à ses adversaires. Sa façon de clore certaines discussions stériles était une politesse sans froideur, non sans ironie. On ne pouvait s'en fâcher; il avait l'air battu et l'on sentait bien qu'il était vainqueur. Dès qu'il eut passé sa thèse, il chercha, comme il l'avait dit à l'oncle Germain, des moyens de vivre.

Il avait été recommandé à un avoué, qui lui confiait des causes peu productives. Il travaillait sous les ordres d'un philosophe en renom qui entendait publier un *Dictionnaire de Sociologie*. Il donnait des leçons de latin ou de grec, et trouvait moyen d'étudier encore pour son compte. Le plus grand nombre de ses soirées étaient libres. Il les passait au cabinet de lecture.

La plupart des habitués de madame Cardinal avaient leur place accoutumée, leur petit coin gardé depuis dix ans quelquefois, où, paisiblement installés, ils lisaient lentement les journaux du moment ou les revues de la quinzaine. Robert avait choisi son bout de table, aussi retiré que possible, et restait là, prenant des notes, feuilletant les collections, travaillant ardemment. On parle peu en ces réduits. Dans le silence, à peine entend-on quelque chuchotement timide, quelque interjection de colère ou d'approbation poussée par un lecteur communicatif, ou, tout prosaïquement le soupir régulier d'un abonné endormi.

Robert, pourtant, s'était, de jour en jour, assez intimement lié avec son voisin pour échanger, de temps à autre, quelque observation ou quelque pensée. La liaison avait commencé d'une façon banale, par un volume de Camille Desmoulins que Robert demandait en même temps que le voisin. Tous deux se l'étaient mutuellement cédé, et si bien, que le volume des *Révolutions de France et de Brabant* était demeuré intact ce soir-là sur la table. La séance finie, on s'était regardé en souriant, et comme il se trouvait justement que le voisin du cabinet de lecture habitait non loin de la rue des Postes, Robert avait cheminé avec lui une partie de la route, en causant du temps qu'il faisait, temps littéraire, temps politique et temps météorologique.

Il faut peu de mots pour se comprendre à deux natures sympathiques. Robert, qui ne connaissait de l'amitié que ce que son instinct lui disait tout bas, crut avoir trouvé dans cet inconnu le confident que nous demandons tous et que nous trouvons rarement, comme toutes choses. Tout homme rêve à la fois la Maîtresse et le Confident idéals, Juliette et Théramène; puis, ne les ayant pas rencontrés, lorsque ses cheveux blanchissent, il relit Shakespeare et Racine. Mais il y avait dans le visage un peu sévère de cet inconnu tant de dignité attristée sans misanthropie, que Robert se sentait vivement poussé vers cet homme, qu'il avait pris l'habitude de voir chaque soir. Il était l'aîné de Robert et pouvait avoir quarante ans. Sa barbe noire se mélangeait de reflets blancs; ses cheveux crépus grisonnaient déjà; il y avait des rides sur son front, des rides à ses joues, et ses paupières fatiguées accusaient à la fois les occupations de l'esprit et les lassitudes morales.

Un nez gros et court, un regard noir, profond, point curieux, plutôt fixe, contemplateur, impénétrable, un sourire semi-bienveillant, semi-ironique (sourire de vaincu), relevant sa moustache noire, une tête puissante, solidement plantée sur un corps de fer, donnaient à cet homme, toujours strictement boutonné dans une redingote longue, l'aspect résolu d'un tribun. Sans la merveilleuse électricité qui réunit les âmes de même trempe et sans cette franc-maçonnerie des esprits d'élite, on aurait pu s'étonner de le voir causant ainsi avec Robert. Il parlait rarement d'habitude, saluant les habitués avec une politesse réservée, et lisait en silence les volumes de politique ou de philosophie. Robert savait d'ailleurs seulement qu'il était ou qu'il avait été professeur, et qu'il se nommait Thévenin.

L'habitude fit, avec le temps, de ces deux voisins, qui ne se connaissaient l'un l'autre que dans le présent, quelque chose comme deux amis. Ils ne savaient de leurs existences diverses qu'une seule chose, suffisante peut-être pour les réunir. L'un et l'autre avaient souffert; le jeune homme avait laissé entrevoir quelque chose de sa vie, dès le début chargée de douleurs; l'autre, par de courtes échappées, bientôt réprimées, s'était dévoilé légèrement à Robert. Puis ils avaient encore quelque chose de commun, leur idéal. Thévenin, que la vie semblait avoir lassé, retrouvait des éclairs de vigueur pour dignement parler de ces choses qui mettaient de la flamme aux yeux du jeune homme. Le beau, le grand, l'honnête, ils comprenaient ces mots de la même façon, et Thévenin disait parfois de sa voix mâle, aux cordes un peu brisées : — Décidément, monsieur, nous sommes coreligionnaires.

Robert, que le sort n'avait point traité en enfant gâté, se trouvait donc heureux de cette existence de travail et de calme. Il faut dire que sa vie venait de s'augmenter d'un nouvel élément de bonheur ou d'espérance, ce qui est tout un. Robert donnait dans une riche famille bourgeoise des leçons de littérature et d'histoire au fils de la maison. On l'accueillait là le cœur ouvert, et le père, un brave homme de négociant qui voulait faire de son fils un conseiller d'Etat tout au moins, s'était épris d'une belle affection pour ce professeur de vingt-quatre ans qui faisait faire de rapides progrès à son héritier.

— « Mais, en vérité, grâce à vous, disait-il, monsieur mon fils est un savant? » Le fait est que *monsieur mon fils*, refusé deux fois tout d'abord au baccalauréat, avait passé, grâce à Robert, un examen satisfaisant.

— Vous avez donc le secret de la science? disait le père, tout enchanté.

— Ma foi, non, répondait Robert. Mais je me suis donné la peine d'enseigner. L'éducation de nos lycées est ainsi faite que dix élèves sur soixante dans une classe profitent des leçons du professeur. Ces dix élèves, engraissés de science au point de vue du concours général et des couronnes à venir, sont surveillés avec un soin jaloux par leurs maîtres successifs. Les démonstrations, les explications, s'adressent à eux. Quant aux autres, ils attrapent à la volée ce qu'ils peuvent ou ce qu'ils veulent, et ils veulent le moins possible. C'est ce que j'appelle l'enseignement aristocratique.

Le jour où l'on élèvera les enfants pour en faire des hommes, on aura beaucoup moins de lauréats lardés de sapience, mais beaucoup plus de citoyens instruits. Je dois ajouter d'ailleurs que votre fils est très intelligent.

Ce dernier argument plongeait le pauvre père en des admirations profondes pour le répétiteur de son fils. Lorsque celui-ci n'eut plus besoin de maître, Robert demeura l'ami de la maison. Il aimait à s'asseoir à cette table de famille qui lui rappelait celle qu'il avait connue durant si peu de temps. Et le père, — homme libéral, il le prouvait bien, — ne trouvait pas inconvenant que le professeur de son fils s'assît à côté de lui. Un jour, chez M. Lehardy, Robert Burat se trouva placé, à dîner, à côté d'une amie de madame Lehardy dont il avait souvent entendu parler, sans l'avoir vue jamais, madame de Gèvres.

Il savait que madame de Gèvres passait pour une femme d'un grand esprit et d'un jugement très sûr, quoique souvent paradoxal, disait-on. Madame de Gèvres était fille d'un comte de l'empire, élevée à Ecouen très instruite, très charmante. Toutes ces qualités, annoncées d'avance, devaient fatalement aboutir à la faire trouver insupportable par Robert. Il vit une femme petite, blonde et grasse, les yeux bleus et mobiles dans un visage assez doux, et un sourire un peu moqueur et plissant légèrement ses lèvres fines et roses. Ce n'était pas le genre de beauté qu'il aimait, et madame de Gèvres, quoique jolie, lui fit d'abord peu d'impression. Mieux ou pis que cela, elle lui déplut. Elle avait une façon si nette de trancher toutes choses, elle donnait son avis d'une manière d'ailleurs spirituelle mais si concluante dans son élégance, elle mettait dans sa voix claire, sonore, pleine de modulations charmantes, une ironie si aristocratiquement impertinente, que Robert l'écouta parler sans lui répondre bien souvent, se contentant de certains signes de tête à demi approbatifs mais qui équivalaient chez lui à des critiques complètes.

Une seule chose le frappa vivement peut-être dans madame de Gèvres. Elle mettait en évidence, avec un art infini, ses mains, petites, et d'un galbe d'une pureté florentine. Ces mains, chargées de bagues, avec leurs doigts effilés, leurs fossettes riantes, leurs ongles polis, et cette blancheur teintée qui les faisait ressembler à du marbre rose, semblaient sourire à Robert. Elles vivaient comme d'une vie propre, tantôt alanguies, tantôt prestes, mobiles, des mains de fée. Ce qu'il avait fallu de paresse et de soins pour conserver ainsi de telles mains était incalculable.

En aucune chose, les petits détails ne sont à dédaigner. Cette vérité est si juste que le lendemain, lorsque Robert songea à madame de Gèvres, il ne se souvint ni de son esprit un peu apprêté, ni de son sourire contenu, ni de sa voix railleuse, mais seulement de ses mains. Ce souvenir-là le rendit même clément pour madame de Gèvres. Il se rappela qu'après tout, il y avait en elle un charme vraiment grand, et cette voix vibrante, lui revenant en mémoire, le fit tressaillir davantage par le souvenir qu'elle ne l'avait fait par la réalité. Il eut beau feuilleter ce jour-là ses auteurs accoutumés, deux jolies mains venaient se poser sur les pages du livre et l'empêchaient de lire ou, rapides, tournaient brusquement les feuillets du volume. Il quitta la bibliothèque et s'alla promener d'un air ennuyé sur les boulevards.

— Après tout, se disait-il, madame de Gèvres a bien quelques-unes des qualités annoncées. Pourquoi faut-il qu'elle soit blonde? Puis il se mettait à rire intérieurement et se demandait à lui-même que lui importait que madame de Gèvres fût blonde ou brune? La reverrait-il jamais? Quel attrait animait donc cette femme pour qu'elle revînt ainsi à sa mémoire? Elle avait, durant la soirée, heurté deux ou trois fois ses idées démocratiques, avec son air dédaigneux et son joli sourire. Assurément c'était pour cela et non pour autre cause que Robert y songeait encore.

— Et quand elle aurait essayé de brûler tous mes dieux, devant moi, ajoutait-il, y devrais-je prêter attention? Qu'est-ce que le jugement d'une femme?

Robert songeait ainsi, lorsqu'il devint tout à coup un peu rouge, s'arrêta et regarda une femme qui venait à lui. C'était madame de Gèvres. Elle était délicieusement vêtue, sans couleurs voyantes, avec un mantelet de velours garni de jais, un chapeau noir et une simple robe de soie, tout cela chiffonné de main de Parisienne. Ses petits pieds la portaient sans s'appuyer sur le trottoir; elle marchait vite, avec cette ondulation qui, depuis et malgré le déluge, a toujours fait damner les fils de Dieu par les filles des hommes. En passant près de Robert, elle le salua d'un preste mouvement de tête, et à travers la guipure de sa voilette, il aperçut la flamme coquette de ses yeux. Robert se retourna pour la revoir encore. Elle prit l'angle d'une rue et disparut; le jeune homme se demandait déjà s'il avait vu ou s'il avait rêvé.

— Eh bien! dit-il en rentrant chez lui, on avait raison, madame de Gèvres est charmante. Hier, je l'avais assurément mal vue.

Il alla le soir au cabinet de lecture et Thévenin le trouva distrait.

Robert n'attendit pas trois jours pour retourner chez M. Lehardy. On le reçut comme on le recevait toujours, très cordialement, et l'on causa. M. Lehardy, qui aimait à s'entretenir de politique, confiait à Robert ses récriminations contre un gouvernement qu'il avait collaboré à établir. Madame Lehardy contredisait son mari, et le fils de la maison songeait à ses amis du boulevard. Robert écoutait, répondait, et attendait qu'on parlât de madame de Gèvres, ce qui ne pouvait manquer d'arriver. Décidément il s'occupait beaucoup de madame de Gèvres, sans le savoir et sans le vouloir. Et même, comme on tardait trop à aborder ce sujet de conversation, ce fut lui qui prononça le nom de madame de Gèvres.

— Au fait, dit alors madame Lehardy, comment la trouvez-vous?

— Charmante, dit Robert qui tenait surtout non pas à exprimer son avis, mais à connaître quelque chose de ce qu'il ignorait.

— Un peu tranchante, fit M. Lehardy. Je n'aime pas qu'une femme se mêle de toutes choses et aborde les questions dont notre sexe doit conserver l'apanage.

Madame Lehardy haussa imperceptiblement les épaules, tandis que Lehardy le fils regardait d'un air désespéré la pendule qui marquait neuf heures.

— Madame de Gèvres, demanda Robert, est une de vos amies de pension?

— Point du tout, dit madame Lehardy, une connaissance de bains de mer! Nous l'avons rencontrée à Dieppe, l'an passé. La plage, le Casino, les bals et les concerts vous rapprochent beaucoup, vous savez. Très avenante, elle s'est liée intimement avec nous, et nous l'avons revue à Paris, toujours aussi simple et aussi gracieuse.

— Et M. de Gèvres? demanda Robert après avoir hésité un moment.

— Madame de Gèvres est veuve!

Assurément peu importait à Robert que M. de Gèvres vécût ou non, et pourtant il parut satisfait de la réponse de madame Lehardy. Il se fit un petit silence; Robert regardait les mains un peu sèches de madame Lehardy et songeait à celles qu'il avait vues l'autre jour.

On ouvrit tout à coup la porte, et un domestique annonça madame de Gèvres.

— Quand on parle du phénix.... dit M. Lehardy en souriant.

Robert se leva tout droit, instinctivement jeta un coup d'œil sur ses vêtements et attendit l'entrée de madame de Gèvres comme un soldat le choc de l'ennemi. Madame Lehardy était allée au-devant de son amie; M. Lehardy approchait un fauteuil de la cheminée, et M. Lehardy le jeune gagnait la porte à pas de loup. Madame de Gèvres entra.

Elle embrassa madame Lehardy, tendit le bout de ses doigts à M. Lehardy et s'inclina gracieusement devant Robert.

Elle s'approcha avec un petit frisson du coin du feu, présenta ses mains à la flamme, et ses petits pieds furtifs montrèrent sous sa robe le bec frileux de leurs bottines pour se réchauffer vivement.

— Il fait un temps atroce, dit-elle. Ces mois d'avril sont terribles. Il n'y a plus de printemps!

— A qui le dites-vous? fit M. Lehardy. J'ai deux pantalons de nankin qui gardent l'armoire toute l'année.

On les sort par hasard vers le mois d'août, au temps de la canicule; mais, comme alors il pleut à verse, ils demeurent au porte-manteau.

— Vous êtes venue à pied? demanda madame Lehardy.

— Question d'hygiène, dit le chef de la maison.

— Et d'économie aussi, fit madame de Gèvres en souriant. Mon budget est terriblement lourd!

Robert regardait cette jeune femme et semblait l'étudier. Elle avait de vingt-huit à trente ans, et sa taille seule, un peu épaisse, accusait son âge; son visage juvénile, inaltéré, radieux, s'éclairait de deux grands yeux bleus limpides, très doux et très railleurs à la fois, et son front un peu étroit, mais divinement modelé, se couronnait de cheveux blonds, arrangés en bandeaux plats qui, entourant d'une courbe moelleuse le visage et couvrant les oreilles dont ils laissaient passes à peine un petit lobe rosé, se rejoignaient derrière la tête en un chignon superbe.

Un nez fin, mignon, aux narines mobiles, surmontait des lèvres spirituellement pincées, dont l'intérieure, avançant légèrement comme chez les archiduchesses d'Autriche, s'harmonisait, en un profil délicieusement tracé, avec le menton très-décidé et très accentué. Un fin duvet, que la lumière faisait rayonner, courait sur ces joues un peu pâlies, mais non fatiguées, et quand elle baissait sur ses yeux ses longs cils moëlleux, on eût dit une jeune fille encore timide et irrésolue.

Elle avait surtout, — et par dessus toutes ces perfections, un je ne sais quoi de séduisant que Robert n'avait pas aperçu dès la première fois et qui pourtant sautait au cœur en même temps qu'aux yeux.

Ce n'était pas le charme banal de la chair savoureuse qui fait ressembler un visage à un beau fruit, ce n'était pas la séduction profonde et le désir immédiat, c'était le piquant, l'imprévu, le provoquant et l'irrésistible, quelque chose d'agaçant et de nerveux, des petites poses narquoises, un froncement de lèvres, un regard aiguisé, un rire parfaitement calculé, des échappées de franchise, des saillies ravissantes, puis une mélancolie se traduisant par des soupirs bientôt réprimés, je ne sais quoi de changeant et de séduisant qui défiait le jugement et la classification. Elle n'avait point parlé que Robert, qui l'avait trouvée insupportable la première fois, était prêt maintenant à la proclamer divine.

Madame de Gèvres avait surtout cette triomphante supériorité de la Parisienne, — le sens des choses, — qui fait de la grande dame une écervelée et comme une écolière en liberté, de la bourgeoise une élégante et au besoin une patricienne, et qui, lorsqu'elle se rencontre chez la grisette, la rendrait digne d'un trône. Elle savait tout, causait de tout, jugeait toutes choses, souvent à la surface, quelquefois avec une certaine profondeur, Comprenant mieux, d'ailleurs, l'élégance et l'esprit que la grandeur vraie, la gentillesse que la beauté, et la grâce que la force. En une demi-heure, elle passa bien en revue tout ce qu'il y avait de nouveau à Paris, s'adressant de préférence à Robert, qu'elle voyait attentif et n'épargnant pas les traits d'esprit. Le pauvre Robert, dont l'humeur assez grave ne s'était guère accoutumée aux jeux de la paillette, écoutait sans essayer de lutter; et, quoiqu'il ne donnât pas toujours raison à madame de Gèvres, il s'inclinait toujours avec un sourire d'autant plus flatteur qu'il était plus sincère devant ce feu d'artifice qu'on tirait un peu, faut-il le dire, en son honneur.

La soirée passa si vite, et madame de Gèvres la remplit si spirituellement, qu'on n'eut pas occasion de s'apercevoir que M. Lehardy fils avait disparu.

Cette fois, Robert revint chez lui fort troublé, assez inquiet, maussade et charmé à la fois, le cœur dilaté et serré en même temps. Sa première pensée avait été de se dire qu'il était un sot de n'avoir pas compris, dès la première entrevue, le charme vainqueur de madame de Gèvres. Puis, se repliant sur lui-même, sa seconde préoccupation fut *égoïste*; il recula, pour la première fois, devant ses propres pensées. Il se prit à trembler, il eut peur.

— Si j'allais l'aimer! se dit-il.

Quatre ans auparavant il eût frémi à cette idée. Il eût lutté en forcené contre lui-même. Alors, le seul nom de l'amour lui eût fait horreur. Il savait trop par un autre ce qu'il en coûte d'aimer. Et voilà qu'à présent ce n'était pas l'amour, mais l'impossibilité de l'amour qui l'effrayait. Il avait oublié ses premières haines; le serment qu'il s'était fait de résister toujours à la passion qui tue, s'était effacé de son cœur transformé. Il voulait aussi sa part au festin. Mais exiger la part trop large, aimer trop haut, trop loin, se tromper de route, voilà la souffrance. Aussi, en songeant, il s'attrista. Que pouvait-il y avoir de commun entre madame de Gèvres et lui? Elle, riche, belle, titrée; lui, pauvre, presque laid et sans nom.

Il se voyait déjà à ses pieds, prosterné bêtement, et il entendait le rire aigu de la jeune femme qui le souffletait avec cruauté. Puis il secouait toutes ces pensées, haussait les épaules et se disait:

— Eh bien! quoi?... Je ne l'aime pas. Est-ce que je l'aimerai jamais?

N'importe. Pour la première fois, il regarda sa chambre vide avec tristesse. Il trouva ses meubles maussades; ce papier déchiré lui sembla hideux. A partir de ce jour, il travailla avec plus d'acharnement; bien souvent, au sortir du cabinet de lecture, il demeurait avec Thévenin à causer longtemps, par les rues, de choses et d'autres qui devaient le distraire. Puis, en quittant son voisin:

— J'ai eu tort, se disait-il, de ne point lui tout confier!

Et que lui aurait-il confié, au demeurant?

Quel secret le tourmentait? Qu'y avait-il de nouveau en sa vie? Rien. Tout au plus un regard, tout au plus un sourire recueillis avidement et qui ne lui étaient peut-être pas adressés. Il n'avait plus revu madame de Gèvres. Pourquoi pensait-il si obstinément à elle, lorsqu'elle l'avait oublié sans doute, lorsqu'elle ignorait même son nom?

Il fut tout étonné, un matin, et tout joyeux, tout troublé, lorsque, décachetant une lettre qu'on lui avait apportée, il lut au bas la signature de madame de Gèvres.

Ce n'était qu'un billet, très laconique et d'une politesse gracieusement banale; mais ces sept ou huit lignes parurent rayonnantes au pauvre Robert. Il les relut vingt fois, espérant y trouver un charme nouveau, quelque secret, quelque sens caché.

Madame de Gèvres avertissait « M. Burat qu'elle resterait chez elle le mercredi et qu'il serait fort aimable de s'en souvenir. » Pas autre chose.

Cette invitation, qui devait avoir été tirée à beaucoup d'exemplaires, n'avait rien de plus intime qu'une invitation ordinaire. Elle sembla pourtant charmante, presque mystérieuse à Robert. Elle était signée, d'ailleurs, du prénom de madame de Gèvres. Renée! Robert voyait dans l'assemblage de ces cinq lettres, formant un nom, un monde tout entier de grâce et de séduction. Quand ce billet, qui lui promettait une nouvelle causerie avec madame de Gèvres, ne lui eût apporté que ce nom, Renée, il l'eut accueilli sur les lèvres, comme on accueille les billets doux.

Qui eût reconnu alors dans ce Robert, palpitant devant la petite écriture d'une femme, le jeune homme sombre et chagrin du collége Henri IV? La jeunesse et ce qui restait en lui d'enthousiame et de foi avaient donc été les plus forts? Sa sombre humeur était partie.

Il écrivait parfois à Bergerac des lettres pleines d'espérance, et l'oncle Germain enchanté lui répondait par des encouragements et des conseils. Parfois, au bas des longues lettres du vétérinaire, Robert trouvait quelques lignes furtives, d'une écriture hésitante, quelques mots souriants et émus que la main d'Henriette avait tracés. Il se sentait heureux. On est moins isolé, fût-ce dans un désert même, lorsque l'on sait que quelque part, en un retrait, sur terre, des lèvres aimées répètent votre nom. Il revoyait alors l'enclos plein de fruits, la petite maison, les allées où courait un grand chien, l'écurie où hennissait le cheval, tous ces coins et recoins qu'il avait explorés autrefois, aux vacances, dont il se souvenait avec joie, et bien souvent il se disait:

— Quand je serai las du bruit ou que la déception sera venue, c'est là-bas que j'irai reposer. C'est bon, le silence!

III

Le mercredi venu, Robert se fit annoncer chez madame de Gèvres. Il trouva, dans un appartement luxueux, un groupe d'invités plus restreint qu'il ne l'avait cru. Madame de Gèvres habitait, boulevard Poissonnière, le second étage d'une maison de belle apparence. Point de luxe, mais un bien-être fort élégant répandu partout, un mobilier coquet et très-moderne; au milieu, des portraits de famille se regardant d'un air froid.

Robert entra dans un salon tendu de papier blanc satiné à bouquets de fleurs jetés symétriquement, où un petit lustre garni de bougies éclairait une dizaine de personnes assises sur des chaises Louis XV à dossiers dorés. Le tapis, de couleur claire, faisait ressortir cruellement les habits noirs et les robes de couleurs voyantes. Il y avait, au fond du petit salon, un piano dont les bougies allumées, le tabouret vide et les partitions étalées annonçaient la prochaine entrée en scène.

Robert alla saluer madame de Gèvres qui lui répondit par un remerciment et un sourire, puis il s'assit à côté de M. Lehardy, et M. Lehardy interrompit une conversation grave pour lui donner la main. Robert regardait madame de Gèvres, vêtue d'une robe de velours noir, longue et montante, sans bijoux, avec une fleur piquée comme au hasard dans ses cheveux. Cette toilette mettait en relief la blancheur souriante de son visage, ses cheveux que les lumières doraient d'un chaud reflet et ses mains incomparables qui semblaient deux plaques d'hermine sur sa jupe de velours noir.

Si Robert regardait, on le regardait aussi. M. Lehardy expliquait à un gros monsieur, décoré d'un ordre étranger, que ce jeune homme avait fait franchir lestement le saut de l'examen à « monsieur son fils, » et les dames écoutaient de madame Lehardy les renseignements qu'elles demandaient sur le nouveau venu. Le salon de madame de Gèvres avait ses habitués, amis ou amies intimes en petit nombre, deux ou trois hommes d'un certain âge, qui parurent à Robert des hommes politiques en rupture de gouvernement, et quelques dames.

Elle fut charmante pour Robert. Elle lui fit, comme au dernier venu, l'honneur de son salon, lui témoignant une certaine bienveillance sans cependant faire de jaloux à côté de lui, également spirituelle, riante, avenante pour tous, mais plus spécialement gracieuse pour l'invité nouveau. Robert en était à la fois confus et charmé. Il eut besoin de toute sa force pour ne point laisser voir de sa joie au dehors. Il se contint, assourdissant son cœur pour ainsi dire. Quand le piano réclama sa proie, Robert, qui était musicien, en profita pour n'écouter point et regarder, sans persistance, madame de Gèvres, l'étudiant non pas cette fois sous le rapport de la beauté, mais interrogeant son œil bleu pour lire au fond de son âme, scrutant son sourire éternel, sa grâce sans mignardise, sa voix plus mélodieuse que la romance qu'on déchirait, une voix qui, sous des éclats de gaieté vive, semblait cacher parfois comme une inquiétude et comme un regret.

— En vérité, monsieur Burat, dit M. Lehardy en se penchant vers Robert, vous n'écoutez pas... Est-ce que la musique vous déplaît?

Robert s'éveilla tout à coup, ramena son attention de madame de Gèvres à la jeune personne de seize ans qui chantait en gonflant les jolies cordes de son cou et en tendant la soie de sa robe avec ses épaules encore maigres.

— Je suis musicien tout comme un autre, dit Robert à voix basse, mais je ne comprends guère que la musique véritable.

Une symphonie de Beethoven exécutée au piano par une pensionnaire me fait l'effet d'un lion qu'on voudrait faire entrer dans une cage à poulets.

Pour cela, il faut l'égorger et le dépecer. Puis, voyez mon humeur chagrine, il me plaît médiocrement d'entendre chanter l'amour par de jeunes filles qui, je l'espère pour leurs maris futurs, ne le connaissent encore que de nom. Vous savez le titre du morceau que vient de jouer cette Isabelle de seize ans?

— *La Jalousie*!

— Hélas! avant de lui apprendre ce qu'est la jalousie, pourquoi ne lui enseigner point ce que c'est que le travail et la vertu?

— Vous allez compromettre mon salon, monsieur Burat, dit tout bas madame de Gèvres, qui avait entendu. Quel spartiate vous faites, grand Dieu!

Robert répondit qu'il allait se taire. On avait servi le thé.

Madame de Gèvres offrait les tasses à ses invités. C'est le moment où les conversations se lient plus commodément; les groupes se forment et l'on divise le monde entre deux gorgées de Pé Ko. Le voisin de M. Lehardy démolissait tour à tour avec un mot les gouvernements qu'il avait défendus avec un zèle successif. On l'écoutait beaucoup sans le trouver trop sévère. L'éloge des faits accomplis tombait de ses lèvres dru comme grêle. Sa décoration appuyait triomphalement ses discours, et l'on entendait autour de lui un murmure vraiment flatteur.

Robert se pencha vers madame de Gèvres et demanda le nom du causeur.

C'était un vieux débris des Chambres du premier Empire que la Restauration s'était attaché et qui n'avait pas cru devoir renier les barricades de 1830.

Le gouvernement de Louis-Philippe ne s'était point montré plus sévère que l'Empire et que les Bourbons, et cet inamovible député de la droite siégeait alors à la Chambre des pairs.

Robert l'entendait, non sans une certaine irritation, entonner le cantique de la politique caméléonienne. Il n'était point fâché, au surplus, d'étudier de près un de ces hommes dont la foule répétait les noms chaque jour, et de pénétrer, si faire se pouvait, au fond de sa conscience. Il se sentit pris d'une envie démesurée de répondre à cette lourde apologie du succès. Madame de Gèvres le vit reposer sa tasse un peu vivement sur le plateau et se rapprocher du cercle formé autour de l'orateur.

Elle s'approcha de Robert à son tour, appuya légèrement sa main sur le bras du jeune homme, et lui dit, avec un sourire qui faisait d'un ordre une prière :

— Laissez-le dire.

Robert devint un peu rouge en se voyant ainsi deviné et revint à la cheminée où madame de Gèvres le rejoignit.

— Vous êtes un démocrate, à ce que je vois? dit-elle.

— J'ai beaucoup souffert et j'ai vu beaucoup souffrir, répondit-il.

— Alors, soyez compatissant, charitable, cela est bien naturel. Mais démocrate!... Nous ne nous entendrions pas longtemps sur ce chapitre!

Robert se sentit frissonner légèrement. Il lui sembla que madame de Gèvres avait appuyé sur les derniers mots et mis une intention dans ses paroles : Nous ne nous entendrions pas *sur ce chapitre*!

— Je suis fou, se dit-il.

Madame de Gèvres, qui s'était éloignée, causait alors avec deux ou trois dames et riait. Il eut l'idée qu'elle riait de lui et de sa démocratie qu'il avait failli arborer tout à l'heure. Robert eut un moment quelque regret d'être venu là. Il songeait à partir. Comme si elle eût compris ce qui se passait en lui, madame de Gèvres revint.

— Je vous demande pardon, dit-elle. Il faut que je m'occupe de tout le monde, comme un général en chef.

Il s'était trompé. Ce n'était pas de lui qu'on riait. Et

pourquoi l'eût-on fait? Puis décidément madame de Gèvres était charmante, toute gracieuse pour lui.

A un moment, M. Lehardy lui dit tout bas :

— Saperlotte! vous aurez fait vos frais, jeune homme!

Robert sortit de chez madame de Gèvres ivre de joie, mais d'une ivresse contenue, immense, profonde. Il remonta à pied jusqu'à la rue des Postes, repassant un à un tous les incidents de la soirée, fermant les yeux pour revoir madame de Gèvres, là, devant lui, la tasse de thé à la main. Il avait senti ses doigts sous la soucoupe; en lui donnant le sucre, elle s'était penchée légèrement. Il avait vu la petite raie de ses cheveux doucement parfumés, et son regard avait un moment plongé sur cette nuque dorée par les bougies dont le velours coupait trop discrètement la courbe élégante. Grâce, charme, parfum, tout lui avait monté à la tête et le grisait. Mais, à mesure qu'il avançait, tout semblait s'effacer, une sorte d'ombre enveloppait ces petits souvenirs pourtant si proches; il se sentait devenir plus triste.

— Tout cela, disait-il, qu'est-ce que tout cela? Politesse.

Celui qu'elle recevra avec ce même sourire et ces mêmes paroles, ce sera le nouveau venu de demain. Elle me laissera dorénavant m'asseoir à mon aise et discourir, comme cet homme qui parlait d'or. Quelle sotte nature ai-je donc de me laisser prendre, moi, assez éprouvé pour être défiant, à ces semblants d'affection, et d'y voir des trésors de tendresse qui n'existent pas! Et pourtant, si j'étais de ceux qui se contentent de peu, je serais heureux de la revoir et de lui parler, et de m'imprégner de son charme comme on respirerait une fleur. Mais qu'est-ce qu'une parole, un mot, un regard, un sourire, pour celui qui se donne tout entier? Si je l'aimais jamais — je ne l'aime pas, — je voudrais qu'elle me donnât son âme entière. La jalousie des romances est niaise; mais la jalousie de l'homme qui aime de tout son cœur et se voit ou se croit trompé, ce qui est tout un! Certes, je serais jaloux!...

Il traversait la Seine; les lignes régulières des lumières s'allongeaient, agitées par les flots du fleuve. L'ombre se trouait de points lumineux, et l'eau frissonnait en passant sous les arches. Il regardait venir à lui une jeune fille dont la silhouette gracieuse se suspendait au bras d'un jeune homme penché vers elle. En passant près de Robert, elle dit à son amant : — je t'aime!

Robert se retourna instinctivement; la lumière du gaz tombait d'aplomb sur le visage de la jeune fille qui s'était aussi retournée vers lui.

— Voilà, songeait-il, ce qu'elles appellent aimer! Combien de fois celle-ci a-t-elle redit le même mot avec le même accent? Elle aime celui qui l'entraine et regarde pourtant si je tourne la tête pour la voir passer. Et toutes sont ainsi! Et qui sait, peut-être quelques-unes sont-elles dupes de leurs propres mensonges? Par exemple, ce serait bouffon!

Il arriva chez lui très abattu. Son humeur attristée associait dans sa pensée l'inconnue rencontrée tout à l'heure et madame de Gèvres. Il se reprochait cette joie qu'il avait ressentie chez celle qu'il appelait Renée. — Je suis stupide! se disait Robert. — Il se promettait de ne plus remettre le pied dans ce salon. — Eh! si j'étais assez sot pour l'aimer, s'écriait-il, je serais le plus malheureux des hommes. Elle ne m'aimerait jamais! — Puis il se disait brusquement : Et pourquoi ne m'aimerait-elle pas?

Il regardait les feuillets de ses travaux commencés, épars sur sa table, les relisait sans y songer, et demeurait absorbé. Tout à coup il s'écria, comme s'il eût parlé à quelqu'un :

— Le plus sûr est de demeurer ici, dans ma pauvre chambre. Une telle fièvre ne me vaut rien. Je travaillerai; quand on a cette vertu qui s'appelle l'ambition, il me semble qu'on doit avoir le courage de la nourrir.

Robert fut assez étonné, le lendemain soir, lorsque M. Thévenin l'invita à déjeuner pour le jour suivant. Il ne croyait pas avoir pénétré si avant dans le cœur de cet homme très froid et qu'il savait peu communicatif. Mais Thévenin se sentait, lui aussi, le besoin d'une amitié.

Il avait assez étudié Robert pour le connaître.

— On n'est jamais lié complètement, je crois, lui dit-il, que lorsqu'on a partagé ensemble le pain et le sel. Je ne vous promets guère davantage. Venez donc demain; nous causerons d'un projet que j'ai et que nous pourrons peut-être accomplir à nous deux.

— Un projet?

— Vous verrez. Il s'agit de collaborer à un travail que je crois utile et que je ne pourrais tout seul accomplir qu'avec beaucoup de difficultés. La tâche est dure; vos jeunes épaules pourront en supporter leur part.

— J'accepte d'avance, dit Robert.

Pierre Thévenin n'était pas riche; mais son modeste avoir, placé sur l'Etat et qui lui rapportait tout au plus dix-huit cent francs, suffisait à le faire vivre. Il n'avait ni passions, ni vices, ne fumait point et n'entrait jamais dans un café.

Cet homme robuste était sobre comme un Arabe, et économe comme un Hollandais. Il avait résolu ce problème de se sentir sans besoins dans un milieu de privations.

Son logis, très sévère et très sombre, se composait de trois pièces seulement, une façon d'antichambre où il avait disposé des rayons chargés de journaux et de brochures; la salle de travail, assez vaste, garnie par une bibliothèque en vieux chêne plus luxueuse que le reste du mobilier, une table surchargée de papiers et quelques chaises, enfin, d'une chambre assez étroite dont l'unique fenêtre prenait jour sur le jardin d'un couvent.

Cette fenêtre était une des grandes consolations de Thévenin. Quand il se sentait triste, il s'accoudait là, regardait frissonner les arbres sous le vent, aspirait l'air à pleine poitrine et voyait le souci s'enfuir. C'était dans le cabinet de travail que sa femme de ménage dressait la table matin et soir. Robert trouva le couvert mis et sa place marquée. Il jeta autour de lui ce regard instinctivement interrogateur de tout homme qui va vers l'inconnu.

L'appartement était en ordre; les livres dans leurs rayons, les papiers sur la table, point de tableaux; sur la cheminée, entre deux flambeaux de forme spirale, en fer forgé, comme on en voit seulement dans les campagnes, un buste de Descartes en marbre blanc. Au milieu de ces livres, Pierre Thévenin, tête nue, enveloppé dans une vareuse de laine rouge, une cravate lâche autour du cou, semblait véritablement dans son milieu, et Robert, sans le vouloir, demeura un moment le regarder dans une sorte de contemplation admirative.

— Voici mon antre, dit Thévenin en riant, et vous voyez qu'il pourrait être plus farouche. Grâce à ces livres répandus partout, la nudité du logis est décente. Mettez une bibliothèque dans une caverne, je suis certain que la caverne deviendra habitable.

Robert parcourait du regard les titres des livres. C'étaient en général des ouvrages de politique et de philosophie, la collection des auteurs latins, la plupart des historiens modernes.

— Bibliothèque de penseur! dit-il.

— Bibliothèque de chercheur, fit Thévenin.

On se mit à table, et Robert fit honneur au déjeuner de son hôte. Ils s'étaient mis d'abord à causer de leur première rencontre, et du cabinet de lecture, et des premiers mots échangés, de leur sympathie mutuelle; et la conversation, devenue de plus en plus intime, en était arrivée déjà à ce point précis où commencent les confidences. C'était entre ces deux hommes également meurtris sans doute l'endroit sensible et comme le *nec plus ultrà* de la curiosité.

Ils se turent, en effet, presque en même temps, devenus songeurs l'un et l'autre, et chacun sentait qu'à présent une question, quelle qu'elle fût, pouvait devenir cuisante. Ce fut Thévenin qui sembla la provoquer; il se recueillit, regarda un moment Robert Burat, et d'un ton où la sympathie effaçait ce qu'il pouvait y avoir d'indiscret :

— Mais, en vérité, dit-il, à vingt-quatre ans vous raisonnez comme si vous aviez mon âge et ma connaissance de la vie.

— Mes vingt-quatre ans, dit Robert en souriant, sont des années de campagnes. Cela compte double...

— En ce cas, fit Thévenin, je serais furieusement vieux; car je n'ai pas fait de campagnes sans blessures...

— Vous avez été professeur?

— Pendant dix ans.

— Et l'on vous a forcé, sans doute, à donner votre démission?

— Moi?... Non. Je me suis retiré tout seul, dans un coin. J'avais besoin de repos.

Il sembla vouloir commencer une phrase et s'arrêta. Robert regrettait d'avoir interrogé. Le silence était pénible. Thévenin se mordillait la moustache et frappait la table avec son couteau. Il était très pâle.

— Au fait, dit-il tout-à-coup en regardant Robert bien en face, pourquoi ne vous dirais-je pas cela, à vous? Quand on veut s'estimer, il faut se connaître. Puis, je n'ai rien à me reprocher.

— Ce n'est pas une confession, continua Thévenin, et l'histoire ne sera pas longue. Elle est banale, au surplus, dans sa terrible vérité.

Changez les noms, c'est vous, c'est lui, c'est le plus grand nombre. Je me suis marié à trente ans, j'ai été malheureux et j'ai souffert; — et souffert tellement que, malgré mon dédain, robuste après tout, je n'ai plus eu de force pour continuer mon métier, et j'ai lâché prise. Le recueillement, la solitude, la tristesse, il fallait cela pour me consoler. Et je me suis consolé. Le dédain s'est accru, la lassitude s'est changée en résignation. — J'ai gardé fort heureusement intact et vivant mon amour des causes saintes, et, comme ni le temps, ni l'occasion ne m'étaient donnés de les servir, j'ai attendu, très résigné comme vous voyez. J'avais heureusement, du chef de ma mère, une petite maison à Soissons, qui, vendue, a pu m'assurer de quoi vivre. Et le philosophe a vécu. Je vous épargne les détails oiseux d'une histoire que vous connaissez comme moi!

— Oui, comme vous! s'écria Robert dont les yeux brillaient et qui songeait à son père.

Ce fut à son tour de conter sa vie. Il le fit avec une tristesse nerveuse et saccadée, disant tout, appuyant sur tout, rejeté brusquement par le souvenir dans cette cour du collége Henri IV, où les regards railleurs semblaient lui parler de sa mère.

— Il faut pardonner, que voulez-vous? dit Thévenin.

— Vous avez donc pardonné?

— Pourquoi non? Vous êtes bon, vous en feriez autant!

— Je n'en répondrais pas, dit Robert d'un ton sombre.

— Ah! mon pauvre ami, fit Thévenin avec un soupir plein d'amertume, quand on aime!...

— Vous l'aimiez donc!

— De toute la force de mon âme, comme un fou!

— On n'est donc pas sûrement aimé, quand on aime profondément? demanda Robert, dont la voix trembla, et qui pensait à madame de Gèvres.

— Il faut croire que je n'aurai pas su me faire aimer! Etranges êtres, les femmes? J'ai peut-être été trop dévoué. Mais je serais le même encore, j'en ai peur. On ne se change pas. Et, ma foi, je ne vous souhaite point de goûter l'amertume que vous donne le dévouement repoussé, mais persistant; — pourtant j'ai idée que si vous la goûtiez, vous sentiriez aussi qu'elle a des charmes.

La figure mâle de Pierre Thévenin s'était illuminée d'un reflet vraiment superbe; ses traits rudes, adoucis soudain, avaient pris une mélancolie sympathique, et son œil, d'ordinaire un peu dur, songeait, assoupi et légèrement voilé par l'émotion.

— Et, demanda Robert, votre femme?

— Oh! fit Thévenin, elle est morte! — Si nous parlions de notre projet? ajouta-t-il brusquement en regardant Robert dont les yeux agrandis rêvaient. Ah! je sais bien que ce sujet-là, l'amour et la femme, est l'éternel sujet pour les cœurs de vingt ans. Vous rêvez encore, vous, la femme idéale et l'amour éternel...

— Hélas! non, dit Robert, je n'ai même plus assez de foi pour cela. Je cherche la compagne et l'amie.

— Ambitieux! fit Thévenin tristement. Et, au fait, s'écria-t-il tout à coup, pourquoi n'espéreriez-vous pas, pourquoi ne tenteriez-vous point l'aventure? Si nous avons été de mauvais navigateurs, que vous importe? La toison d'or est encore à conquérir.

En route, mon Argonaute! et prenez garde aux récifs. Ah! je ne suis pas un désenchanté; mais, au fond, il faut bien se dire que, pour la femme, le danger c'est l'homme, et que, pour l'homme, l'obstacle c'est la femme. Ces deux êtres qui, réunis, pourraient aspirer à la conquête d'un Infini, s'entre-déchirent ou se coudoient sans se comprendre. Je vous parais bien amer, j'en suis sûr, et vous ne me donnez pas raison. Vous rejetez sur moi la cause de ce que j'ai pu supporter de maux, comme ces gens qui, d'avance, condamnent sans l'entendre un misérable.

— En aucune façon, dit Robert. Vous savez à présent que je connais le poids des choses.

— Tenez, dit Thévenin, je précise.

— Il y a six ans, j'avais alors trente-trois ans, je rencontrai dans le salon d'un vieil ami de mon père une jeune fille sans fortune, mais très intelligente, très spirituelle et très séduisante.

Elle faisait timidement encore son entrée dans le monde, au bras d'un général en retraite et ancien comte de l'Empire, qui était son père, Cette jeune fille était celle qui devait devenir ma femme. Elle s'était emparée de moi tout entier dès le premier soir. Je l'avais revue avec ces mille alternatives charmantes de joie, d'espérance, de désespoir et d'abattement qui nous font vivre en six mois plus qu'en dix ans de notre vie. Mon âme, amère à présent, n'était alors qu'un épanouissement immense. Quand cette enfant devint ma femme, il me sembla que le but de ma vie était atteint. Ah! les beaux songes rayonnants et le lugubre réveil! Je m'étais trompé. J'avais pris pour le dévouement, l'affection, le sacrifice, ce qui n'était chez elle qu'une grâce et qu'une séduction.

Derrière ses sourires divins, point d'amour; sous ces brillantes échappées d'esprit, qui miroitaient véritablement à mes yeux, rien qu'un cœur vide, une intelligence vaine. Et comme elle s'était abusée, elle aussi! Je sentais combien mon humeur, déjà sombre, l'éloignait peu à peu de moi, qu'elle avait espéré, qu'elle avait cru aimer, sans doute! J'essayais alors de chasser mes préoccupations, qui me faisaient ressembler auprès de cette jeune femme, vive, charmante, invinciblement poussée vers toute joie, à quelque pédagogue hautain promenant un enfant à travers les prairies et lui défendant de cueillir des fleurs. Mais il était trop tard, le temps avait marché; pour elle, comme pour moi, le réveil était venu, et, avec le réveil, cette façon de haine qui tient de la lassitude, de la tristesse et de la colère. Je souffrais profondément. Je me voyais repoussé à jamais de ce cœur adoré; j'aimais encore et je me reprochais d'aimer.

Je me sentais devenir lâche à mes propres yeux. Cette

femme aurait pu me courber et me tordre. Certes, ce moment de défaite dura peu; mais il y eut une heure où je fusson esclave, sa chose. Elle ne s'en aperçut pas, heureusement. Je me retrouvai moi-même, je me raidis contre toute souffrance, et je prononçai froidement, l'âme calmée, le cœur mort, ce mot sinistre de séparation. Elle parut accepter avec joie. Devenue orpheline, elle était libre; elle partit. Je demeurai seul. Quand je n'entendis plus à mes côtés le bruit accoutumé de sa robe de soie derrière la porte de mon cabinet de travail, quand elle eut emporté tout ce qu'il y avait d'elle dans notre maison abandonnée, je me sentis encore bien accablé, bien courbé, bien meurtri.

Son adieu avait été comme un sourire de défi et de dédain. Elle sentait bien que, quelle que fût ma force, elle allait emporter entre ses ongles quelque lambeau de mon pauvre cœur! Maintenant tout est fini. La plaie est cicatrisée. C'est beau, cette nature qui répare maternellement les blessures que nous font les hommes. Je suis redevenu le chercheur, le bœuf de labour d'autrefois; j'ai perdu de ma fougue et de mon ardeur premières, mais ma ferme conviction m'est restée. Seulement, j'ai donné ma démission de professeur. Je consentais bien à ne pas devenir misanthrope, mais à la condition que la solitude, le silence et l'oubli vinssent à moi.

— Ils sont venus, ajouta Thévenin avec un sourire de martyr.

Robert le regardait avec des yeux mal affermis où les larmes roulaient prêtes à s'échapper.

— Parlons d'autre chose, reprit l'ancien professeur. Je vous ai dit quelques mots d'un projet que vous pouvez m'aider à réaliser, n'est-ce pas? Ce projet, le voici : Quand on s'occupe de ces questions éternellement débattues de l'avenir et du bonheur des peuples, il faut s'avouer bientôt tristement que le peuple est peu instruit, que le problème de l'éducation est celui qu'il s'agit de résoudre le premier et que la multiplication des écoles est un des moyens excellents pour assurer l'avenir. Fonder des écoles ne nous est point permis, mais nous pouvons tous travailler, dans notre coin même, à l'éducation et à la moralisation des pauvres gens.

— Assurément, dit Robert.

— Un mode certain d'instruire et de moraliser, c'est la création de la bibliothèque des familles, des chaumières et des ateliers. J'entends moins encore la fondation des bibliothèques communales que la mise au jour de toute une série d'ouvrages spécialement écrits pour le peuple.

— Il faut avouer, dit Robert, que ces sortes d'ouvrages font à peu près complétement défaut.

— Parbleu! fit Thévenin. Je me suis fait un jour ouvrir le ballot d'un colporteur, et j'ai voulu connaître au juste quelles sortes de livres on offrait de la sorte aux ouvriers des petites villes et aux paysans. C'est un étrange assemblage de livres puérilement dévots et de romans de pacotille, les élucubrations niaises de Ducray-Duménil et le récit mal fait du Miracle de la veille, les *Aventures de Victor*, *l'Enfant de la forêt*, et les vicissitudes d'une hostie à travers le monde. Je ne repousse ni les ouvrages de piété, ni les ouvrages de délassement. Quelle que soit l'odeur de mort qui passe à travers l'*Imitation*, il faut la lire, cette rêverie sublime d'une grande âme.

Quant aux romans, à l'heure de la fatigue, ils apparaissent comme de souriants amis qui vous emportent bien loin de vos maux d'un coup d'aile. Mais la bibliothèque du citoyen doit compter d'autres livres sur ses rayons. Le traité de morale, le cours d'histoire, le résumé de l'état des sciences, les morceaux choisis d'une littérature, la biographie des hommes utiles (je veux dire des grands hommes), le manuel des droits et des devoirs politiques, doivent, en première ligne, figurer dans cette bibliothèque, qui enseignera et fortifiera les âmes. Le grand obstacle, je le sais, c'est le moyen d'acquérir ces livres, l'argent! Tous s'adressent au pauvre. Mettons-les donc à la portée du pauvre.

Un ouvrage destiné à l'amélioration ou à l'éducation du peuple et publié dans un format luxueux me fait l'effet d'un homme qui, pour parler à la foule, monterait sur les tours Notre-Dame.

Sacrifice donc de la part des auteurs et des éditeurs d'une telle bibliothèque, économie de la part des souscripteurs, voilà le programme. Voulez-vous tenter avec moi l'accomplissement de cette bonne œuvre?

— Je suis tout à vous, s'écria Robert, véritablement saisi. L'œuvre est superbe! Au travail!

— Je mets une condition, fit Thévenin, c'est que vous signerez seul nos petits livres.

— Moi?

— Laissons mon nom dans l'oubli. Qui se soucie de Pierre Thévenin? Je veux être utile, rien de plus. Je m'efforcerai de l'être. Quant aux tracas de la réputation, de la discussion, de l'attaque, je suis un égoïste et vous laisse endosser tout cela!

— Et depuis quand l'élève donnerait-il son nom à l'œuvre du maître?

— Depuis que le maître a juré de ne plus faire parler de lui. Croyez-vous que mon histoire n'est point connue? Le malheur a sa pudeur aussi.

— Eh bien! soit, nous ne signerons pas nos livres.

— Il faut un nom à ces œuvres de combat. Soyez le porte-drapeau!

— Vous le voulez? dit Robert, à qui la perspective d'une lutte ne déplaisait pas.

— Je vous en prie!

— Ordonnez donc, s'écria Robert. Ah! je suis ivre, je suis heureux. Ce qui manquait à ma vie, c'était un but. Vous me le montrez du doigt, vous me guidez dans le chemin qui y mène. Je serai votre soldat.

— Eh bien! conclut Thévenin, presque gaiement, en joue, feu! Je chercherai ce soir, dans mes papiers, le plan du premier livre à publier, un *Résumé philosophique*. Les résumés, ce sera notre force. L'arme cruelle c'est la concision.

Robert Burat redescendit, la tête en feu, l'escalier de Pierre Thévenin. Il lui semblait qu'on venait de lui arracher des yeux quelque voile. Il apercevait clairement à cette heure un avenir de travail et se sentait fier de coopérer, à son âge, à une œuvre de dévouement. L'idée même d'attacher son nom à cette œuvre qu'il se jurait bien de servir et de défendre de toutes ses forces, lui souriait et l'enivrait.

C'est qu'à la satisfaction qu'il éprouvait de tenter une chose utile et belle, se mêlait cette idée plus frivole, mais bien facile à naître dans un cerveau de vingt-cinq ans : — *Elle* lira tout cela; *elle* aura foi en moi, *elle* m'aimera peut-être.

Robert Burat songeait à madame de Gèvres.

IV

Robert s'était promis de ne quitter point son logis et d'y chercher l'oubli de cet amour dont il commençait vraiment à s'inquiéter. Mais qu'est-ce qu'une cellule, lorsque les rêves et la fièvre viennent la remplir? Puis, la cellule même était impossible. L'œuvre entreprise par Robert et dirigée par Thévenin exigeait des déplacements quotidiens, des sorties, des travaux à l'extérieur. Il fallait aller à la bibliothèque, recourir aux documents, aux manuscrits.

Bien souvent, en sortant ainsi, Robert, sans y songer, se trouvait devant la porte de madame de Gèvres. Il ne montait point, mais regardait ce seuil qu'elle franchissait si souvent, cet escalier où elle avait passé, ces fenêtres où il pouvait l'apercevoir. Il était plus troublé qu'il ne se l'avouait à lui-même. Il lui semblait qu'il n'avait pas vu madame de Gèvres depuis un siècle.

Quand il reçut une invitation nouvelle signée de Renée, ce nom qu'il épelait si souvent, il rayonna, lui qui s'était promis de se cloîtrer pour ne plus revoir cette femme. Il arriva le premier à la soirée, il s'enivra une nouvelle fois de ces cheveux blonds, de ces yeux bleus,. de cette douceur un peu féline. Madame de Gèvres avait sa toilette habituelle. Robert eût été fâché qu'il en fût autrement. On aime à retrouver, tel qu'on l'a vu, ce qui vous a séduit une première fois. Elle causa longuement avec le jeune homme, toujours séduisante, le propos spirituel, un peu narquois, quelque chose d'incrédule et de naïf en même temps, qui piquait son interlocuteur comme une dénégation ou comme un secret.

Robert remarqua qu'elle jouait volontiers avec ses mains blanches. Cela lui tenait lieu d'éventail et personne ne s'en plaignait. Le pair de France n'était point présent. La soirée eut quelque chose de plus intime.

Elle laissa échapper dans ses conversations avec Robert de ces demi-confidences qui semblent cimenter une amitié et qui lui donnent le charme enivrant du mystère. Elle sembla dire à Robert qu'elle avait été malheureuse avec M. de Gèvres, et elle le dit, avec cette expression attristée des Françaises, qui semblent chercher un consolateur dans un confident.

Robert était décidément enivré. Elle mit tant de grâce dans ses propos et tant d'esprit qu'elle s'empara définitivement de cette âme ardente. Il sortit tout épanoui, ne songeant pas à regagner son logis, demeurant dans la rue, parlant tout haut et gai comme il ne l'avait jamais été. La perspective d'être aimé ne lui semblait pas si lointaine et l'impossible lui paraissait à présent réalisable. Il fallut, bon gré, mal gré, que Pierre Thévenin reçût le lendemain une grande parte de ses confidences.

Thévenin écoutait, sans essayer de désabuser ce jeune homme qui se vantait de n'avoir plus d'illusion. Il n'interrompit Robert qu'au moment où celui-ci, sans y songer, allait nommer celle qu'il aimait.

— Non, dit Thévenin. Ne la nommez point. Qui sait? Plus tard sentirez-vous cet amer plaisir de n'avoir plus qu'un nom à vous répéter, en le savourant comme une liqueur? Et que vous serez heureux alors si ce nom vous avez su le garder pour vous seul!

— Vous avez raison, fit Robert. Et qu'importe?... Pourtant, voyez, le nom même de cette femme est un charme pour moi. Il est si vrai que tout semble parfait dans ce que l'on aime, que tel nom qui n'évoquait hier devant vous aucune pensée devient brusquement le synonyme de séduction dès qu'il s'applique à cet être adoré qui traverse votre vie! — Etrange époque, s'interrompit-il tout à coup. Il faut encore que je fasse de l'analyse lorsque mon cœur est en jeu et totalement pris.

Robert puisait dans le trouble qui l'agitait une énergie singulière. Il avait beaucoup rêvé jusque-là. A partir du jour où il se laissa aller au courant de sa passion, il travailla, et fit de l'action le principal mobile de sa vie. Etait-ce dévouement à la cause qu'il avait embrassée, ambition, espoir du succès, désir de se rapprocher par le triomphe de madame de Gèvres? C'était tout cela et c'était aussi lutte contre lui-même, suprême effort pour secouer l'instinctif besoin d'inactivité et de rêverie qui venait l'alanguir. Thévenin l'encourageait, le dirigeait, s'étonnait lui-même d'un labeur aussi prodigieux. Les premiers traités avaient paru. Le succès, lent à se dessiner, comme lorsqu'il s'agit d'œuvres sérieuses, était enfin venu, très décisif et très complet.

La publication de ces manuels de morale, d'histoire ou de géographie arrivait bien à son heure, et chacun de ces petits livres était comme une arme de progrès jetée au milieu de la lutte des hommes et des idées.

On ne s'était pas demandé tout d'abord quel était l'auteur de ces résumés. L'œuvre avait paru excellente aux uns, prématurée aux autres, malfaisante à plusieurs. On l'avait discutée, louée ou critiquée en elle-même sans s'inquiéter du nom dont elle était signée. Mais la publication successive et persistante de fascicules hebdomadaires contraignit bientôt la curiosité de se demander quelle main courageuse lançait ainsi ces petits livres, qui faisaient si vite leur chemin. Voilà ce que Thévenin avait deviné et pourquoi, dans son âpre amour du silence, il avait décliné toute part de collaboration.

On apprit bientôt que ces résumés historiques ou philosophiques étaient l'œuvre d'un jeune homme de vingt-cinq ans, très ardent et profondément dévoué aux idées libérales. On s'étonna, puis on admira. Le nom naguère ignoré de Robert Burat fut bientôt connu, et acquit non pas cette renommée populaire qui court les carrefours et arrête parfois au hasard le premier passant venu par le collet, mais cette notoriété assez restreinte, solide, qui assied une réputation parmi ceux qui lisent et discutent. Il avait été question de ces manuels au sein de l'Académie des sciences morales et politiques. La plupart des revues les avaient fait analyser ou discuter par quelqu'un de leurs publicistes exercés. Bref, avec quelque orgueil, Robert Burat eût facilement pu se croire un personnage.

Il portait sa réputation avec quelques remords, reprochant à Thévenin son silence obstiné, rougissant parfois des éloges qu'on lui prodiguait. Au contraire, Thévenin paraissait radieux. L'œuvre avait réussi. Fort attaquée, elle avait du moins été bien défendue.

— C'est le succès, disait-il en se frottant les mains. Il s'agit maintenant de répandre tout cela dans nos campagnes, et nous pourrons nous vanter d'avoir fait des hommes.

Robert avait deviné juste. A partir de ce jour, madame de Gèvres le reçut avec une considération affectueuse qui se changeait parfois en une raillerie toute amicale. Robert avait remarqué déjà que madame de Gèvres ne partageait point ses idées personnelles sur les choses du temps. Elle lui avait confié que sa mère, qui descendait d'une noble famille de province, s'était attachée à développer en elle cet anachronisme bien porté qui s'appelle le sentiment nobiliaire.

Robert trouvait même que madame de Gèvres avait bien profité de ces leçons. Madame de Gèvres était fière, assez dédaigneuse, appelant volontiers inutiles les discussions sociales qui pouvaient s'élever dans son salon et proclamant en riant la souveraineté du chiffon. Elle savait d'ailleurs si bien déclarer que toutes ces choses ne la regardaient point, transporter avec un sourire la conversation des sommets de la politique aux petits sentiers de l'anecdote du jour, corriger les observations par un sourire charmant qui découvrait des dents éclatantes à travers des lèvres sensuelles, elle était si franchement et si gentiment du parti de la frivolité que Robert se maudissait alors intérieurement d'être si affreusement empâté dans ses préoccupations sociales, et de bonne foi il eût alors proclamé que le souverain but de la vie est de causer gaiement de choses et d'autres, en noyant ses yeux dans les yeux bleus d'une jolie femme.

Madame de Gèvres prenait de jour en jour plus d'ascendant sur lui. Evidemment, elle ne lui eût fait abjurer aucune de ses convictions déjà si fortement enracinées en lui, mais elle était véritablement dans le cœur de Robert une rivale dangereuse pour la politique. Il s'était accoutumé à la voir plus souvent; une semaine ne se passait point sans qu'il ne se rendît deux ou trois fois chez madame de Gèvres. Ces conversations où bien souvent on combattait ses idées en riant, ces longues causeries du soir au coin du feu, ces divagations éternelles étaient devenues une des nécessités de sa vie.

On l'eût fort étonné en lui disant que ces assiduités pouvaient compromettre celle qui en était l'objet. Il trouvait si naturel d'aller où son instinct le poussait, qu'il multipliait ses visites sans les compter.

Madame de Gèvres, au reste, ne s'en plaignait pas. Elle se laissait aller de son côté à une sympathie qu'elle n'essayait même pas de dissimuler et qui la poussait vivement vers Robert. Elle sentait chez ce jeune homme une force secrète, quelque chose de souffrant et de résolu à la fois qui avait d'abord éveillé sa curiosité de fille d'Ève, puis sa compassion de femme. Madame de Gèvres avait aussi dans le cœur sa molécule romanesque; elle s'imagina voir dans Robert quelque *René* poursuivant à travers la vie un idéal mal défini, quand c'était un homme mûri par les souffrances intérieures qui cherchait simplement un foyer paisible où se reposer de ses précoces fatigues. Puis l'amertume mal calmée de Robert, et qui filtrait encore à travers ses paroles, l'avait séduite ou plutôt piquée au jeu.

Instinctivement elle s'était dit qu'elle connaîtrait le secret de ce cœur malade et peut-être qu'elle panserait ses plaies. Mais la curiosité, s'il faut être franc, avait fait plus que tout le reste. Seulement, comme elle avait beaucoup étudié et qu'elle n'avait point deviné, madame de Gèvres s'était quelque peu attachée à cet indéchiffrable Robert, absolument comme parfois les peintres s'éprennent de leurs modèles. Non pas qu'elle aimât Robert. Il l'intriguait. Il avait pour elle cet attrait mystérieux des peintures qui demeurent voilées dans les églises flamandes. On resterait des heures entières à contempler ce rideau de serge verte comme si l'œil pouvait deviner la scène qu'il recouvre. Madame de Gèvres était demeurée si longtemps devant le tableau voilé qu'elle ne pouvait plus en détacher son regard

Robert n'avait rien de séduisant. Il était maigre, l'air sombre, souvent silencieux. Mais la flamme sourde de son œil, les crispations de ses lèvres, ces rides habituellement creusées entre ses deux sourcils, jusqu'à ses contemplations muettes le sortaient de l'ordinaire, détachaient cette figure intelligente et pâle du fond vulgaire des autres visages. Il avait déjà instinctivement l'aplomb solide de l'homme qui voit clair dans sa vie et qui, bien décidé à suivre le chemin qu'il a choisi, marche bravement et tête haute.

La publication heureuse des *Résumés philosophiques*, dont Thévenin avait eu l'idée, avait fait de lui non pas encore *quelque chose*, mais *quelqu'un*. A défaut de la position, de la fortune, il avait en partie *le nom*, cette richesse et cette aristocratie parisiennes.

Madame de Gèvres l'avait entendu trop fortement attaquer par le pair de France pour ne pas conclure que le chemin était grand, parcouru déjà par Robert. Il entre toujours quelque parcelle de vanité dans l'amour d'une femme. Sans le vouloir peut-être, madame de Gèvres devint peu à peu plus intime avec Robert; elle laissa entrevoir, peut-être en dépit d'elle-même, peut-être avec beaucoup d'art féminin, qu'elle n'ignorait plus l'amour de Robert, qu'il s'était trahi maintes fois par ses paroles, par ses regards, et que, si elle était aimée, en réfléchissant bien, elle n'était pas éloignée, elle aussi, d'appliquer la peine du talion et de rendre amour pour amour. Robert hésita longtemps à comprendre; il ne voulait pas croire à ces demi-aveux, il s'acharnait à ne regarder ce qui se passait que comme une fantasmagorie; il lui semblait que tout allait lui échapper dès qu'il tendrait les bras vers cette vision.

Puis il était heureux comme il se trouvait, à mi-chemin, regardant le but envié à travers une brume lumineuse, marchant lentement pour ne pas arriver trop tôt, craignant un mirage d'ailleurs, trop éprouvé déjà, trop meurtri, trop déçu, pour croire à ce bonheur si grand.

— C'est impossible, se disait-il, elle ne m'aime pas. Je me suis mépris. Deviner un sourire de femme? Folie! Elle me regardera comme un fou quand je lui dirai que j'ai lu son secret dans son regard, ou encore elle se mettra à rire. Mais non, ajoutait-il, ses paroles, ses confidences, ses soupirs, tout cela a son éloquence,... Pourquoi ne m'aimerait-elle pas? Mais, il est vrai, pourquoi m'aimerait-elle? Regarde-toi donc!

Thévenin s'apercevait de tout ce trouble, évitait toute confidence et se contentait de deviner. Au surplus, il paraissait affligé. Robert n'était plus le même. Sa vie s'était singulièrement compliquée. Il allait au bal, dans les soirées, partout où il savait rencontrer madame de Gèvres. Il la regardait de loin durant toute une soirée, rentrait dans sa chambre et s'endormait heureux. Elle lui avait souri, ils avaient échangé quelques paroles tout bas; en partant, elle avait pris le bras de Robert. Et, quand la voiture s'était refermée, avant de baisser la glace de la portière, elle lui avait serré la main. Tout cela suffisait à Robert.

— Je suis bête, se disait-il. Un collégien me mépriserait. Mais quoi! je suis bien heureux!

Ce bonheur-là n'allait pas sans une certaine fièvre. Cette nature profondément troublée dès l'enfance avait besoin, pour se maintenir dans un état de repos qui était sa santé, d'une vie parfaitement réglée et en quelque sorte méthodique.

— Prenez garde, disait quelquefois Thévenin, les travaux de l'esprit sont assez meurtriers par eux-mêmes; n'y ajoutez pas d'autre congestion.

Mais le moyen de demeurer calme! Madame de Gèvres était décidément maîtresse de ce pauvre cœur. Robert le sentait et prenait plaisir à se mieux persuader de sa défaite. Il est une volupté dans cet état de trouble étrange où l'amour se développe et pousse plus profondément ses racines. Tout ce que Robert avait jusqu'alors refoulé de sentiments naïfs et doux s'épanouissait subitement. Il avait cru ses tendresses d'enfant, sa crédulité, sa candeur, empoisonnées par les larmes. Elles refleurissaient, au contraire, plus éblouissantes que jamais.

Cette intime poésie de la jeunesse, dont il n'avait jamais voulu jusque-là écouter la voix, venait lui murmurer ses plus riants refrains. Il se sentait vivre, en un mot, de la vie commune, oubliant ses douleurs premières, son père mourant, oubliant sa mère... Il lui semblait — c'est l'effet que le malheur amoindri par la perspective produit sur tous — qu'il avait fait un mauvais rêve et que tout s'évanouissait à présent, comme une fumée, de cette troupe de fantômes grimaçants qui le visitaient autrefois.

Son visage même devenait méconnaissable, et Robert Burat était vraiment beau lorsque la pensée qu'il était aimé illuminait son regard. Madame de Gèvres paraissait fière de sa conquête. Elle prenait un plaisir infini à voir Robert, qu'elle savait une nature farouche courbée doucement sous ses moindres désirs.

Elle faisait acheter ses sourires par une foule de soumisssions qu'elle comptait, satisfaite, caressée dans son amour-propre. Elle prenait aussi ses précautions, en femme savante, pour l'heure inévitable où Robert, enfin lassé de soumission, prononcerait le mot terrible et doux, ferait l'aveu de son amour, et à ce loyal aveu demanderait une réponse loyale. Ce moment l'inquiétait bien peu : c'est le quart d'heure de Rabelais de Célimène. Il est dangereux lorsque la coquette a joué avec le cœur d'un homme ardent comme Robert Burat. Mais Renée avait confiance dans sa force et souriait à l'idée de ce danger futur, certaine qu'elle en sortirait sans encombre.

Il n'était pas encore venu d'ailleurs à l'idée de Robert que cette femme pût recevoir avec plaisir ses hommages et n'aimer point celui qui les lui adressait. Quoiqu'il fût défiant au fond, il avait foi dans ces sourires.

Le premier avertissement lui fut donné par Thévenin qui, plus calme, et grâce aux demi-confidences de Robert, pouvait mieux juger la situation.

Aussi bien Thévenin n'était pas en cause, et nul ne juge mieux un drame que celui qui n'en est ni l'auteur ni l'acteur. Thévenin prit, un soir, Robert sous le bras, et, tout en longeant les quais, lui dit doucement, sans ton de pédagogue et avec la seule autorité que lui donnaient son âge et son amitié :

— Vous avez, mon cher Robert, ce malheur superbe d'être bon et très confiant, malgré vos désillusions. Vous vous êtes livré à cet amour pieds et poings liés, sans résistance, avec une sorte de satisfaction que je comprends trop bien. Mais n'avez-vous pas pris garde aux dangers d'un amour complet? Etudiez-vous. Vous n'êtes plus le même; votre vie si simple et si nettement tracée autrefois est double et hésitante.

Cet amour vous absorbe. Je ne veux pas dire qu'il ne mérite pas de vous conquérir tout entier. Le nom de cette femme, les premiers détails de cette passion, je n'ai pas voulu les connaître, certain d'avance que vous n'aviez choisi qu'une femme digne de vous. Ce n'est donc pas de la morale que je veux faire, et je n'en ai d'ailleurs pas le droit! C'est tout au plus un conseil que je veux vous donner : la route à suivre, la route véritable, c'est celle où vous avez bien voulu faire une première étape, grâce à mes conseils; — c'est la route utile, — la route du sacrifice et du labeur, soit; — mais, après tout, ne sommes-nous pas ici pour nous sacrifier un peu? Il y a longtemps que j'ai volontairement choisi le rôle de dupe, qui est le plus beau en ce monde, et vous le savez bien. Voilà celui que vous devez prendre, laissant là les amours vains et tous ses troubles, et toutes ses chimères!

Il suffit d'un éclair dans la nuit pour faire saillir en un instant les lignes complètes d'un paysage. Robert se prit à réfléchir, examina la situation qu'il s'était faite auprès de madame de Gèvres, se demanda pour la millième fois si son affabilité, ses prévenances, ses regards éloquents étaient des encouragements ou des politesses. L'idée ne lui venait pas que tout cela pût être le manége savant d'une coquette. Robert n'était point fat; tout bien réfléchi, il conclut pourtant encore une fois que tout cela était bien clair et que madame de Gèvres pouvait l'aimer.

Il s'était assis sur son lit, regardant la lumière de sa lampe. Il se leva brusquement, parlant tout haut à travers sa chambre.

— Aussi, disait-il, à qui la faute si je doute encore? N'aurais-je pas dû laisser échapper mon secret, secret qui n'en est plus un peut-être? J'ai été tellement sevré de bonheur que je savoure lentement celui qui m'arrive, et si lentement que le doute vient peu à peu et que Thévenin me demande si je suis bien sûr d'être aimé? De tels sourires ne trompent pas. Aimé? J'en ai douté longtemps, moi aussi. Il m'était si facile de savoir... Mais, quoi! je ne suis pas de ceux qui s'exposent à briser leur chimère, puisqu'il la nomme ainsi, pour avoir son secret. — N'importe, conclut-il, je saurai ce qu'elle pense!

Il dormit d'un sommeil troublé, se leva avec le jour, impatient, anxieux, et attendit l'heure de se présenter chez madame de Gèvres. Renée le vit arriver plus froid et plus compassé qu'à l'ordinaire.

Elle se mit à rire en lui montrant un siége, et lui demanda :

— Bon Dieu! monsieur Burat, que vous est-il arrivé?

— Rien, fit-il. Mais je dois être pâle, n'est-il pas vrai? On le serait à moins.

— Vous m'effrayez, fit madame de Gèvres. Qu'y a-t-il?

— Je vous répondrai par une question, madame, dit Robert qui s'efforçait d'étouffer le tremblement de sa voix. Quand vous étiez petite, quand vous aviez longtemps, longtemps admiré, tourné, retourné, aimé le jouet brillant qui vous avait été donné, n'éprouviez-vous pas comme un désir inouï de savoir enfin quel ressort l'animait, quel secret le faisait agir, quelle force lui donnait, ou sa voix grêle et ses mouvements saccadés si c'était un pantin, ou ses fraîches couleurs et ses yeux de cristal si c'était une poupée?

Madame de Gèvres se blottit dans sa causeuse, pencha sa jolie tête blonde et regarda Robert dans les yeux.

Robert avait levé sur elle son regard profond; il ne tressaillit pas. Madame de Gèvres comprit ou devina que le moment redouté était venu. Elle ébaucha son plus irrésistible sourire, et le laissa s'épanouir en un petit éclat de voix argentin, puis elle dit :

— Comme vous remontez loin! Dès souvenirs d'enfance! Passez au déluge!

— Moi, continua Robert, j'étais ainsi qu'il me fallait le secret des choses. Inutile de vous dire que je suis demeuré bien des fois, le cœur gros, devant le pantin déhanché... On croit à des œufs d'or, et l'on trouve du son dans ces jouets chéris!

— Mais comme vous avez donc « le style figuré » aujourd'hui! fit Renée. Que dirait Molière?

— Il me comprendrait. D'ailleurs, je m'explique. Chez moi, l'homme n'a plus rien de l'enfant. Il se contente d'adorer ses jouets, il les contemple avec émotion, il craindrait d'y toucher, tant il les aime! Je suis moins curieux, je suis plus heureux. Quelquefois, je me reporte bien à ce temps où la déception suivait de près le rêve doucement bercé. Mais je repousse bientôt ces souvenirs. Qu'importe ce que j'ai été! Regardons ce que je suis. Je suis, madame, un cœur meurtri, mais cicatrisé; toute ma foi, jadis étouffée sous le doute, s'est réveillée : je respire un air plus pur, je marche d'un pas plus ferme, je suis plein de force et plein d'espoir, et cela simplement parce que j'ai rencontré sur ma route une protestation vivante contre mes doutes et mes amertumes, une femme qui m'a fait comprendre ce que vaut l'esprit, la grâce, le sourire, la séduction, le parfum, les fleurs, tout un monde que je méprisais parce que je l'ignorais, et dont elle m'a donné la clef.

— Et cette femme? dit madame de Gèvres qui ne pouvait se défendre d'une certaine émotion.

Un éclair de tendresse profonde passa dans les beaux yeux de Robert; il se leva instinctivement, et avec un geste net et franc comme son âme :

— Cette femme, dit-il, c'est vous, madame, — et je vous aime!

— Au voleur! fit madame de Gèvres pour cacher son trouble, c'est une déclaration!

— Non, continua Robert emporté par son émotion, c'est l'aveu le plus sincère, le plus soumis et le plus respectueux que puisse faire un homme.

Avec ce mot, je me donne à vous tout entier et je n'exige rien, je ne demande rien... On a dû vous aimer, madame, vous êtes faite pour être aimée. Mais personne n'a laissé du plus profond du cœur échapper son secret avec plus de terreur que moi. Tenez, savez-vous à quoi je pense à présent? Je me dis que vous êtes bonne, puisque vous ne m'avez pas chassé après de telles paroles!

— Vous êtes un enfant! dit-elle en le regardant avec un sourire ineffable. Relevez-vous donc, vous voilà à genoux!

Robert était pâle comme un mort; son cœur sautait dans sa poitrine, il lui semblait qu'il allait étouffer.

— Pourquoi vous chasserais-je? dit-elle. Le crime que les femmes pardonnent le plus vite, c'est le crime des aveux!

— Vous allez me rendre fou! s'écria Robert en voyant ce sourire divin de tout à l'heure persister sur les lèvres de Renée. Savez-vous bien ce que j'ai rêvé, dans ces heures de passion où je ne songeais qu'à vous?

Lorsque je vous suivais des yeux dans ces bals où je n'allais que pour vous, où je ne voyais que vous, savez-vous à quoi je pensais et quels châteaux en avenir je bâtissais tout seul, ambitieux que j'étais? Vous souriez encore. Ne souriez pas. Eh bien! je songeais que vous étiez « veuve, » que peut-être mon travail me ferait un nom digne de vous, et que si j'osais...

Robert s'arrêta tout à coup en voyant madame de Gèvres se lever comme si quelque invisible objet l'eût effrayée brusquement; il la regarda avec effroi, la vit un peu pâle, mais toujours souriante, et l'entendit s'écrier :

— Mais c'est mieux qu'une déclaration, c'est une demande en mariage!

— Pardonnez-moi, répondit Robert, je suis insensé! Vous ma femme! Oui, je le sais, c'est impossible!... Je n'ai rien dit... Pardonnez-moi!

— Le mariage? fit Renée en appuyant son coude sur le velours qui couvrait sa cheminée, et en penchant sa tête sur sa main blanche, le mariage!... Mais savez-vous bien ce que c'est, Robert?

Il tressaillit, à son nom prononcé avec une expression de mélancolie. C'était la première fois qu'elle l'appelait ainsi.

— Que d'amour il faut, continua-t-elle, pour que le mariage, avec le temps, devienne de l'amitié! Vous dites que vous avez souffert? Croyez-vous que je ne connaisse la douleur que de nom? M. de Gèvres ne m'avais pas comprise. Je l'avais aimé. Et quand il est mort, je le détestais! Cela vous étonne que l'amour puisse s'aigrir ainsi? Vous parliez de jouet. C'est le plus vide et le plus trompeur de tous.

— Oh! s'écria Robert, ce n'est pas pour moi que vous parlez?

— Pour vous, pauvre enfant! — Elle donnait à ce nom une musique infinie. — Non, ce n'est pas pour vous! Vous êtes un cœur d'or, je le sais bien, je l'ai bien vu. Vous m'aimez, dites-vous? Je vous crois. Cet amour, je l'accepte. Mais ne demandez rien à une pauvre femme que la vie a courbée!

— La vie! mais vous êtes jeune? mais rien n'est erdu! mais mon amour à moi vous refera des jours de joie; je le sens bien, il est assez fort pour cela! Ce 'est pas seulement mon pauvre nom que je vous offre, 'est mon dévouement, c'est mon sacrifice, c'est moi out entier! Ma femme, vous seriez ma femme! Ah! je ous réponds que je saurais vous trouer dans la foule ne place assez grande pour que vous passiez tête aute!

— Mais ce sont des rêves, fit Renée. Vous n'avez jaais aimé, songez donc, tandis que j'ai été trompée. 'ous me donneriez tout, je ne vous apporterais, moi, ue les débris d'un amour. N'y songez pas. C'est imossible!

— C'est impossible, s'écria Robert en se frappant le ront, eh! c'est impossible, parce que vous ne m'aimez as!

— Qui vous l'a dit? fit-elle brusquement.

Robert s'arrêta interdit.

Elle se tenait droite, le front haut, le regard franc, évère et pourtant souriante encore.

Il sembla comme foudroyé, se précipita à ses pieds, rit la main qu'elle lui tendit, cette main divine qu'il imait tant; il la baisa follement, posant sur ces fossettes satinées des lèvres ardentes.

Madame de Gèvres penchait sur le jeune homme ageouillé son joli visage un peu empourpré, et ses yeux rillaient de l'éclat du triomphe.

Mais quand Robert se releva, elle fut un moment nterdite. Il se taisait, la regardant avec amour; tout ntier à son ivresse, et ne trouvant point de mots our la peindre. Madame de Gèvres baissa les yeux, t, après un moment de silence qui lui sembla long, lle s'écria, regardant la pendule comme par hasard :

— Ah! mon Dieu, comme le temps passe! Et je ois faire une quête aujourd'hui... Méchant que vous tes, vous me faites oublier les pauvres!

Pour la première fois peut-être, Robert trouva la charité désagréable. Mais madame de Gèvres lui tendait la main de nouveau. Il la prit avec effusion.

— J'espère, dit Renée, que l'on vous reverra bientôt. C'est demain soir mon jour de réception.

Robert fit un geste de dépit.

— Pourrai-je vous voir, dit-il, parmi tous ces gens-là?

— Là! n'avais-je pas raison? fit-elle en riant. Ne nous marions pas. Vous êtes jaloux... Déjà! ajouta-t-elle en disparaissant.

La femme de chambre qui vint pour accompagner Robert, le trouva les yeux fixés sur la porte que Renée avait franchie. En entendant du bruit, il redressa le front, sortit la tête en feu, descendant lentement les marches de l'escalier, et se demandant si tout ce qu'il venait d'entendre était bien réel.

La rue était pleine de monde, de bruit, de mouvement et de soleil. Robert prit le chemin du Panthéon en marchant à pas lents, aspirant le grand air à larges bouffées. Un pauvre lui demanda l'aumône. Il lui jeta une pièce de monnaie.

— Ah! fit Robert, comme elle a raison de donner!

Il repassait avec une volupté infinie toute la scène qui venait d'avoir lieu, il cherchait à se rappeler les paroles exactes de Renée, ses gestes et ses attitudes. Ainsi donc il était aimé! Elle avait laissé échapper son secret, elle aussi! Qu'elle était charmante! Il avait encore sur les lèvres l'impression de ses mains douces.

Il se demandait de quel droit il avait mérité d'être si heureux. Puis, à mesure qu'il marchait, il sentait naître et grandir en lui une pensée étouffante. Elle lui avait permis de l'aimer, en lui défendant en même temps d'espérer jamais le mariage. Sa femme! Elle aurait pu être sa femme, et, pour la première fois, dans sa pensée, il lui donnait un autre nom. Madame de Gèvres pouvait être sa maîtresse! Ce n'était point cela qu'il avait rêvé. Et pourquoi, en vérité, refusait-elle de porter son nom? Était-ce que ce nom de Burat sonnait mal à ses oreilles patriciennes? Oui. Elle avait en effet cette infatuation de la noblesse qu'il combattait en toutes choses.

Ce pouvait bien être cela. Mais elle avait dit aussi que le souvenir seul de M. de Gèvres lui défendait le mariage.

Aurait-elle menti? Non. Assurément voilà pourquoi elle ne se mariait pas. M. de Gèvres! Un homme avait donc existé qui n'avait pu trouver le bonheur avec elle? Renée si enivrante, si bonne!

Il ne l'avait pas comprise, voilà tout. Quel homme était-ce, ce M. de Gèvres? Robert se l'imaginait comme un rustre, quelque gentilhomme campagnard incapable de deviner toutes les délicatesses de cette âme exquise.

Robert cherchait à se figurer ses traits. Au fait, il n'avait jamais vu chez madame de Gèvres le portrait de son mari. Il aurait voulu le voir, chercher dans cette physionomie le secret du malheur de Renée; mille pensées lui venaient de cette façon à l'esprit. Mais une seule domina bientôt toutes les autres, celle qui tout à l'heure avait envahi brutalement son cerveau.

— Elle consentirait donc à être ma maîtresse?

Il criait intérieurement à l'impossible, puis il se rappelait le regard et le sourire de Renée, et ce dernier mot qu'elle avait jeté en partant : « Vous êtes jaloux! Déjà! »

— Ma maîtresse! songeait Robert.

Et il lui semblait que cette pensée seule était un blasphème.

Puis, brusquement, il se mettait à rire.

— Allons, décidément, se disait-il, elles sont toutes les mêmes, et je m'étais trompé!

Il revoyait accourir vers lui l'amer essaim de ses premières pensées, il les repoussait, il se répétait que c'était une erreur, qu'il n'avait point compris la pensée de madame de Gèvres. — Ensuite, n'était-elle pas libre, après tout? La femme coupable, c'est seulement celle-là qui trompe un mari pour un amant.

Renée n'était-elle point veuve?

A qui répondait-elle de ses actes? Si elle se donnait à lui, n'était-ce pas la plus grande preuve d'amour qu'elle pût accorder? N'importe, ce n'était pas ainsi qu'il avait rêvé son roman. Ce dénoûment l'irritait.

— Le beau jouet était rempli de son! se disait-il. Je sais bien des gens qui s'en contenteraient. Cela m'attriste.

Il marcha longtemps ainsi. Peu à peu, l'ombre emplissait les rues; les passants ressemblaient à des ombres parmi le crépuscule, et çà et là quelques lumières venaient déjà lutter contre la nuit qui approchait. Robert se sentit fatigué. Il entra dans un restaurant, s'assit tout seul à une table, puis sortit. Une sorte de prostration avait succédé à cette joie intense qui l'animait pendant qu'il descendait l'escalier de madame de Gèvres. C'est qu'il avait analysé toutes ses sensations, interrogé le sens de toutes les paroles de Renée, c'est que ce nom de maîtresse donnait à madame de Gèvres une physionomie nouvelle. La veille, le respect faisait aussi partie de son amour; ce respect perdu, il lui semblait que soudain son amour diminuait.

Le premier coup d'œil de Robert, en rentrant dans sa chambre, fut pour ses travaux inachevés. Il prit sans y songer quelques feuillets dans son buvard, les relut, et fit diversion avec ses pensées.

— Thévenin a raison, se dit-il; voici la route! Si je lui contais demain ce qui m'arrive aujourd'hui?... Et pourquoi?... Je n'en ai pas le droit, au surplus! La pauvre femme m'aime! elle m'aime!

Mais, en se répétant ces paroles, il n'éprouvait plus la même émotion que la veille. D'ardentes pensées, chassées aussitôt, lui venaient, l'échauffant.

— Le plus sage, dit-il enfin, ce serait de ne plus la revoir. Quel souvenir je conserverais d'elle!... Oui, je devrais faire cela! Mais — et Robert haussait les épaules — ces programmes-là sont de ceux qu'on ne suit jamais! J'avais raison de redouter l'amour, moi. Affaire de pressentiment, comme ceux qui ont peur des voitures et qui meurent écrasés par un camion!

V

Madame de Gèvres était satisfaite de la tournure qu'avaient prise les choses. Elle avait savamment laissé échapper son secret, et elle était très intimement persuadée que désormais Robert lui appartenait tout entier. Elle ne pouvait s'être trompée, et le trouble radieux du jeune homme, qui ne lui avait pas échappé, parlait clairement. Aussi fut-elle assez étonnée de ne pas voir Robert accourir chez elle dès le lendemain. Elle l'attendait, elle avait préparé déjà quelqu'une de ces tactiques ingénieuses dont elle avait le secret, elle souriait assise dans sa causeuse, tout en se faisant les ongles pour les aiguiser plus cruellement.

Robert ne vint pas.

Elle se sentit piquée, et beaucoup plus qu'elle ne sembla le croire.

Mais son dépit dura peu, elle passa la soirée au théâtre et rentra plus certaine que jamais de la puissance qu'elle avait conquise sur Robert Burat.

Les jours passaient pourtant, et Robert ne venait pas. Madame de Gèvres se sentait décidément, non pas inquiète, mais impatiente.

Elle essayait de deviner pourquoi Robert s'éloignait ainsi vainement. Elle ne trouvait aucune raison pour expliquer cet éloignement. Cette sorte de mystère l'intriguait beaucoup.

Décidément, Robert n'était pas un amoureux comme un autre, et ses troubles, ses doutes, cette affection mélangée d'espérance et de désespoir commençaient à faire songer madame de Gèvres.

Mais, quand elle revit Burat, quand il se fit annoncer chez elle, subitement transformée et ne retrouvant en présence du jeune homme que des paroles de dépit, elle le reçut avec une sorte de raillerie qui contrastait d'autant plus avec l'accueil de l'autre jour. Peut-être espérait-elle que cette attitude allait irriter profondément Robert.

Il demeura calme, un peu sombre, parla lentement avec une certaine expression attristée, ne disant mot de cet amour qu'il avait proclamé pourtant, contemplant Renée avec une singulière expression de tendresse et de regret.

Madame de Gèvres parut surprise; elle changea de ton, devint plus familière, doucement amena par des inflexions de voix irrésistibles ou des regards furtifs la conversation sur le sujet brûlant de l'amour. Robert paraissait souffrir. Il se leva brusquement, prit congé de madame de Gèvres stupéfaite et sortit. Il avait besoin de se retrouver au grand air. Sa première pensée, dès qu'il eut mis le pied dans la rue, fut celle-ci :

— Cette femme est une coquette, rien de plus. Elle ne m'aime pas!

Il marchait vite, la fièvre battait ses tempes. Il se sentait oppressé, presque malade, malheureux.

— J'avais dit que je n'y retournerais point! songeait-il.

Il s'accusait, puis il doutait encore. L'accueil qu'elle venait de lui faire, cet accueil un peu dédaigneux au début ne l'avait-il vraiment pas mérité? Six jours sans la voir?

Elle avait cru peut-être qu'il l'abandonnait. Aussi n'était-ce pas cet accueil-là qui irritait Robert, mais au contraire ces manéges charmants, cette coquetterie experte dont elle l'avait accablé tout à l'heure. Puis, à mesure qu'il s'éloignait d'elle, la revoyant, avec son frais sourire, accoudée sur son fauteuil, le bras gauche replié sous sa poitrine, promenant, comme par contenance, sa main droite dans ses cheveux blonds, il se maudissait lui-même, surmontait ses doutes et se promettait de tenter une dernière fois l'épreuve et de demander enfin à Renée l'aveu complet du secret qu'elle avait à demi-dévoilé.

Il la revit le lendemain encore. La brusque sortie de la veille avait surpris et un peu dépité madame de Gèvres. Elle voulut continuer à faire expier à Robert ses inégalités d'humeur par une petite guerre de reproches et de persiflage.

Robert n'aimait pas ces escarmouches inutiles; il était venu pour parler à cœur ouvert, il montrait son âme toute grande; chez lui ni mots à double entente, ni pointes d'esprit, ni reproches déguisés et aiguisés par des sourires; cette comédie des récriminations lui donna sur les nerfs. Il laissa madame de Gèvres parler, sourire, agiter ses mains blanches, alanguir ses beaux yeux, vocaliser toutes les notes de la comédie féminine. Pendant qu'elle parlait, assis à côté d'elle, les yeux fixés sur le tapis dont il regardait vaguement le dessin, il songeait à toutes ses belles espérances, à tous ses rêves, à cet amour vaste et pur qu'il avait entrevu, à cette union éternelle qu'il avait espérée, à cette affection sainte et complète, l'antithèse de cet amour capricieux, de cette affection maligne, de ces savants sourires contre lesquels il se heurtait.

Et pendant qu'il songeait, la voix vibrante de madame de Gèvres lui semblait comme l'accompagnement railleur qui riait tout haut de ces chimères auxquelles il songeait tout bas.

Robert était venu pour arracher, à force de protestations, de cris sincères et de vérité, le secret de madame de Gèvres. Il s'était dit d'avance que, si elle l'écoutait, elle serait entraînée par sa conviction et sa foi. Il l'eût souhaitée rebelle, ennemie. Que lui eût importé? Il était certain de triompher. Il était sûr de trouver de ces accents qui vont à l'âme parce qu'ils en viennent. Mais il trouvait une jeune femme rieuse, jouant avec le sentiment comme avec une raquette, très disposée (il le sentait bien) à éviter avec tendresse tout ce qui pourrait amener les propos sur un autre terrain que celui de la galanterie spirituelle et d'un certain marivaudage.

Il se sentit accablé, désarmé, éteint. Cette affectation de frivolité le mettait au désespoir. Il essaya pourtant d'y répondre par un grave et loyal sentiment. Il prit son parti tout d'un coup, interrompit madame de Gèvres et lui demanda en la regardant bien en face :

— Que pensez-vous que l'on doive faire en amour, lorsqu'on s'est trompé?

— Oh! oh? dit madame de Gèvres... voilà que vous tournez au tragique!

— Vous avez tant d'esprit que vous me le pardonnerez.

— Soit, mais encore faudrait-il savoir ce que vous entendez par une tromperie?

— Je ne dis pas tromperie, je dis déception.

— Voilà un mot qui a bien des sens, fit Renée. Expliquez-moi celui que vous entendez lui donner...

— Ce sera facile. Supposez qu'un songeur ait rêvé la Joconde du Vinci et que celle qu'il a prise pour la Monna Lisa...

— Oh! des apologues, monsieur Burat! interrompit madame de Gèvres. Je vous vois venir. La déception! C'est bientôt dit. Vous demandez une étoile, on vous donne un diamant, et quand vous le tenez vous dites dédaigneusement : Ce n'est que cela! C'est pourtant quelque chose, j'imagine. D'autant plus que si l'on vous donnait jamais une étoile véritable, elle vous brûlerait les doigts un peu cruellement!

— C'est possible, fit Robert devenu songeur.

— Vous n'êtes pas gai, dit Renée après un silence. Je ne vous en veux pas, ajouta-t-elle, mais pour ma part je n'ai jamais aimé Werther.

— C'est un reproche? demanda-t-il avec une anxiété qui n'allait pas sans colère.

— C'est un conseil!

— Au fait, s'écria Robert, vous avez raison!... La tristesse? sottise! La mélancolie! maladie! Les regrets? inutilités! Le propre de l'homme, on l'a dit, c'est le rire. Il paraît que les larmes sont hors nature. Rien n'est insipide comme un malheureux. Connaissez-vous un arbre qui ait l'air plus niais qu'un saule? Vous avez bien raison!...

Il s'était levé et saluait déjà.

— Vous partez? demanda Renée. Donnez-moi au moins la main!

Elle pencha sa jolie tête sur son épaule droite, tendit la main et haussa légèrement les épaules, avec un geste de reproche si doux que Robert se sentit troublé et regretta un instant de s'éloigner. Mais ce ne fut qu'un instant. Il n'était point au bas de l'escalier qu'il avait pris déjà son parti.

— Oh! la séduction dangereuse! songeait-il. Charme enivrant! Tout ce qui attache, tout ce qui captive, tout tout ce qui affaiblit, tout ce qui éblouit, elle a tout cela! Mais rien autre. Allons! c'est une lutte à soutenir avec moi-même, c'est une opération à faire, j'aurai la main solide. Je ne la reverrai plus!

Et il éprouvait comme un âcre plaisir à songer que ses pressentiments ne l'avaient point trompé, que ses premières haines d'enfant se trouvaient ainsi justifiées par la vie et que ses doutes étaient justes.

Il ne voulait plus la revoir. Il voulait étouffer son souvenir, se vaincre. Thévenin lui demanda un soir pourquoi il était si triste.

Robert lui conta tout; il était heureux de confier à quelqu'un qu'il était déçu, et le fit avec une verve saignante qui n'allait pas sans amertume.

— Eh bien, dit Thévenin, le dénoûment a été brusque, mais il était inévitable. A l'avenir, les comédies de ce genre que vous jouerez ou que vous regarderez auront toujours le même baisser de rideau. Il ne faut pas vivre longtemps pour s'apercevoir que la règle de la vie, c'est la banalité!

— Aussi bien, s'écria Robert, faut-il s'arracher au terre-à-terre des choses pour franchir les sommets de la science ou de l'art. Tant que j'aurai une vérité à dire et un morceau de papier pour la proclamer, que toutes les désillusions m'arrivent, je serai heureux!

Thévenin paraissait rassuré. Il aimait véritablement Robert d'une affection de père ou plutôt de frère aîné. Il n'aurait cependant point voulu abuser de son autorité pour imposer sa règle de conduite à ce jeune homme; mais, au fond du cœur, égoïste comme tout pionnier de l'idée, il était satisfait que les événements, en donnant raison à ses appréhensions, lui eussent rendu Robert.

Quant à Robert, il lui fallait quelque courage pour oublier ses espoirs brisés, ce roman doucement caressé, terminé maintenant, tout ce qu'il perdait de calme bonheur et de mystérieux enivrement.—Les châteaux en Espagne qui s'écroulent étouffent plus d'une fois le malheureux qui les avait bâtis. — Il y avait de la fièvre dans son ardeur, du désespoir dans sa résolution de lutte. En pareil cas, on soulèverait des mondes, ou l'on commettrait des crimes. Mais surtout Robert était fermement résolu à ne plus revoir madame de Gèvres. Aussi bien, un soir, las de se taire, il prit la pleme et lui écrivit,

Sa lettre, attristée, quoi qu'il en eût, amère malgré ses efforts de dissimuler tout ce qu'il souffrait, était courte, concise; mais son éloquence douloureuse disait toutes ses espérances et toutes ses déceptions. Il avait espéré l'affection complète, le dévouement, le sacrifice; on lui offrait l'amour, mais l'amour souriant et mutin, l'amour changeant, non l'amour paisible et doux, sa chimère! Il repoussait cet amour-là. Il aimait mieux désormais demeurer seul et conserver de cette tendresse déjà si profonde ce qu'on ne pouvait lui arracher, ce qu'il ne pouvait même maudire, le souvenir de ces chères soirées où, souriante, Renée se penchait vers lui pour causer tout bas.

Cette lettre était un adieu, un adieu sans trop de dépit et sans colère, mais un adieu formel, irrévocable. En la lisant, Renée devait deviner que cette lettre disait la vérité et que maintenant celui-là même qui l'avait tant aimée renonçait franchement, avec une sorte de stoïcisme farouche, à son amour.

Robert ne relut même pas cette lettre; il sortit, la mit à la poste et rentra sans tourner la tête. Sa chambre lui parut plus charmante. Il éprouva, ce soir-là, quelque chose du calme de ses premières années de liberté, lorsque l'oncle Germain l'avait installé dans cette chambre de la rue des Postes, et qu'il s'était mis si vaillamment au travail.

— Maintenant, songeait-il, il est fini, mon premier roman! Quoi qu'il soit bien court et bien humble, ce sera un livre à relire quand je serai seul!

Dès le lendemain, il se remit franchement à l'œuvre. Il avait ouvert sa fenêtre devant les toits que dorait le soleil, respiré l'air vivifiant que les premiers beaux jours échauffaient, et, regardant un moment ce ciel bleu où piaillaient gaiement les hirondelles :

— Original, s'était-il dit en se raillant lui-même, c'est quand arrive le printemps, que tu te prives de ta ration d'amour!

Le travail du matin achevé, Robert descendit, déjeuna dans un restaurant voisin et se rendit au cabinet de lecture. Pierre Thévenin n'y était pas. Robert essaya d'étudier, mais la pensée de madame de Gèvres revint encore le distraire.

— Elle a ma lettre, songeait-il. Qu'a-t-elle dit?

Puis il se reprochait d'y penser encore... ou bien il prenait plaisir à y songer, se disant que le temps le rendrait assez tôt oublieux.

Il rentra chez lui par le Luxembourg. Les allées du jardin étaient pleines de monde. Çà et là, parmi les vêtements d'hiver, apparaissait quelque fraiche toilette d'été. L'air sentait bon, les enfants jouaient, l'horizon sombre des arbres se poudrait de vert, et les passants s'arrêtaient pour jeter des miettes aux moineaux qui voletaient en criant par nuées comme des essaims d'abeilles.

Robert se mit à lire, assis sur un banc; puis, distrait, il regarda la foule passer. Il s'ennuya bientôt, remonta vers le Panthéon, regagna la rue des Postes.

Il passait devant la loge du concierge lorsqu'on le rappela.

— Monsieur Robert, dit la petite fille de la portière, *il est venu une dame pour vous demander.*

— Une dame? dit Robert. (Il songea aussitôt à madame de Gèvres.) Y a-t-il longtemps qu'elle est venue?

— Une heure; mais elle a dit *comme ça* qu'elle reviendrait!

Renée! car évidemment c'était elle. Et pourquoi? Robert ne savait pas, mais il eût juré que c'était elle. Il le devinait, il le sentait. Il monta l'escalier en s'arrêtant à chaque marche; son cœur battait.

Arrivé à la porte de sa chambre, il s'arrêta. Il lui semblait qu'on montait derrière lui; il entendait distinctement un frôlement de soie. Il se pencha sur la rampe, regarda au-dessous de lui, puis se rejeta instinctivement en arrière, comme effrayé. Il avait reconnu madame de Gèvres.

Robert entra précipitamment dans sa chambre, laissant la porte ouverte et debout contre la cheminée, attendant.

Madame de Gèvres parut sur le seuil; elle était un peu essoufflée, et son joli visage rougissait. Ses cheveux blonds, encadrés dans un élégant chapeau bleu. se tordaient sur son front; elle s'enveloppait dans un châle de guipure qui tranchait sur sa robe de soie bleue. Elle s'arrêta un moment, comme si elle n'eût pas osé entrer, regardant Robert qui semblait pétrifié et jetant aussi un coup d'œil sur les pauvres meubles de la petite chambre. Puis, s'avançant avec son sourire habituel :

— Qu'y a-t-il donc, Robert? dit-elle en donnant à sa voix cristalline les inflexions les plus douces. Voilà que vous boudez, à présent?

Robert ne savait que répondre, Fasciné, il regardait madame de Gèvres et croyait rêver.

— Elle ici! se disait-il.

Et sa chambre lui paraissait tout à coup rayonnante.

— Vous ne me répondez pas? dit madame de Gèvres.

— Madame, fit Robert tristement, j'ai répondu!

— Ah! vous pensez encore à votre lettre? Mais vous ne voyez donc pas que c'est à cause de ce méchant papier que je suis ici! Qui vous l'a dictée, dites?

— Personne, madame. (Il haussa les épaules.) La raison, si vous l'aimez mieux!

— La raison? Et c'est vous qui me reprochiez l'autre jour de ne pas vous aimer! Savez-vous que vous m'avez fait bien du mal avec votre raison? Oui, bien du mal, dit-elle en s'asseyant et en poussant un soupir tout en arrangeant les plis de sa robe.

— Dieu m'est témoin, madame, s'écria Robert, que je donnerais ma vie pour vous éviter un chagrin!

— Allons! il m'aime encore! pensa madame de Gèvres qui sourit lentement. Eh bien! dit-elle tout haut, malgré votre dévouement inaltérable, vous m'avez rendue la plus malheureuse des femmes! Ecrit-on une pareille lettre? Eh! que vous ai-je fait, Robert, pour que vous repoussiez ainsi mon amitié?

— Je ne la repousse pas, madame, je veux la conserver pour moi seul, comme le plus cher de mes souvenirs!

— Et pourquoi rejeter dans le passé ce qui est le présent? Pourquoi repousser ce que je vous offre, mon affection tout entière, mon cœur tout entier?

Assise, elle dressait sa tête en regardant en dessous, avec un sourire plein d'une séduction raffinée, Robert, qui se tenait debout, l'œil fixe, troublé, et sentant sourdement tout son amour lui revenir au cœur plus puissant qu'auparavant, puisqu'il avait été plus fortement refoulé.

— Vous ne répondez pas? dit-elle encore.

— Voyons, s'écria Robert, je vous l'ai dit. Je vous aime. Pourquoi ne seriez-vous pas ma femme?

— Oh? cela, Robert, dit Renée, c'est impossible?

— Impossible? et pourquoi?

— Vous le savez. Je veux demeurer veuve, je veux être libre!

— Libre! c'est donc votre liberté qui vous tente? s'écria Robert, en éclatant d'un rire un peu nerveux. Vous croyez donc que je me changerais en tyran, moi qui vous aime? Votre liberté! Vous voulez être libre! Libre de me repousser après m'avoir attiré, n'est-ce pas? Libre de me chasser après les dernières convulsions de notre amour!

— Robert! vous êtes un ingrat, Robert! Si je veux être libre, c'est pour vous aimer! c'est pour n'aimer que vous, et cela, sans que vous ayez d'autres droits sur moi que ceux de cet amour même. Je ne veux pas être votre femme, je consens à être votre esclave!

— Ah! Renée, vous me rendrez fou! s'écriait-il. Pourquoi êtes-vous venue?

— Parce que je t'aimais!

— Renée!...

Il se précipita à ses pieds, écrasé, anéanti, pleurant de joie.

— Ne me dites pas cela, répétait-il, ne me parle pas ainsi!... Ce n'est pas vrai, n'est-ce pas?... tu mens?...

— Non, dit Renée, je t'aime, entends-tu, je suis à toi! je suis à toi, non point parce que je porte ton nom. mais parce que cet amour nous unit. C'est assez! J'ai dit que je voulais être libre? J'ai menti; je veux te servir, te suivre partout, je veux t'aimer!

— Renée! s'écria Robert en l'embrassant follement. Tu es bonne! Je t'aime! Viens...

— Qui donc est là? dit madame de Gèvres, en poussant un cri.

Elle étendait la main vers la porte.

Robert se retourna. Il aperçut Pierre Thévenin qui se tenait immobile sur le seuil.

— Vous! dit-il avec une sorte de reproche.

Thévenin sembla ne pas l'entendre. Il fit un pas en avant, les yeux fixés sur madame de Gèvres et les bras croisés.

Robert le regardait d'un air égaré, sans deviner, sans comprendre, mais la gorge serrée, un cercle autour du front...

Il regardait Thévenin, il regardait madame de Gèvres.

Renée s'était rejetée en arrière, comme si elle eût marché sur un serpent. Elle appuyait ses mains sur le marbre de la cheminée, son corps, ployé en deux, se reculait vers la muraille. Son visage décomposé était devenu livide. Robert vit ces lèvres, tout à l'heure roses et souriantes, devenues soudain violacées; ces yeux souriants, à présent cernés, dilatés par l'effroi, perdus, égarés. Elle ressemblait à un fantôme. Elle tremblait; ses dents serrées, ses narines, brusquement pincées, la rendaient méconnaissable. Robert crut qu'il allait s'évanouir; il avait peur.

Thévenin avançait toujours, s'arrêtant à chaque pas, le regard sur Renée, l'œil froid et sévère, sa barbe noire ressortant davantage sur son visage pâle comme un suaire; sans menace, sans geste, il se dressa devant Renée et la regarda.

Elle jeta, d'un air sinistre, un regard autour d'elle, comme pour se rendre compte de ce qui se passait. Elle ressemblait à quelque chatte acculée dans un angle en face d'un ennemi menaçant. Elle interrogeait Robert de ses yeux agrandis pour deviner ce quelque chose de terrible qu'elle ne comprenait pas et qu'il avait l'air de ne pas comprendre non plus.

Elle tremblait comme la feuille.

Tout à coup elle se redressa, s'avança rapidement vers la porte, se retourna vers Thévenin pour lui lancer un regard chargé de menaces; et comme Robert s'avançait vers elle pour la retenir :

— Laissez-moi! laissez-moi! dit-elle. Adieu!

Elle disparut, repoussant violemment la porte derrière elle, descendant l'escalier en courant, comme si quelque spectre l'eût poursuivie.

Robert poussa un cri étouffé.

Il interrogeait d'un air égaré Thévenin qui penchait sa tête sur sa poitrine, et qui les bras croisés, le front ridé, semblait abîmé dans un flot d'amertume.

Robert alla droit à lui, se planta en face de son ami, et d'une voix étranglée :

— Elle a été votre maîtresse, n'est-ce pas? dit-il.

Thévenin se leva en haussant les épaules et regardant Robert avec une fraternelle pitié :

— Elle? dit-il. C'est ma femme!

Robert se recula instinctivement, et un sanglot terrible, sourd et déchirant lui monta á la gorge. Il se sentit faiblir, regarda Thévenin avec l'œil d'un fou, et se laissa tomber sur son lit; ses jambes ne le soutenaient plus.

Ses pensées se heurtaient dans sa tête avec des chocs bizarres. Quel horrible cauchemar! Tout cela était-il bien vrai? Impossible! Il allongeait le cou vers Thévenin, qui maintenant se promenait de long en large les mains dans les poches, frappant du pied, les yeux gros de larmes contenues. Non, non, c'était un rêve! Il appela Thévenin, lui tendit la main, leva les yeux sur lui, et cette question silencieuse avait son éloquence effrayante.

— Oui, répondit Thévenin. C'est à se casser la tête contre la muraille!

— C'est donc bien vrai? disait Robert. Voyons, s'écria-t-il tout à coup en se levant vivement. Elle m'a donc menti? Elle ne s'appelle donc pas madame de Gèvres?

— De Gèvres est le nom de son père, répandit Thévenin. Elle a repris en me quittant son nom de jeune fille!

— Elle mentait! fit Robert.

— Mentir? ah! mentir? s'écria Thévenin avec un cri douloureux. C'est son lot, c'est son rôle! Cette femme a tué l'espoir en moi, elle aurait tué la foi si je n'avais eu pour me défendre contre mes doutes le souvenir de ma brave femme de mère... Ah! c'est elle que vous aimiez? Renée! Eh bien! je suis content d'être venu chez vous aujourd'hui!

Il continuait à marcher, parfois s'arrêtait, regardait Robert; ses mouvements étaient brusques; sa voix vibrante, haute, irritée, amère.

— Renée! Il ne lui manquait plus que cela de venir m'arracher le cœur de mon ami.

— Vous l'arracher? dit Robert. Vous savez bien que c'est impossible!

— Ah! non, non, vous ne la connaissez pas! Mon Dieu! que je l'ai aimée, Robert! Elle n'a pas vieilli. C'est injuste. Maintenant je la hais. Il m'a fallu la revoir, et la revoir ici, surtout, à vos côtés, souriante, perfide, pour revoir en même temps toute ma vie passée, toutes mes souffrances!

— Mais elle sait donc bien tromper? dit Robert.

— Misère!... Je l'avais épousée par amour. Elle était riche; je n'avais mis d'autre condition à ce mariage qué celle-ci : à savoir que je vivrais de mes revenus, sans jamais toucher à la fortune de Renée. Un sentiment instinctif de fierté me faisait agir comme aujourd'hui me le conseillerait la prudence. Elle ne me reprochera du moins jamais d'avoir touché à sa fortune.

Nous vivions un peu séparés à cause même de mes études. Elle aimait le monde et ses plaisirs, j'adorais la solitude. De là commencèrent nos premiers dissentiments. Je vous ai déjà raconté cette histoire, mais je n'ai rien dit de ces choses intimes qui, seules, donnent le secret des caractères. Renée était vaine, irritable, coquette. Je ne pouvais satisfaire à sa coquetterie, ni à sa vanité.

Un pauvre diable de professeur doit faire son chemin lentement. Elle eût voulu déjà me voir ministre de l'instruction publique, et lancer des invitations de bal aux quatre coins de Paris. Ma mélancolie, mon amour profond du labeur profitable, elle me reprochait tout cela. Que faire d'un mari qui travaille? Mon Dieu! que j'ai souffert! Si, du moins, j'avais eu un enfant pour me consoler... Je le disais parfois. Un soir elle me répondit (je l'entends encore) :

« — Les enfants! Quelle servitude! Je n'aime que les enfants des autres! » Elle me reprochait encore mon âpre amour de la liberté, ces idées qui font la règle et le soutien de ma vie et qu'elle me demandait de lui sacrifier! Elle me faisait sentir quel fardeau était pour elle ce nom de Thévenin, que ne précédait ni quelque comté ni quelque baronie. Elle m'avait, je crois, épousé par amour, ou pour se marier, comme la plupart des jeunes filles. Quand elle se vit entourée de livres, dans ce milieu austère que j'aime et qui me rend heureux, l'ennui, les regrets, le désespoir, l'envahirent. Au lieu de se résigner, elle s'aigrit. Sa vanité non satisfaite, ses espoirs déçus, lui firent perdre la tête. Elle s'arma en guerre contre moi. Sevrée des plaisirs mondains, de ces bals que je partageais quelquefois avec elle pour la distraire, elle voulut m'interdire à son tour les plaisirs qui faisaient ma vie.

Elle reçut mes amis assez mal, elle leur fit sentir combien leur présence l'ennuyait, elle se révéla tout entière. Exigeante, impérieuse, déterminée sous une doucereuse apparence, terrible avec ses chatteries qui paraissaient inoffensives, criminelle avec son œil bleu, qui semblait incapable de tromper. Tromper! tromper et mentir! Quelle insupportable vie! Il lui eût été si facile de demeurer honnête! Vous souffrez? Voulez-vous que je m'arrête?

— Non, non, parlez, dit Robert. Cela me fait du bien!

— A moi aussi! Il y a longtemps que je n'ai laissé échapper tant de colère! Je croyais toute cette tempête calmée, et, je vous le jure, elle l'était. Mais vous voilà en cause, Robert; mais il s'agit de vous faire voir clair en tout ceci. Je mets le doigt sur la plaie. Tant pis!

Vous l'avez aimée? Qu'y a-t-il d'étonnant! Je n'ai aimé qu'elle, moi! Elle m'a bien récompensé. Après cette phase d'opposition, de querelles mesquines, elle devint tout à coup soumise, souriante, douce comme auparavant.—« Elle s'est repentie, me disais-je. Je puis être encore heureux! » Imbécile! Sourire, soumission, douceur, tout était faux. Tout cela cachait un piége, une trahison, une lâcheté. Bref, elle me trompait? Je voulus tuer son amant. C'était stupide. Le déshonneur, après tout, n'était pas pour moi. Mais j'étais fou de douleur, vous savez. Après avoir songé à un duel, je songeai à un suicide. J'étais résolu à leur laisser la place. Je souffrais tellement que je ne voyais plus que ma douleur. Souffrir beaucoup, cela rend égoïste. Si je repoussai mes pistolets chargés, c'est que j'avais songé que le meilleur suicide est encore le plus lent. « Travaillons! me disais-je. Le travail me tuera. » J'étais jeune, et je ne demandais déjà plus rien à la vie. Je ne lui ai rien demandé depuis. Pourtant, je ne pouvais garder ce secret en moi. Je le lui jetai à la face un soir. J'étais sans doute bien exaspéré. Si elle eût nié, elle était morte. Elle le vit bien. Elle écrivit à son amant, elle prit ses diamants, ses bijoux, elle mit ses vêtements dans un fiacre, la nuit, comme un voleur qui se sauve, et, avec cet homme, elle partit... On les vit en

Allemagne, en Italie, je ne sais où... Ce fut alors que je donnai ma démission. Je haïssais la foule. Tous les regards, me semblait-il, lisaient en moi mes déceptions et mes douleurs. Oh! l'amer plaisir d'être seul et de pleurer!

Je devins une façon de lycanthrope, je m'enfermai, je vécus loin de tous. On m'oublia. C'est une grâce, l'oubli, qu'il ne faut pas trop souvent demander aux hommes, et qu'ils ne vous refusent jamais. L'oubli et l'ingratitude poussent sans semences, comme les fucus. Je ne la revis plus. La blessure devint cicatrice, mais si irritable encore, qu'il ne faut pas appuyer beaucoup pour me faire crier. Vous le voyez bien! Quel hasard terrible! La retrouver ici, près de vous. chez vous! C'est effrayant.

— Je l'avais repoussée, dit Robert, Elle est venue!

— Eh! pardieu, la mouche échappait à l'araignée! Elle a fait provision de tous ses fils soyeux, elle est accourue, elle vous a entouré de caresses et de séductions. Les séductions banales! Combien de fois, depuis qu'elle a laissé derrière elle ma maison déserte, a-t-elle fait servir le même sourire et les mêmes protestations! Comédie irritante! Comédie exécrable! Quelle vie cache tout cela, mon Dieu! quelle vie? Elle est assez riche, sa fortune la sauve. Supposez-la pauvre, c'est une courtisane. rien de plus. Elle cherche le plaisir sans le trouver, elle chercherait l'argent pour le jeter au ruisseau. Et cette femme porte mon nom! Encore a-t-elle eu la pudeur de le quitter. Et ce père, qui a ramassé un titre sous les balles autrichiennes afin de permettre à sa fille de jouer à la grande dame devant ceux qu'elle veut trahir!

— Ainsi, dit Robert, vous n'avez point pardonné.

— Qui pardonne exige le repentir. Je ne lui demande rien, et je n'ai pour elle que de la pitié!

— Mais qui vous dit qu'elle ne souffre pas? dit Robert en faisant passer dans un cri toute sa souffrance à lui.

— Mon Dieu! s'écria Thévenin, vous ne m'avez donc pas compris, Burat! Je vous répète qu'elle ment. Prenez garde! vous disais-je hier quand je ne connaissais pas la femme dont vous me parliez, l'échec est peut-être là. Prenez garde! vous dis-je aujourd'hui, le gouffre est à vos pieds. Un homme qui ment peut vous tuer; une femme qui ment peut vous déshonorer. Je hais le mensonge et je vous aime: voilà pourquoi je tremble. Croyez-vous que je m'irriterais ainsi si vous n'étiez là? Je me serais retiré, méprisant. J'ai voulu rester pour vous arracher à elle. Vous avez bien vu. Elle a eu peur, elle est partie!

— Et qui vous dit, s'écria Robert avec la même expression douloureuse. que vous ne l'aimez pas encore et que cette colère n'est pas de la jalousie?

L'œil de Thévenin devint sévère; il se fixa durement sur Robert, puis s'adoucit et s'attrista.

— Mon pauvre Robert!

Burat vit Thévenin s'approcher de lui, lui tendre la main, la serrer fortement.

— Robert, mon ami, dit Pierre gravement, vous l'aimez donc bien?

Robert tressaillit.

— Vous l'aimez encore!... Ah! malheureux, vous ne me croyez pas peut-être!

— Je vous crois, dit Robert sourdement.

— Et pourtant, vous l'aimez toujours!

— Non... s'écria Robert, je crois au contraire que je la hais! Pardonnez-moi d'avoir prononcé ce mot de jalousie. Mais je suis hors de moi. Songez... Cette femme, le hasard la jette sur ma route, un soir,.. oui, le hasard... et brusquement voilà le malheur venu... Je suis né maudit!

— Vous avez la fièvre... vous êtes malade... Sortons!

— Je veux rester ici!... Je veux lui écrire!... Je veux...

— Eh! s'écria Thévenin, vous voyez donc bien que vous l'aimez!

— Qu'importe, si j'arrache cet amour de mon cœur?

— Oubliez Renée, ou vous êtes perdu.

— Renée! fit Robert sans songer.

— La jalousie, disiez-vous?... Elle est bien loin!... Mais, vous êtes mon ami, Robert... je veux vous sauver!

— Allons donc! je vous dis que je porte malheur, moi! La fatalité? On n'y croit point, n'est-ce pas? Eh bien! mon père est mort assassiné par une femme. Moi...

— Vous, Robert, vous pouvez marcher le front haut, vous pouvez oublier, comme je l'ai fait, vous pouvez lutter, être utile...

— Et qui vous dit que j'ai la force de me dévouer comme vous?

— Moi?

— Vous ne me connaissez pas! Tenez, je finirai par le suicide!

— Vous êtes fou! Robert, sortons... Le grand air vous fera du bien!

— Non, je reste ici. Cette chambre. Elle était là! Pourquoi est-elle partie? Ah! la malheureuse!

Thévenin fit un geste désespéré, tendit la main à Robert, l'étreignit avec force et, dans un sanglot:

— Adieu! s'écria-t-il.

Machinalement Robert le regarda sortir avec rapidité. Quand il se vit seul, il n'eut qu'une idée, un cri;

— Elle me trompait!

Et reportant sa pensée vers Thévenin, mais sans tout comprendre, pressentant un malheur nouveau:

— Comme il m'a dit adieu! songea-t-il.

VI

Une fois seul, Robert laissa échapper un flot de larmes contenues. Ces larmes lui brûlaient les yeux, coulaient sur ses joues; il les sentait avec une amère joie. Il regardait d'un air hébété la place où Renée se tenait tout à l'heure et se demandait s'il se pouvait que tout cela fût vrai. Tant que la preuve matérielle est là, on demeure anéanti; le malheur vous écrase. Mais quand il ne reste rien, on se demande avec effroi si les mauvais rêves ne viennent pas aussi vous hanter pendant le jour.

Parfois il se levait, faisait quelques pas dans la chambre et revenait s'asseoir sur son lit, croisant les jambes, se tordant les mains, la lèvre inférieure méprisante et crispée, les traits défigurés, avec une expression méchante. Tantôt il avait des sanglots étouffants, tantôt des cris de rage, puis cris et sanglots se changeaient en plaintes sourdement murmurées; il parlait tout haut, comme s'il se fût adressé à Renée: il la maudissait, la souffletait de son mépris et de sa rage, puis s'arrêtait, se frappait le front comme un enfant impuissant à se défendre, incapable de se venger.

Puis, se levant encore, il regardait avec dédain les papiers entassés sur sa table, ses livres, ses pauvres meubles témoins de ses espérances, cette pendule où il cherchait l'heure quand il attendait le moment d'aller chez elle autrefois.

Il ouvrit le tiroir de sa commode où il amoncelait pêle-mêle les lettres qu'il avait reçues. Il chercha les billets de Renée, les relut, essaya d'évoquer un peu de cette joie qu'il éprouvait jadis quand elles venaient, ces invitations qui lui promettaient du bonheur pour tout un soir. Comme ce temps était loin! Qu'elles étaient insignifiantes et banales ces lettres qui lui faisaient battre le cœur auparavant! Il les froissait comme pour les déchirer, puis les repliait, sans force contre ces chiffons de papier, — tout ce qui lui restait de tant d'illusions dépensées!

Il ouvrit au hasard une lettre timbrée de Montravel et de Bergerac, une lettre de l'oncle Germain. Celle-là le fit pleurer.

La lettre ne disait rien cependant. Des nouvelles du pays, de la petite Henriette, de médailles romaines que le bonhomme avait tout récemment achetées à un paysan, puis des souhaits de bonheur, de sincères paroles de dévouement et d'affection, quelques petits reproches dissimulés sous une bonhomie charmante : « Comme tu nous écris peu souvent! » disait l'oncle. C'est vrai, pensa Robert. Il regarda le timbre de la lettre. Elle datait de six mois. Il avait écrit depuis, mais si rarement! Au bas de la lettre Henriette avait tracé deux ou trois lignes d'une écriture devenue élégante, encore une peu timide. Robert regarda longtemps ces lignes-là, puis tourna les yeux vers les bobèches découpées jadis par l'enfant. Le temps avait fané le papier rose ; les abat-jour, déchiquetés, pendaient tristement et le papier jauni s'effilochait comme une vieille étoffe. Robert revit ce brun visage d'enfant qui lui souriait avec une sauvagerie affectueuse. Il lui vint à l'idée de partir pour le Périgord, d'aller respirer cet air calmant, de fuir cette fièvre que distille Paris. — Paris aussi a ses Marais-Pontins, les Marais-Pontins de la passion. — Comme il devait faire bon dans les prés, sous les arbres!

Mais il secouait toutes ces idées, ou plutôt il ne s'y arrêtait pas, il revenait à Renée, il l'évoquait encore, il la revoyait là, avec son visage rose, ses lèvres appelant le baiser, ses yeux chargés de promesses. Puis, c'était la femme devenue pâle et tremblante qui lui apparaissait. Oui, la voilà, accablée sous l'honnête regard de Thévenin, courbant le front, rapetissée, humiliée, peureuse. Il eût voulu la courber encore davantage, lui jeter à la face le secret de Thévenin, l'accabler de sa colère.

— Et pourquoi? disait-il ensuite. Je veux l'oublier, rien de plus. La malheureuse! Oh! mais comme elle mentait, comme elle savait mentir! Pauvre Thévenin!

Et sa pensée allait de cette femme à son ami. Il n'avait jamais vu Thévenin ainsi. Quelle rage sourde, quelle voix vibrante. Lui si calme et si fort, il s'était laissé aller aussi à sa colère. Il la haïssait donc bien? Et n'en avait-il pas le droit? Que de souffrances endurées! Il plaignait Thévenin, puis il se demandait tout à coup si Renée était aussi coupable que Pierre le lui avait dit? Cette colère même n'avait-elle pas égaré Thévenin? Thévenin n'aimait-il pas encore sa femme? Robert se posait ces questions comme pour se railler et se torturer lui-même.

Questions folles, puisque Renée avait fui devant son mari, comme le coupable devant son juge, puisque Thévenin avait parlé, Thévenin, qui ne mentait jamais, lui!

Il les comptait alors, toutes ces scènes de comédie irritante qu'elle avait jouées devant lui, ces simagrées qui le rendaient fou, lorsqu'elle répugnait au mariage, il l'entendait lui dire encore qu'elle avait été malheureuse avec M. de Gèvres, que son âme incomprise ne voulait pas une union nouvelle, qu'elle demandait à Robert son amour seul et qu'elle lui donnerait le sien en échange. Tout ce passé s'éclairait brutalement d'une lueur sinistre : la lueur véritable. Robert alors riait fébrilement de sa foi complète, de sa crédulité, de sa confiance. Il avait cru tout cela. Triple niais! Une sourde rage lui montait au cœur; il eût voulu se venger ou savoir du moins le nom des amants que Renée avait eus. Cette curiosité le torturait. Des amants! lui qui si longtemps n'avait osé regarder cette femme qu'à genoux.

Puis, sa pensée amère le reportait plus loin encore dans sa vie. Il revoyait le visage pâle de son père, il le revoyait dans son fauteuil, la tête sur la poitrine, écoutant distraitement ce que le petit Robert lui disait, songeant, lui aussi, à son bonheur écroulé, à sa vie brisée, les yeux fixés sur les flammes du foyer, et ne les apercevant plus qu'indistinctement, car il était malade et aveugle déjà. Robert reconstruisait aussi ce riche appartement où il n'était entré qu'une fois et où sa mère était morte. Quel contraste avec l'intérieur pauvre de Burat le père! Oui, tout ce luxe et toute cette joie, se disait-il, c'était du malheur de mon père qu'ils étaient faits!

Son cœur se réveillait alors avec ses colères, ses haines, ses méfiances, son levain terrible d'autrefois. En marchant, il se vit dans la glace, la figure bouleversée et méchante. Il eut peur.

La journée s'écoula ainsi, au milieu de crises, d'abattements mornes, de résolutions furieuses. Peu à peu, le soir vint; les carreaux de la fenêtre se teignirent d'une lueur d'abord bleuâtre, puis grise, et l'ombre envahissant comme une vapeur la chambre où Robert songeait, il se trouva bientôt dans une demi-obscurité, regardant les dessins des rideaux de perse que le reste du jour rendait transparents; ses yeux suivaient cette lumière mourante qui glissait sur la table, ne quittait qu'à regret les angles des meubles et se jouait tristement sur le verre de la pendule et les lampes de la cheminée. Et point de bruit, rien que le tic-tac monotone de l'horloge, le bruissement sourd de la rue; Robert se sentait engourdi, appesanti, fatigué, endolori et énervé. Il se coucha sur son lit, et voulut dormir.

Le bruit de deux voix claires le réveilla de cette espèce de léthargie. C'était quelque voisin qui riait, sur le palier, avec une grisette. Robert se leva irrité, s'élança hors de sa chambre et sortit.

Il ne savait où il allait. Il marchait vivement ou s'arrêtait, debout sur le trottoir, et regardait la foule comme pour se distraire. C'était l'heure du dîner; on se hâtait, les ouvriers sortaient de l'atelier, on entrait au restaurant, il y avait du monde, très pressé, et qui se coudoyait dans la rue. Et Robert suivait. Il se trouva sur les quais. Le crépuscule se montrait encore avec sa lueur blafarde, découpant les maisons en arêtes fantastiques. Les becs de gaz tremblotaient par files régulières. Robert regarda cette eau sombre qui coulait presque sans bruit. Il demeura longtemps accoudé sur le parapet, sans songer. Il eut froid, se détacha de cette eau qui attire, et se mit à marcher encore. En traversant la chaussée, il se jeta sous les roues d'un fiacre. Le cocher se mit à crier, et l'insulta. Robert ne savait pas qu'il s'agissait de lui. Il marchait toujours.

Jusque-là, il avait conservé, au milieu de sa souffrance, un calme relatif qui le guidait encore. Mais à présent sa fièvre devenait voisine du délire. Il n'avait pas mangé. Son énergie toute nerveuse avait quelque chose de maladif. Il se trouva sur le boulevard. Tout ce bruit, ces voitures, ces passants, gais la plupart ou le paraissant, l'irritèrent. Il se mit à lire une affiche de théâtre, comme s'il eût regardé un tableau, pour s'arrêter, pour se reposer, pour voir. On jouait *Œdipe*, je ne sais où. Ce nom le frappa. Il y eut un moment, — tant cette machine humaine est étrange! — où, arrêté devant cette affiche, comme si quelque chose l'eût fasciné, il se mit à songer à la fatalité antique, à ses souvenirs de collège, à ce destin qui pousse irrésistiblement les hommes vers le malheur.

— Œdipe! la fatalité!

Il ne songea qu'à cela, mais reportant ses souvenirs sur lui-même, il se demanda si la fatalité ne régnait pas toujours en ce bas monde. Qui donc avait mis M. Lehardy sur son chemin pour lui faire connaître madame de Gèvres (il l'appelait encore madame de Gèvres), et quel hasard avait placé en même temps à ses côtés Pierre Thévenin, le mari de cette femme? Tout cela avait en soi une raillerie sinistre et bizarre, sans grandeur, sans poésie, atroce, laide. On pouvait autrefois braver la fatalité avec orgueil. C'était la foudre qui tombait sur l'homme pour le réduire en poudre. Mais cette fatalité jointe aux petitesses de la vie moderne, aux exigences de l'état, du travail, de la position, de la nourriture, le dégoûtait autant qu'elle l'irritait.

On ramène toutes choses à soi quand on souffre. Il se détacha de cette affiche comme si elle eût contenu quelque chose de son histoire. Il s'éloigna, la regardant encore. Il y avait déjà comme de l'hallucination dans ses yeux. Ce grand corps nerveux trouvait d'ailleurs une énergie singulière pour marcher, pour continuer sans fatigue un chemin commencé sans but.

Il se grisait du grand air, cela lui faisait du bien de sentir le vent frais sur son visage, d'aller sans trêve, se reposant parfois çà et là. Il s'assit sur un banc, en face d'un théâtre, sur le boulevard. Il regardait les marchandes de fruits, la face rougie par leurs lanternes de papier pourpre, la bougie éclairant ces tas d'oranges, quelques-unes enveloppées de papier de soie. Il y avait aussi une bouquetière.

Elle prenait des violettes dans un panier, les mettait en bottes, coupait les fils avec ses dents blanches et appelait les acheteurs d'une voix rauque. Il s'intéressait à ces fleurs, sans savoir pourquoi, il regardait surtout un bouquet de roses. Il en avait vu un pareil, dans un porte-violettes, un soir, chez madame de Gèvres. Et la marchande ne faisait pas attention à ce jeune homme aux yeux fiévreux assis à dix pas en face d'elle.

La lumière de l'éventaire donnait en plein sur le bouquet. Robert contemplait ces roses, petites, frêles, des fleurs parisiennes. Elles se pressaient les unes contre les autres comme si elles eussent craint la main des passants. Les feuilles fraîches et mouillées les entouraient d'un écrin vert. Justement madame de Gèvres lui avait fait respirer ce bouquet — celui-ci ou l'autre, c'était tout un. Les jolies fleurs, et qu'elles sentaient bon! Et l'heureux temps où il ignorait tout! Un élégant qui sortait du spectacle vint prendre le petit bouquet et le marchanda. Robert s'était levé d'un bond.

— Il est à moi, ce bouquet! dit-il en l'arrachant des mains du jeune homme étonné.

Il demanda le prix à la marchande.

— Cinq francs!

Robert jeta deux ou trois pièces sur l'éventaire et s'enfuit. Il entendit que le jeune homme et la jeune fille riaient derrière lui.

Quand il fut seul dans une rue sombre, il se mit à regarder sous un bec de gaz le bouquet de roses. Il le respira. Puis, brusquement, le jeta dans le ruisseau et l'écrasa.

Il reprit sa marche; sa tête s'égarait. Il devenait fou. La nuit s'avançait. Il ne songeait pas à rentrer. Rentrer? Où cela? Chez lui? Entendre les cris joyeux ou les baisers des voisins? Non. Il se retrouva sur les quais sans savoir comment il y était venu. Cette fois, il eut peur de ses pensées, et s'enfuit en courant. L'eau semblait avoir une voix; elle appelait. Il se jeta dans ces ruelles qui avoisinent les Halles. On entendait un bruit sourd, coupé de cris lugubres. Il alla vers le bruit. Une lueur claire illuminait des maisons hautes; il y avait un flot de monde criant, se poussant, se pressant. Des gens affolés frappaient aux volets des boutiques et demandaient des saux. On disait: A la chaîne! à la chaîne! C'était le feu.

Robert se sentit violemment repoussé par derrière. Un flot de jeunes gens précédait le premier détachement de pompiers qui venait au pas de course. La pompe brûlait le pavé. Les torches de résine faisaient étinceler les casques jaunes. Robert voulut s'éloigner, on le rejeta dans le cercle bruyant. Il comprit qu'on le mettait à la chaîne; il passa un ou deux seaux sans rien dire, machinalement; cela l'ennuyait. Bientôt la clarté diminua; l'incendie, que Robert n'avait pas vu et qui était proche, se calma. Un peloton de soldats fit reculer la foule. Robert reçut un coup de crosse et s'éloigna.

Il était tombé une façon de brouillard attristant qui rendait sombres les rues désertes. Robert glissait sur le pavé boueux, où se reflétait en tremblotant sous le vent la lumière du gaz. Ce vent s'engouffrait dans les ruelles, agitant les volets mal joints. On entendait cliqueter les écriteaux des maisons à louer; les pas des gens attardés ne résonnaient point dans cette boue grasse.

Rien que le grondement sourd des voitures lourdes dans une ombre coupée çà et là de becs de lumières grêles, quelque bruit mystérieux de la nuit, prolongé, sinistre. Robert était seul, tout dormait; il regardait des peintres en bâtiment qui achevaient à la hâte la décoration d'un café qu'on allait inaugurer le lendemain. La porte était ouverte; les ouvriers chantaient; l'un d'eux répétait ce morceau d'une chanson bretonne:

> Après le quatrième tour,
> La belle est tombée morte;
> Elle est tombée du côté droit,
> L'amant du côté gauche.
> Tous les gens qui étaient présents
> Disaient les uns aux autres:
> « Voilà le sort des amoureux
> » Qui en épousent d'autres. »

Robert arrêté là, l'œil fixe, écoutait et pleurait. On l'aperçut.

— Eh! là-bas, dit le chanteur, vous n'entrez pas? Un coup de main... si le cœur vous en dit!

Il reprit une autre chanson:

> En chevauchant mes chevaux rouges,
> Laire, laire, laire, lon laire, lan laire,
> J'entends le rossignol chanter...

Robert s'éloigna.

Il marchait maintenant à travers des rues aux maisons rares, dont quelques-unes étaient des cabanes, croisant quelque ivrogne ou des passants à mine suspecte. Ces ruelles aboutissaient à une rue droite et longue. Il s'arrêta, comme pour revenir sur ses pas, lassé, épuisé.

Il épelait les enseignes, et à présent cherchait un hôtel. Il ne se souvenait plus être venu par là. Au moment de rebrousser chemin, il suivit la rue, et, après un moment, dans un terrain vague, bordé de planches, il aboutit à une place plantée d'arbres où une autre foule grondante attendait.

C'étaient des gens à figures vulgaires ou atroces. Il les regarda, comme on regarde ces visions falotes qui hantent les rêves. Où il était, il l'ignorait. Cette foule s'agitait et bruissait dans la nuit. Il entendit des mots sinistres, avança, attiré il ne savait par quoi. Au loin, entre quelques arbres, on bâtissait au milieu de l'ombre une façon de charpente mystérieuse. On entendait des coups sourds parmi les murmures des conversations. Des hommes, éclairés par deux ou trois lanternes, travaillaient en hâte, la lumière jouait sur leurs faces noires.

L'un d'eux monta sur la charpente, une lanterne à la main. Il s'approcha de deux poteaux qui se dressaient raides et parallèles, et son bras éleva la lumière au-dessus de sa tête. Il y eut un frémissement involontaire dans tout ce monde. La lumière donnait en plein sur une lame de forme bizarre qui jetait dans la nuit une fauve lueur. L'homme abaissa le bras.

L'éclair s'éteignit. Robert eut un frisson et voulut s'enfuir. C'était un échafaud qu'on dressait là!

Il fit quelques pas, repoussé par la foule qui grossissait, puis, retenu par une curiosité malsaine, il s'arrêta encore, regarda, écouta toujours. Ce qu'il entendait lui faisait honte, ce qu'il voyait lui faisait peur. La foule, qu'il distinguait mal dans les ténèbres et qui s'agitait comme une nuée de larves, laissait échapper des refrains cyniques, des cris affreux, des chansons, des sifflets.

Une odeur de bagne et de crime s'échappait de ces premiers rangs de curieux. Et tout cela s'épaississait, se pressait. On se sentait envahi par les nouveaux venus qui accouraient en nombre. Il entendait des noms jetés en l'air, des questions, des réponses, des plaisanteries à faire pâlir le bourreau.

Pourtant il restait. Le jour, un petit jour triste, gris et terne le trouv a pâle, exténué, l'œil plein de sang, dans cette cohue. Il regardait toujours, ne songeait plus maintenant à cette terrible journée d'hier, se croyait dans un cauchemar, se laissait entraîner, emporter. Il y avait des femmes autour de lui; une jeune fille, qui avait apporté une chaise, s'étirait les bras et s'impatientait. Deux jeunes gars au visage inquiétant causaient du *dernier qui était si bien mort*. — Je ne l'ai pas vu, disait l'un d'eux. Je ne suis pas venu *depuis le cordonnier!* Un jeune homme en paletot noir plaisantait avec sa maîtresse qui posait sa tête blonde sur son épaule et lui disait :

— Tu me réveilleras, hein?

— Il est à remarquer, disait quelqu'un, que les condamnés à mort, au moment où la sentence est prononcée, se laissent tomber, sans nerfs aux jambes, sur leurs bancs. Vidocq a observé que personne ne fume une pipe aussi vite qu'un homme qui se rend à l'audience ou celui qui se rend à l'échafaud.

— Mais celui-ci n'en fumera plus?

C'était un observateur en cravate blanche, — peut-être un philanthrope, — qui causait. Des voitures élégantes servaient de fond à ce tableau sinistre. Toute cette foule hurlante, pressée, attendait. On montait sur les talus; on grimpait sur les arbres. La police accourait et les grimpeurs retombaient sur la tête des curieux.

Les murs noirs et caillouteux de la Roquette semblaient endormis dans un sommeil repu. La porte verte était fermée. Robert ne pouvait s'imaginer qu'il y eût là dedans un homme qui allait mourir. Il contemplait le ciel gris, froid, plombé, qui serait peut-être si beau vers midi, et songeait que *l'autre* ne verrait plus le soleil; il levait les yeux sur les petits éventails des marronniers qui frissonnaient au vent et laissaient glisser sur leurs feuilles d'un vert tendre les grosses gouttes d'eau.

— Il tombera avant ces feuilles, songeait Robert.

Un brusque mouvement dans la foule le fit reculer.

C'était le détachement de gardes à cheval qui venait entourer l'échafaud. Une compagnie de soldats de la ligne les suivait. Robert regardait un gros homme qui se tenait à la porte de la prison, en causant avec un petit monsieur, et en fumant son cigare. On disait que c'était le bourreau.

Robert avait lu, comme tout Paris, le procès de celui qui allait sortir de cette porte et monter là. C'était un nommé Crosnier, caissier d'une maison de commerce, qui avait empoisonné sa maîtresse. Robert avait frémi en lisant le procès. On en avait causé beaucoup chez madame de Gèvres. Robert avait laissé échapper son indignation, sa colère, toute son horreur. Le poison surtout, l'arme des lâches, l'avait irrité. Puis, après tout, cette femme aimait son assassin. Il y avait sous ce crime une question d'argent. C'était horrible. Robert se sentit pourtant disposé à la pitié devant cette machine maigre, devant ce couteau luisant, devant cette idée que cet homme en paletot marron, et qui riait, allait couper le cou à un autre homme qui vivait, plein de santé, à cent pas de là.

Cette idée l'étourdit. Il avait envie de défendre le misérable, de crier; il voulait partir, et pourtant il restait.

Tout à coup, un bruissement électrique parcourut et secoua ces gens. La lourde porte s'ouvrit. Robert, poussé par les spectateurs, porté par le flot, se trouva rejeté, à se toucher, sur un groupe d'hommes qui sortait. Il y avait dans le groupe un ou deux hommes entourant un jeune homme pâle qui se traînait à peine, les yeux fixes, la tête penchée vers un prêtre qui lui parlait et qu'il n'entendait pas. On lui avait mis sur la tête une casquette et jeté sur les épaules une veste grise. Ses lèvres violettes tremblaient. Son corps semblait ployé en deux; il était grand et paraissait petit.

Il semblait à Robert que tout cela était un cauchemar, que rien de ce qu'il voyait n'existait.

Il ferma les yeux un moment, et quand il les rouvrit, il aperçut le jeune homme qui montait. On le soutenait sous les bras. Le prêtre n'était plus là. L'homme qui fumait tout à l'heure s'était approché des deux poteaux, son chapeau sur la tête. Quand le jeune homme parut sur la plate-forme, un frémissement bestial remua toute cette foule assoiffée. L'homme eut peur, il se rejeta en arrière; son regard éteint chercha le prêtre. Au même moment on lui enleva sa veste de ses épaules. Robert vit le cou nu, et ce cou lui parut immense.

L'homme se penchait toujours en arrière, on le poussa sur la bascule.

Robert entendit un hoquet de douleur, quelque chose comme le cri d'un animal qu'on égorge. On attachait l'homme, on le poussa sous le couteau, tout cela en un instant. Un bruit sourd. Le corps bascula, tomba dans le panier, l'exécuteur prit la tête et la jeta avec le reste.

— Est-ce possible? dit Robert.

On versait de l'eau sur la plate-forme, on lavait le sang. Les habitués demeuraient là pour ne rien perdre des derniers épisodes. Ils voulaient rester jusqu'à ce que ce fourgon noir qui était proche partît. Ils regardaient le couvercle du panier agité par les contractions nerveuses du supplicié. Les autres fuyaient. Robert, égaré, se jeta dans la foule, se cogna contre les chevaux d'une voiture, s'éloigna au hasard.

Il avait toujours devant les yeux cette tête qu'on lançait à la volée et le flot de sang qui avait jailli. Une pluie pénétrante tombait, Robert ne sentait rien; il marchait avec une rapidité désespérée; on eût dit un complice du mort qui s'enfuyait.

Il allait instinctivement du côté d'où il était venu. Il était défait, livide, souillé de boue. Sa tête lui semblait prête à éclater. Il avait chaud, il avait froid. Le hasard le mit dans son chemin. Il regagna sa maison, monta d'un trait son escalier, arriva essouflé, exténué, brisé, dans sa chambre, jeta son chapeau à terre, se mit un moment sur son lit, essaya de réfléchir, de se souvenir, de penser, sentit autour de soi les objets tourner, le parquet manquer, crut qu'il s'évanouissait, laissa aller sa tête sur l'oreiller et s'endormit.

VII

Renée, pendant toute la journée de la veille et pendant cette nuit, avait eu ses fièvres, elle aussi. Elle se sentait envahie tout entière par une colère sourde et d'autant plus violente. Elle était vaincue, il fallait bien qu'elle s'avouât sa défaite. Elle avait reculé devant son mari, et Robert avait pu la voir pâlir de terreur. Quand elle songeait à cette scène terrible où le spectre du passé lui était apparu sous les traits de Thévenin, elle avait de violents accès de rage. Son orgueil se révoltait et se doublait de toute la haine qu'elle avait contre son mari. Elle eût perdu Robert de toute autre façon qu'elle se fût consolée. Mais le céder à Thévenin, se le voir enlever par cette puissance dont elle avait secoué le joug, et qui, au moment où elle y pensait le moins, revenait peser sur elle. Cette idée l'irritait, la jetait hors d'elle-même ou l'accablait.

Elle en était vraiment malade. Tout ce qu'elle avait souffert lui remontait au cœur et l'étreignait comme une palpitation. Elle revoyait cette longue suite de soirées sombres où Thévenin, plongé dans ses lectures, le front courbé sous la lampe, demeurait immobile pendant qu'assise à ses côtés elle regardait le feu se consumer avec mille pétillements semblables à des bancs de glace qui se brisent. Que de longues heures silencieuses où elle avait repassé ses rêves ardents de jeune fille, tandis que ce savant, ignorant que le sang battait les tempes de Renée, demeurait le regard sur ses livres!

Elle revoyait ce cabinet d'étude, froid et sombre, avec ses rayons interminables, chargés d'in-octavo, sa table encombrée de papiers, cet encrier auquel Thévenin semblait rivé. Quelle prison! Comme elle y avait souffert, ne comprenant pas les efforts de celui qui travaillait là, l'interrompant, songeant au prochain bal, à sa toilette projetée, à tout, à rien! Devant ces souvenirs, elle sentait sa haine redoubler; elle chassait ces images, qui étaient celles du devoir trahi, du foyer abandonné, de la foi ternie. Elle ne revoyait plus que Thévenin, pâle et menaçant, se dressant entre elle et Robert Burat. Elle regrettait d'avoir fui, elle se reprochait sa faiblesse, elle s'appelait lâche tout haut.

Renée avait fermé sa porte à tous venants. Elle voulait être seule. Elle cherchait le moyen de ressaisir l'occasion perdue, d'humilier Thévenin à son tour, et aussi de reconquérir Robert qui lui échappait. Elle avait promptement deviné les rapports qui pouvaient unir ces deux hommes; l'étude les avait rapprochés, la sympathie des idées les avait attachés l'un à l'autre. Mais elle ne pouvait comprendre que Robert ignorât la chaîne qui la liait à Pierre Thévenin.

— Il le savait, se disait-elle, et, malgré tout, il venait vers moi. Il m'aime donc bien?

Puis elle songeait que Thévenin avait dû maintenant tout dire, sans restriction, et que Robert, à cette heure, connaissait le scandale de sa fuite, et le secret de sa séparation.

— Il est jeune, ce Robert, songeait-elle. Il me méprisera! Et c'est encore à cet homme que je devrai ce nouvel outrage!

« Cet homme », c'était Thévenin, le martyr.

Elle n'aimait pas Robert avec passion, mais elle haïssait Thévenin à la folie. Combattre son influence était sa joie, lui disputer cette proie qui s'appelait Robert, voilà ce qu'elle voulait surtout; mais comment?

Robert était tout à Thévenin sans doute surtout depuis que Pierre avait parlé. Il était dangereux peut-être de tenter le combat. Et Renée s'accoudait, pensive, sur sa cheminée, son coude sur le chambranle, et se chauffant les pieds au foyer. Elle se regarda dans la glace! elle était un peu pâle, mais d'autant plus jolie. Ses cheveux ondulaient avec une grâce surprenante. Elle sourit instinctivement; un petit éclair fauve passa dans ses yeux bleus, elle se mit à mordiller la pointe de ses jolis ongles avec un air irrésolu.

— Si j'osais? songeait-elle.

Elle se regardait encore pour se convaincre davantage de toutes ses séductions. Tout à coup elle quitta brusquement la cheminée.

— Oui, dit-elle, j'irai! J'irai demain!

Le lendemain, à l'heure du lever, elle sonna sa femme de chambre et se fit habiller sans rien dire. Elle était impatiente et nerveuse. — Mais je suis horriblement laide! s'écria-t-elle quand tout fut fini. Je suis pâle! Mon rouge, voyons, là, seulement là, sur la joue... C'est trop, non!

Elle enleva le rouge que sa femme de chambre lui avait mis, se regarda encore avec une inquiétude mêlée de complaisance, et demanda si l'on avait envoyé quelqu'un chercher une voiture.

— Non...

— Alors, à quoi pensez-vous? Hâtez-vous donc?

Elle se jeta dans un fauteuil, ses pieds battant le tapis avec impatience, achevant de mettre ses gants avec de petits mouvements saccadés.

Quand la femme de chambre revint, annonçant que la voiture attendait, Renée se mit à rire d'un rire sec :

— C'est étonnant, songeait elle. On jurerait que je vais à mon premier rendez-vous!... Au fait, c'est bien un rendez-vous... c'est un duel!

Elle monta en voiture, jetant au cocher l'adresse de Robert Burat.

Son cœur battait. On ne marche pas sans émotion vers l'inconnu. Puis elle allait jouer une partie grave. C'était une dernière lutte avec son mari, elle voulait lui arracher cet ami, lui disputer cette conscience; elle voyait déjà Robert irrité contre Thévenin, Robert tout entier à elle, Robert, sa créature et son esclave.— « J'ai rougi devant lui, se disait-elle avec honte. Eh bien! Thévenin ne jouira pas de ce triomphe deux fois! »

Elle était sûre de vaincre, elle ne doutait plus d'elle-même en montant cet étroit escalier qu'elle connaissait déjà.

Arrivée à la porte de Robert, elle s'arrêta, elle écouta. Nul bruit dans cette chambre; peut-être n'y avait-il personne. Elle vit pourtant la clef dans la serrure. Sa main s'avança, puis recula. Renée avait peur maintenant de rencontrer, derrière cette porte, le sombre visage de son mari. — S'il était là! A cette pensée, sa peur lui revint, mais passagère. — Eh bien, s'il était là, tant mieux, dit-elle. Nous lutterions! Elle ouvrit la porte et la poussa brusquement, puis elle fit un pas en arrière.

Sur le lit, non défait, Robert était couché, la tête sur l'oreiller, la bouche ouverte, dormant les yeux ouverts à demi, effrayant; son bras gauche, replié sous sa tête, la soutenait et semblait la présenter droit à la lumière qui venait de la fenêtre.

Une pâleur sinistre, quelque chose de malade et de mauvais mettait son masque sur ces traits contractés. Le bras droit pendait hors du lit, roide, inanimé, comme le bras d'un mort. Ce corps était jeté là comme au hasart, ballant, sans mouvement, comme un corps ivre, ou comme un cadavre. Les souliers avaient laissé sur la couverture des taches de boue; les jambes allongées ne vivaient pas.

Renée hésita, regardant ce visage exsangue, cette pose terrible. Sa première idée fut celle-ci : — Il est mort!

Elle eut envie de fuir — elle demeurait clouée à la même place, lorsque Robert fit un mouvement. Renée regardait.

Un frisson douloureux agita le corps du jeune homme. Robert laissa échapper un soupir de malaise, sa tête remua et retourna avec une expression de souffrance sur le bras droit lentement replié.

Puis, soit qu'il eût senti qu'il n'était pas seul, soit que le bruit l'eût éveillé, il ouvrit les yeux tout à fait, regarda un instant avec une flamme hagarde, aperçut Renée et se redressa d'un soubresaut nerveux.

Renée s'était approchée et le couvait de ses yeux doux.

Il parut rassembler ses idées, chercher, compter, deviner. Il avait l'air d'un fou.

— Comment se fait-il que vous soyez ici? dit Robert.

— Parce que je ne puis vivre de la sorte, répondit-elle. Je veux que vous sachiez tout! Je veux me justifier!

Il avait suffi d'un mot pour rappeler à Robert tout ce passé qui datait de la veille : Thévenin menaçant, Renée tremblante et terrifiée, la solitude, la douleur, la course insensée à travers Paris, cette nuit de terreur, cette matinée de sang, son cœur broyé, son amour mort, cette tête coupée, il revit tout en même temps, d'un seul coup d'œil, avec une même amertume, une même douleur, un même dégoût.

— Et vous êtes venue? dit-il avec un étonnement qui eût foudroyé une honnête femme.

Il se leva lentement, et sentit ses jambes plier sous

lui, sa tête bourdonner, il chancela et s'appuya contre la muraille et il regarda devant lui, étonné de sa faiblesse.

— Mon Dieu! Robert, qu'avez-vous? dit Rénée, tendant les bras vers lui avec un effroi qui n'était pas complétement joué.

— Je n'ai rien, dit-il...

Il se sentait anéanti, écrasé; il eût voulu que cette femme ne fût pas là.

— Ecoutez, Robert, dit Renée. Vous me faites peur. Vous avez pris du poison!

— Moi? (Robert eut un rire sec...) Du poison? Pourquoi?

— Si vous mouriez, Robert, s'écria Renée, je me tuerais!

Robert la regarda de ses yeux rouges; elle avait dit cela d'un ton calme, sincère, résolu. Robert passa sa main fiévreuse sur son front, essayant de comprendre. Il n'y voyait pas. Il lui semblait que la lumière du jour l'éblouissait. Il ne distinguait rien, ou plutôt il ne voyait que Renée, et ce visage, tout à l'heure pâle, maintenant rosé, innocent, timide et décidé à la fois.

Il retomba sur son lit, fatigué.

— Pourquoi vous tuer? Qui vous dit de vous tuer? murmura-t-il.

— Mais tu ne vois donc pas que je t'aime, Robert, et que j'ai peur!

— Peur pour moi? fit-il. Le suicide?... Allons donc!... Non, ce n'est pas le poison, c'est la faim! Je n'ai pas mangé... je suis faible, voilà tout. C'est vulgaire et c'est bête!

— Vous avez donc bien souffert?

— Si j'étais seul à souffrir! fit Robert.

— Ah! c'est pour moi que vous dites cela, n'est-ce pas? — s'écria Renée saisissant ce moyen que lui tendait Robert, songeant à Thévenin.. — Si j'ai souffert moi?... Regardez-moi! (Robert regardait ces yeux san larmes où la tristesse même souriait.) Oh! cette scène... hier... non Robert, c'était affreux!...

— Oui, affreux! dit Robert... Pourquoi m'aviez-vous menti?

— Ah! pourquoi? s'écria-t-elle. Pourquoi cache-t-on ses douleurs à la foule? Est-ce qu'on montre ses pleurs aux passants?... Pourquoi avais-je repris ce nom de Gèvres qui ne donnait plus à personne le droit de m'interroger?... On ne se déguise pas toujours pour tromper, mais pour passer inconnu, avec ses misères et ses plaies, au milieu de tous!

— Vous me parliez souvent de M. de Gèvres?

— Je mentais. Mais pourquoi mentais-je? Pour vous garder auprès de moi, pour éviter vos questions, vos doutes, Robert, votre mépris... Tenez, je ne vous ai jamais parlé du passé, moi! Mais si vous aviez su mon secret, ne m'auriez-vous pas interrogée toujours?

— Eh! malheureuse, je vous aurais fuie! dit Robert avec un cri de colère, une colère doublée d'amour.

— Vous m'auriez fui, vous, Robert. Et pourquoi! Je suis donc indigne de vous! Ce cœur où je retrouvais tout le bonheur, toutes les joies évanouies, il m'est donc fermé! On m'a donc bien calomniée, Robert?

— Vous parlez de calomnies!

— J'en ai le droit. Voyons. Elle s'était assise sur le lit, se penchait sur Robert, le caressait de son souffle, de ses parfums, de la soie de sa robe. Que vous a-t-il dit? Qu'a-il pu dire? Je l'ai rendu malheureux! Eh! n'ai-je pas souffert aussi, moi? Il a pleuré! Mais a-t-il compté mes larmes, lui? Je n'étais pas faite pour être sa femme? Est-ce donc moi qui dois partager sa déception? Ma vie aussi a été brisée!

Le bonheur que j'espérais dans le mariage, je ne l'ai pas trouvé. Alors, oui, j'ai été coupable, je suis une misérable, il a eu raison de maudire, j'ai failli, je me suis perdue, j'ai cru aimer, je me suis trompée. Mais, pendant qu'il souffrait de mon abandon (et souffrait-il, puisqu'il ne m'aimait plus!), ma faute me torturait; mes déceptions nouvelles me tuaient lentement; j'étais misérable, trompée, accablée, et, quand il lui restait le sentiment du devoir à lui, je n'avais plus, moi, que la conscience de mon mépris!

Elle s'abaissait, s'humiliait, se souffletait elle-même; elle sentait bien que cette âme ne pouvait plus être conservée que par la pitié. Elle faisait brèche dans ce cœur à coups de douleurs jouées, de larmes dévorées, de tristesses refoulées. Elle voyait Robert la contempler, comme à travers un voile, avec une tristesse navrante, avec déchirement, étonnement, stupeur.

Elle sentait qu'elle s'imposait à lui, qu'elle allait le conquérir, le prendre, le dominer tout entier. Il n'y voyait plus, ne raisonnait plus, ne pensait plus. Tant d'événements, de douleurs, de colères, d'émotions, mêlés, heurtés en lui, l'assourdissaient pour ainsi dire. Il n'entendait plus qu'une musique à la fois délicieuse et cruelle, qui était la voix de Renée; il ne voyait plus que ces yeux bleus, ce visage d'enfant, ces cheveux blonds penchés vers lui; il sentait ces mains prendre les siennes, ce souffle courir sur son visage, cette robe de soie frissonner à ses côtés. Il croyait rêver, il se sentait étouffer, son cœur battait, il était ivre!

— J'ai beaucoup souffert, continuait Renée, parce que je n'ai jamais été aimée. On végète sans ces paroles de bonté, sans ces regards et ces baisers qui sont la vie. Pauvre Thévenin! S'il a fait mon malheur avec le sien, c'est parce qu'il m'a sevrée de ces joies que je demandais, — sans être trop exigeante. Mais ni lui ni les autres (Robert fit un mouvement), personne, n'a su m'aimer. Personne n'a su se faire aimer. Et, quand j'ai trouvé ce cœur qui bat des mêmes pulsations que le mien, cette âme qui me comprend, cet esprit qui me séduit, tout ce que je rêvais, ce que j'appelais, ce qui me fuyait, on me l'arracherait, on nous séparerait, mon Robert? Vois-tu, tu le croiras, lui, tu me jetteras ta haine à la figure, tu me repousseras, tu me fuiras mais je t'aimerai! Je suis une femme perdue, je t'a menti, je t'ai trompé, je n'étais pas madame de Gèvres, j'avais eu des amants, j'avais quitté mon mari, je suis indigne de toi, eh bien! peu m'importe? je t'aimerai toujours. Tes colères seront mes joies, tes insultes mes expiations! Car tu ne m'aimes plus. Oh! tu ne m'aimes plus, je le sens bien, il t'a tout dit!

— Moi? s'écria Robert, je ne t'aime plus!

Il tendit fébrilement les bras vers elle et l'attira à lui, la pressant contre sa poitrine à la faire crier.—Non, ne dis pas cela! Si tu savais!... Ah! quelle nuit! que j'ai souffert!

— Il pleure! s'écria Renée.

Et ses lèvres se collèrent sur ces yeux baignés de larmes. Robert se sentit faiblir; on eût dit qu'il s'évanouissait, il pencha la tête, son front bouillant se reposa sur le cou de Renée où voltigeaient de folles petites boucles blondes. Elle le sentit entre ses bras plier comme un enfant, elle le voyait sangloter avec des mouvements de douleur; et, penchant alors sa tête sur celle de Robert, lui murmurant aux oreilles des paroles d'amour, l'accablant de ses careses, mêlant ses larmes aux siennes, humble, repentante, maternelle, impérieuse, sœur et maîtresse, esclave et toute-puissante, elle le rendit plus troublé, plus irrité, plus repentant, plus amoureux, plus fou, plus éperdu et plus malheureux que jamais.

Il lui semblait qu'un cauchemar pénible, commencé la veille, continuait. Mais il n'essayait pas de le secouer, il n'en avait pas la force. Il se laissait dominer, il s'abandonnait. Il oubliait tout, et Thévenin et sa colère, et ses propres larmes et son désespoir. Il se laissait aller à ces sensations du moment qu'il pouvait supporter à peine. Il ne raisonnait plus; la fièvre battait ses artères, il pressait Renée entre ses bras comme si on eût voulu la lui arracher, puis retombait sans force, se ranimait sous ses caresses, fermait les yeux, comme anéanti sous la joie.

Ce ne fut pas elle qui succomba, ce fut lui. Il sentit pour un moment se rallumer tout son amour ; ce souffle caressant l'enivrait, l'heure tant de fois désirée était venue. Toute sa jeunesse fortement contenue sembla lui monter au cerveau pour l'enfiévrer davantage. Il pleurait comme un enfant en pressant dans ses bras ce rêve vivant de toutes ses nuits sans sommeil. Il ne songeait plus d'ailleurs, et ce qui se passait n'avait pour lui d'autre relief que ces visions bizarres produites par la pâte du haschisch. Renée triomphait. Elle regardait, avant de s'éloigner, cette tête pâlie, couchée sur son épaule, ces yeux cerclés de noir, ces prunelles noyées dans l'infini, cette bouche sans voix, ce fier jeune homme qui était à elle désormais.

Lorsque Robert se vit seul, il n'éprouva d'abord qu'une joie profonde et pénétrante, pleine de saveur, douce, complète, et qu'instinctivement il ne voulait pas analyser comme s'il eût deviné quelle amertume était au fond. Il se trouvait seul, et cependant tout rempli de l'image de Renée. Le parfum de ses cheveux courait encore sur son visage, il sentait ses mains dans les siennes, ses yeux sur ses yeux. Il souriait, et, selon l'expression populaire, il souriait aux anges, à rien, à l'infini. Il songea à sortir; il avait besoin d'un peu de soleil. Il quitta ses vêtements de la veille sans que cette boue lui rappelât rien : il avait oublié. Au milieu de son extase, il ressentait un besoin de manger. Il entra au restaurant; ce n'était pas encore l'heure du dîner. Il était seul dans la salle, les yeux fixés sur la rue, qu'on apercevait à travers les rideaux de mousseline de la devanture ; et les garçons le regardaient.

Quand il sortit, il était plus maître de lui. Le corps satisfait laissait l'esprit librement fonctionner. Alors il réfléchit, il recula devant sa propre réflexion. Cette fois il pensait à Thévenin.

Thévenin ! Il allait le revoir, sans doute. Et alors qu'allait-il lui dire? Thévenin, son ami, son frère aîné. Robert se sentit peu à peu envahi tout entier par une honte farouche; la femme de Thévenin était sa maîtresse ! Cette pensée, il ne pouvait la supporter; il se demandait s'il se pouvait que cela fût. Quel était ce cauchemar qui le poursuivait? Comment n'avait-il pas repoussé cette femme? Mais cette femme, songez, c'était Renée ! Il la revoyait souriante, soumise, les yeux en larmes. Il l'aimait donc toujours? Il ne savait, mais son cœur battait de colère et de honte. Que faire? Que dire à Thévenin? Se taire? C'était lâche. Tromper! Puis Robert ne l'aurait pas pu. — Ma pâleur me trahirait, se disait-il. Ah! pauvre Thévenin, je suis un misérable! Mais cette femme peut donc faire tout ce qu'elle veut?

Il n'hésita pas longtemps.

— Je lui dirai tout, il me pardonnera ou me maudira et je ne la reverrai jamais.

Il prit ce parti brusquement, comme tous les désespérés.

L'idée d'affronter Thévenin lui semblait pourtant bien terrible. Non pas qu'il eût peur. Mais il se sentait coupable. Il eût bravé une batterie, mais le clair regard de cet honnête homme...

— Eh bien ! dit Robert, j'écrirai !

Le hasard de la marche l'avait mené à la porte de ce cabinet de lecture ou il avait rencontré Thévenin pour la première fois. Il entra, ne songeant pas qu'il pouvait y retrouver son ami. On le salua d'un aimble sourire et d'un :

— Vous venez bien rarement !

— Oui, dit-il; je travaille chez moi.

Il regarda cette table verte, ces rayons, ces habitués. Rien n'était changé. Les lecteurs paisibles semblaient continuer la lecture du même journal dans des poses d'archer de la *Belle au bois dormant*. Il revit la place où Thévenin s'asseyait et la sienne à côté. Toutes deux vides. — Il demanda du papier, des enveloppes et s'assit là.

La lettre était faite d'avance. Il l'écrivit comme son remords la dictait. Il avouait tout, sans essayer de se disculper, s'accusait même avec une persistance sourde, sans pitié pour lui, ne parlait point d'elle ; il y avait de la colère et de la honte; il y avait surtout le cri d'une amitié sincère qui comprend tout ce qu'elle a perdu, tout ce qu'elle vient de jeter au vent de dévouement et d'affection, tout le désespoir d'un homme qui a laissé sa barque aller à la dérive, et qui n'a plus de rames pour remonter le courant. Mais il y avait aussi, sans qu'il s'en doutât, l'aveu de cet amour qu'il combattait et qu'il détestait déjà, qui râlait, pour ainsi dire, en lui, mais dont l'agonie, avec ses fiévreux battements d'ailes, ressemblait trop aux premiers mouvements de la passion. Il ne songeait pas que si son amitié pouvait désarmer le mari, cet aveu étouffé devait aussi faire hésiter Thévenin devant le pardon.

Mais, quoi ! il avait mis dans cette confession, car c'en était une) toute la fièvre, l'indécision, le remords et cette infernale satisfaction de l'amour assouvi qui le tourmentaient; il n'avait songé ni à s'expliquer, ni à se faire absoudre.

Son secret lui pesait, sa trahison l'étouffait. Il avait voulu les secouer en les proclamant.

Il porta lui-même la lettre chez Thévenin, ne voulut point monter, et la jeta au concierge à travers le vasistas de la loge. Quand il vit cette lettre sur la table grasse du portier, il fit un mouvement pour la reprendre, puis il se détourna brusquement et s'enfuit.

— Pourvu qu'il réponde ! songeait Robert.

Il ne pensait plus qu'à Thévenin. Renée semblait lui importer peu. Pendant qu'elle l'attendait, il s'inquiétait de la réponse de son ami... Cette réponse allait peut-être le frapper au cœur. En dépit de sa fièvre, il passa une nuit calme : la fatigue triomphait de lui. Mais, en s'éveillant, sa première pensée fut pour Thévenin.

Il descendit et demanda s'il y avait des lettres pour lui. Point de lettres.

— Il ne me répondra pas, dit Robert.

Il eût supporté peut-être la colère de Thévenin, mais son silence, son mépris l'accablaient.

— Le seul homme qui m'aimât ! songeait-il.

La journée se passa. Le soir, Robert reconnut sur une lettre qu'on lui remit l'écriture de Thévenin. Il lut cette lettre et la relut les yeux pleins de larmes. Elle contenait une ligne — quelques mots à peine, tout un monde de douleurs et de reproches :

« *Adieu, Robert* !

» THÉVENIN. »

Robert se sentit comme foudroyé. Il n'avait plus de forces. Il ressemblait à un homme à qui la terre manquerait tout à coup. Il s'était habitué à cette affection robuste, à cette mâle amitié, à cet échange de conversations, à cette communauté d'idées qui semblaient l'attacher à son collaborateur par des liens indissolubles. Et voilà que, brusquement, tout était fini. C'en était fait de ce dévouement et de cet appui. Thévenin s'éloignait.

« Adieu, Robert ! »

Il les relut cent fois, ces deux mots sinistres, cherchant dans la façon dont il les avait tracés quelque chose de la colère ou de la souffrance de Thévenin. L'écriture était ferme, droite comme un barreau de fer, rigide comme une sentence.

— Il n'a pas eu pitié ! dit Robert.

Mais il n'accusait pas Thévenin, il n'accusait que lui.

— Peut-être l'aimait-il encore (et Robert songeait à Renée.) Je lui ai donc fait bien du mal?

Il en est de l'amitié comme de toutes choses : on n'en reconnaît le prix exact que lorsque le sort vous l'arrache. Robert ne savait peut-être pas aimer autant Pierre Thévenin. Il mesura, au vide que sa perte y faisait, la place que Thévenin occupait en lui. Place profonde, devenue tout à coup une plaie. Tout ce que Thévenin avait dit, ses paroles, ses conseils, revenaient soudain, et comme en un essaim, à l'esprit de Robert. Il n'y avait pas jusqu'à ce mâle visage qui n'eût son charme. Comme on se sentait fort, appuyé sur un tel homme! Quelle amitié que la sienne! Et Robert l'avait perdue... Pour qui? Il ne voulait pas se dire pour qui. Renée l'étreignait aussi et l'attirait; mais déjà il commençait à répugner à cette étreinte. Elle lui coûtait cher! Ce qu'il voulait, c'était son ami.

Robert regarda brusquement l'heure à sa pendule. Dix heures! Thévenin était sans doute chez lui.

— Il m'écoutera, se dit-il.

Il alla droit chez Thévenin, monta rapidement, sonna. On ne répondit pas. Il s'informa chez le concierge.

— M. Thévenin est parti depuis ce matin, lui dit-on.

Robert alla au cabinet de lecture. On n'avait pas vu Thévenin.

— J'irai demain, fit Robert.

Il se leva de grand matin et alla rue Saint-Jacques. Thévenin n'était pas rentré. Robert pâlit et trembla. Son imagination troublée lui montra Thévenin mort, suicidé. Le portier n'avait pas l'air inquiet. Robert s'éloigna et revint vers midi. Thévenin était absent.

— C'est que monsieur ne sait pas, dit le concierge : M. Thévenin n'habite plus ici.

— Comment? fit Robert qui ne comprenait pas.

— M. Thévenin a déménagé depuis hier.

— Lui?... il a quitté cette maison?

— La voiture à bras a emporté, il y a une heure, ses derniers livres!

— Mais, dit Robert, vous savez où il demeure?...

— Pas le moins du monde, fit le concierge d'un air fin, et m'est avis que M. Thévenin ne tenait pas beaucoup à ce que je le *sache*. On est curieux tout comme un autre, mais les commissionnaires ont été muets comme des carpes.

— Pourtant, ses livres, ses livres?

— Voici la clef de l'appartement, qui est encore à lui pour deux mois. Si monsieur veut voir... Mais je l'ai vu, il n'y a pas le moindre bout de papier là-haut.

— Parti! dit Robert avec déchirement, et c'est pour me fuir!

Où le trouver maintenant dans ce Paris, désert humain, mer d'anonymes, où le plongeur se noie? Robert n'avait plus qu'un aide à appeler, un seul auxiliaire, le hasard. Il souffrait à crier. Il put monter à peine l'escalier de sa chambre. Son cœur palpitait à se rompre et la douleur lancinante le frappait à chaque pas. Les larmes le soulagèrent.

— Ah! mon pauvre Thévenin, dit-il en jetant un regard mouillé sur les manuels qu'ils avaient composés et qui vivaient de la double vie de Thévenin et de la sienne, c'est là seulement peut-être que je pourrai te retrouver!

Il se mit à les parcourir, il s'assit à sa table, et tout à coup aperçut, parmi ses papiers, quelque chose qui brillait. C'était un bracelet de velours à boucle d'acier que Renée avait laissé tomber l'autre jour. Il le prit vivement, le regarda, revit là-dedans Renée tout entière, resta pensif, puis rejetant la boucle sur la table :

— Un autre se dirait pourtant, fit-il en hochant la tête : Thévenin n'est plus là pour me gêner et Renée m'appartient.

VIII

Renée était bien sûre que Robert Burat lui reviendrait.

Elle eût été malade de dépit si le jeune homme l'eût abandonnée ainsi tout à coup maintenant qu'elle s'était livrée et qu'il était à elle. Mais l'idée de cet abandon ne lui vint pas une minute. Elle était trop persuadée de sa propre force. Quant à Robert, trop troublé encore, trop enivré aussi, il n'analysait rien; il se sentait bien accablé par une lourde peine, et pourtant dans cet accablement même se glissait quelque chose de doux. Cette pensée que Thévenin n'était plus là, née tout à coup ironiquement, grandissait en lui. Il eût tout fait pour retrouver Thévenin, et pourtant il se sentait quelquefois soulagé de n'avoir pas devant lci ce reproche et ce remords vivants. On pactise aussi avec sa conscience.

A mesure que Robert songea moins à Thévenin, il pensa davantage à Renée, il se sentit comme entraîné vers elle; il voulut la revoir; il courut chez elle avec les mêmes battements de cœur qu'autrefois. Il souffrait d'être seul; il n'avait pas le courage de rompre brusquement, il se disait, pour étouffer la voix qui lui conseillait de ne plus revoir Renée, qu'il voulait l'étudier davantage, la juger mieux et la condamner plus sévèrement si Thévenin, n'avait pas menti. Oui, une ou deux fois, cette lâche pensée que Thévenin pouvait l'avoir trompé traversa encore son esprit et lui fit mal. Mais il se reprochait bientôt une telle idée plus encore que son amour, plus que sa faiblesse même.

Quand il revit Renée, ce fut une folie nouvelle; il semblait s'étourdir, ne vouloir point songer, s'oublier en elle et ne plus avoir qu'une pensée, le présent, ne plus penser qu'à l'aimer. Elle lui reprocha d'avoir tant tardé à venir, évita toute allusion à Thévenin, et souvent répéta à Robert qu'elle avait seulement commencé à vivre au moment où elle l'avait rencontré.

Lui, ne lui demandait même pas cela; il ne voulait rien savoir, rien connaître, tout lui importait peu; il ressemblait à un homme qui court à travers champs, se grisant d'air vif, buvant le vent à pleins poumons, ivre de volupté.

Ce n'était pas l'amour, c'était comme le somnambulisme de l'amour. Un rien pouvait l'éveiller. Mais en attendant, il se sentait gonflé d'une joie infinie; il glissait sur la pointe du toit avec des ravissements vertigineux, et Renée n'avait garde de l'avertir, de le détromper, de l'éveiller.

Elle aspirait toute cette passion avec fièvre; elle voyait avec triomphe cette âme se donner, cette jeunesse se livrer, cet amour l'entourer de sa flamme, et la brûler à son tour. Elle sentait bien que Robert était tout à elle; il semblait avoir oublié ce qui avait fait sa vie autrefois, ses livres, ses projets. Volontairement, il s'était donné à cette volupté pour la boire jusqu'au bout, jusqu'au dégoût. Mais Renée croyait à de la passion, alors que le délire seul agitait Robert et l'étourdissait. Se voyant si forte et si sûre de lui, elle redressait la tête. Elle semblait braver parfois un ennemi invisible qui était Thévenin. Mais comme elle avait fait, pour ainsi dire, de son amour une arme contre son mari, il lui tardait que le roman vînt se placer sur le terrain qu'elle aimait entre tous, celui de la guerre.

Tandis que Robert, s'absorbant volontairement dans cette ivresse qu'il n'essayait pas d'analyser, oubliait, et semblait se boucher les yeux et les oreilles pour ne plus voir et ne plus entendre, Renée calculait et se demandait si le moment était venu de commencer les escarmouches.

Un soir, Robert la quitta plus troublé et plus assourdi que jamais. Il y avait un mois et davantage que le délire, coupé d'apres plaisirs, durait. Renée, qui avait été tout à l'heure souple et caressante, sembla changer de visage en changeant de pensée. Ses traits rosés se contractèrent; sa petite bouche se fronça aux angles des lèvres avec de petites rides pleines d'ombre, et ses yeux bleus distillèrent une série d'étincelles malignes. Il lui tardait de détruire dans l'âme de Robert l'idée qu'il s'était faite de Thévenin. Elle voulait peindre ce rival tel qu'elle le voyait, avec les couleurs de la haine. Jusqu'à présent, elle avait attendu, laissant à l'amour le soin de faire de Robert son esclave et ne voulait frapper le premier coup qu'à l'heure propice. Elle crut cette heure arrivée.

Le lendemain, et pour la première fois, elle prononça devant Robert le nom de Thévenin.

Robert la regarda tout étonné et comme ne comprenant pas.

Elle avait prononcé ce nom avec une ironie évidente, mais tout en jouant avec la pelote de laine d'une tapisserie que Robert lui avait vu commencer — autrefois.

En entendant ce nom prononcé par cette bouche, Robert, qui était assis, se leva, alla à la fenêtre et sembla regarder dans la cour. La vérité est qu'il était livide.

— Qu'avez-vous donc, Robert? dit Renée en souriant. C'est le nom de mon mari qui vous fait peur?

— Votre mari? fit Robert en se retournant. Vous avez tort de me rappeler que vous êtes mariée, Renée. Je n'y songeais plus.

— Vous oubliez vite vos amitiés, en ce cas. Car, dites-moi, vous étiez des amis intimes? Oreste et Pylade, n'est-ce pas?

Et elle avançait légèrement la lèvre inférieure, tandis qu'un sourire montrait coquettement ses dents blanches.

— Renée, répondit Robert timidement, ne parlez jamais de Thévenin, je vous prie. Vous voyez bien que je n'en parle pas.

— C'est un reproche, cela?

— En aucune façon, je vous le jure. Mais si le sort a voulu qu'il pût me haïr, je ne veux pas qu'il ait le droit de me mépriser.

— C'est une sentence, dit Renée. Et qui vous dit qu'il vous haïsse? Allons, je garderai pour moi mes confidences et mes pensées.

— Et vous ferez bien, conclut-il brusquement.

Renée fut dépitée en le voyant s'éloigner. Elle était moins maîtresse de cette âme qu'elle ne l'avait cru, et Thévenin y régnait encore. Thévenin! Décidément, elle allait commencer la guerre. Il le fallait.

Le premier coup avait été maladroitement porté. Elle voulut être plus experte, et attendit une de ces soirées qu'elle donnait toujours par habitude à ses amis. Robert y assistait le plus souvent. Il causait avec le baron Guéraud, le pair de France, et se rendait ainsi compte autant que possible des idées des hommes du pouvoir.

M. Lehardy y amenait parfois son fils, qui bâillait ou regardait Renée du coin de l'œil. Renée mit habilement la conversation sur le mariage, ses devoirs, ses peines, ses joies et ses déceptions. Elle prit un ton dolent, entama avec adresse une sorte de confession personnelle et laissant à Thévenin le pseudonyme de *feu M. de Gèvres*, elle le peignit comme une façon de bourru et de misanthrope, trop absorbé par ses propres études pour s'occuper de sa femme et faisant du logis une prison. Sa colère dans le présent s'unissant à ses ennuis dans le passé, elle devint presque éloquente. Elle ne s'adressait jamais à Robert quoiqu'elle ne parlât que pour lui. Elle s'attendrissait, elle s'irritait; ses yeux étaient sincères, son visage animé semblait ne point mentir; les bougies envoyaient leur lumière dans ces cheveux blonds, et M. Lehardy s'écriait de temps à autre:

dans l'oreille du pair de France avec un clignement d'yeux plus sceptique à lui seul que le *Dictionnaire philosophique* tout entier.

Pâle, enfoncé dans son fauteuil, immobile, mordant sa moustache, Robert Burat écoutait. A mesure que Renée parlait, loin de se sentir attiré vers elle par la pitié, il s'en voyait arraché brutalement par la colère, une indignation violente, peut-être le mépris. C'était de Thévenin qu'elle parlait ainsi! La malheureuse se condamnait elle-même en n'osant point l'appeler par son nom. « — M. de Gèvres?... Comme elle sait mentir, songeait-il. » Et les paroles de Thévenin lui revenaient alors à la mémoire, amères, saccadées, douloureuses; des cris plutôt que des mots, des cris sinistres longtemps comprimés et qui s'étaient échappés un jour...

Robert sentait que sa gorge devenait brûlante et que ses nerfs se crispaient. Plus Renée se feignait humiliée, abandonnée, incomprise, plus il la voyait vaine, orgueilleuse, indomptable. Puis elle avait l'air de menacer, elle faisait insolemment comparaitre l'homme qui était son mari devant ce tribunal d'indifférents tout prêts à condamner celui qu'ils ne pouvaient entendre. Cette action l'irritait. Renée n'avait pas compris comment il fallait dominer ce cœur. Repentante, Robert l'eût adorée, qui sait? accusatrice, après l'avoir tant aimée, il était bien près de la haïr.

M. Lehardy seul avait parlé. Madame Lehardy donnait raison à Renée; le pair de France proclamait que le mariage est la base de l'état social. Robert parla à son tour. Il se renversa dans son fauteuil avec un abandon affecté, et tout en jouant avec la frange du siége.

— Ma foi! dit-il de l'air le plus dégagé du monde, je suis d'avis qu'on doit pardonner beaucoup à un mari qui a su mourir à temps. Laisser libres ceux qu'on opprime, en vérité, c'est une vertu!

Renée comprit et comprit seule. Elle reçut le coup en pleine poitrine, mais elle eut la force de sourire.

— L'esprit ne prouve rien, malheureusement, répondit-elle, et votre argument, monsieur Burat, n'est que spirituel.

— Diable! fit M. Lehardy, c'est une qualité. Voltaire, par exemple...

— Oh! toujours Voltaire, s'écria le jeune M. Lehardy; tu en parles toujours et tu ne veux seulement pas me donner la clé de ta bibliothèque pour que je le lise...

— C'est que tu le lirais mal, répondit le père. Je m'entends. Voltaire n'a pas toujours été irréprochable. Il aurait dû respecter cette gloire... vous savez, monsieur Burat, cette gloire...

— Connu! dit M. Lehardy fils à demi-voix.

Robert était retombé dans une rêverie noire, sa pensée n'était plus dans ce salon, mais dans la chambre de Thévenin, et il revoyait cette matinée où le penseur, le lutteur avait étalé ses espérances et ses travaux devant lui en lui disant: « Je prends la peine. A vous l'honneur! » Depuis lors qu'étaient devenus ces projets superbes? Le pacte fait entre eux (il devait être indissoluble), qui l'avait rompu? Pourquoi cet amour, pourquoi cette femme entre ces deux hommes unis par une chaîne, l'Idée?

Renée contemplait le visage assombri de Robert. Elle semblait vouloir déchiffrer ses pensées, elle devinait un danger pour elle dans ces réflexions muettes, elle sentait qu'elle allait perdre la partie peut-être et, à son tour, songeait...

Il s'était fait un silence. Renée ne s'en apercevait point. Le silence durait. Elle ne le savait pas.

— Remarquez-vous, dit alors le baron Guéraud avec le sourire et le geste parlementaires, la main dans le gilet, comme il est dangereux d'aborder certains sujets dans la conversation courante! La politique — et la politique n'est rien ou peu de chose à côté des questions matrimoniales éternellement posées, éternellement insolubles.

Tout le monde — et quand je dis tout le monde, j'entends la plus grande partie, sinon la totalité de l'espèce humaine — est, a été ou sera marié — ou à peu près. — Le sujet donc intéresse tout le monde. C'est de l'alimentation morale (et il emmagasinait le mot dans une case de son cerveau). On discute et peu à peu — inclinées sur une pente douce et imperceptible, les réflexions privées deviennent un silence général quand elles ne se tournent pas en discussion complète.

Le proverbe a raison, et — permettez-moi cette digression dans le domaine du genre plaisant, — il ne faut parler jamais de corde dans la maison d'un pendu.

Or, marié, pendu, on pourrait hésiter... Et, quelque affection que je porte vraiment à votre sexe (il saluait Renée et madame Lehardy), je ne sais encore si je ne lui préférerais pas la corde. Ai-je blasphémé, mesdames? Je demande l'absolution.

Le baron Guéraud, qui aimait à sortir sur un trait final, comme un Parthe diplomatique qu'il était, salua celle qu'il appelait madame de Gèvres et se retira.

Robert allait le suivre. Un signe de Renée le retint.

Elle voulait être seule avec lui.

Il resta.

— Ils sont partis, dit-elle enfin.

Et venant droit à Robert :

— Pourquoi m'as-tu fait tant de mal? dit-elle.

— Oh! répondit Robert, que voulez-vous? Je suis cruel, moi, — et je veux qu'on respecte les souvenirs!

— J'insultais donc quelqu'un en disant la vérité?

— La vérité!

— Vas-tu me dire à présent que je mentais? fit-elle.

— Tenez, Renée, répondit Robert, vous *le* haïssez trop!

— Thévenin?

— Votre mari! fit Robert avec colère et comme si ce nom l'étouffait. Oh! voyez-vous, ne mettez jamais ce visage entre nous deux. C'est mon remords, à moi, et pour le fuir, je vous fuirais!

Renée fut effrayée de ce mot.

— Me fuir, moi?

Elle devint pâle. Ses bras retombèrent le long de son corps. Elle regarda Robert avec de grands yeux.

Il ne l'aimait donc pas?

— Vous parlez de me fuir? dit-elle. Quel est donc votre amour à vous?

— Oh! mon amour! dit-il avec déchirement, n'en parlons pas. Il a été grand et sincère... Mais au-dessus de lui, sachez-le, est mon dévouement pour Thévenin!

— C'est bien, dit Renée avec un geste de colère. Robert, vous ne m'avez jamais aimée! Vous m'avez trahie! Laissez-moi, je mourrai! Que je suis malheureuse?

Elle trouva un sanglot déchirant dans sa poitrine et s'enfuit d'un air égaré. Robert, cloué à sa place, attendait. Il fit quelques pas vers la chambre de Renée.

— Madame est couchée! dit-elle.

Robert écouta comme s'il eût dû entendre quelque bruit. Puis, brusquement, il revint au salon, prit son chapeau et s'éloigna.

Depuis quelque temps une pensée nouvelle, terrible, atroce celle-là, lui était venue, apportant avec elle tout un long cortége d'amertumes, de souvenirs poignants, de colères d'enfant qui allaient déborder dans le cœur de l'homme. Il songeait à son père, à cette maison désolée où il avait grandi, à ces premières impressions navrantes. Il se souvenait des yeux de son père tout à coup gros de larmes quand on prononçait devant lui un nom bien cher; il revoyait le vieux Burat, le dos courbé, ... paupières rouges; il entendait cette voix brisée — à jamais silencieuse maintenant, — et, se rappelant cette douleur profonde, il se disait que Thévenin, peut-être en quelque coin de Paris, souffrait ainsi. Et de violentes rages le prenaient contre lui-même lorsqu'il songeait que Thévenin pouvait souffrir par lui.

Il se maudissait d'avoir succombé, puis ses réflexions se perdaient dans ce dédale d'événements où il avait été enfermé, et il se demandait s'il était vraiment coupable.

La fatalité qui avait écrasé le père n'allait-elle pas broyer le fils? Celle qui avait été sa mère avait joué dans la vie de Jean Burat le rôle que Renée jouait dans la sienne, le rôle de l'engrenage qui saisit une créature par un lambeau de vêtement et, tournant, le rend en boue sanglante.

Qu'il avait raison de craindre, à son entrée dans la vie! C'étaient donc des vérités tous les arguments qu'il trouvait jadis pour excuser, pour expliquer sa sombre humeur de jeune homme? Il avait deviné la vie et, ce disant, il redevenait tel qu'il avait été aux heures de son adolescence chagrine : il était soupçonneux, irritable, amer. Renée l'avait rappelé. Elle avait eu peur de le perdre. Il était revenu, comme le voleur au lieu de son crime, par lassitude, par habitude.

Mais il l'accablait à son tour dans son humeur assombrie. Dans les bureaux d'un journal qui s'était attaché depuis quelque temps sa collaboration, on le voyait promener son ennui; il écoutait à présent, lui qui, jadis, éloquent, bouillant, entraînant, parlait. Il aimait à demeurer seul, chez lui. Il s'était fait meubler, rue d'Enfer, un appartement un peu sombre. Des meubles en vieux chêne, un ou deux tableaux, des armes, des livres. Il vivait là, sortant peu. Son domestique consignait à la porte les visiteurs qui commençaient à affluer. Une ou deux fois Renée était venue jusque-là le relancer, le chercher, lui demander pourquoi cette solitude et lui reprocher ces absences longues. Elle s'épouvantait parfois de son attitude désespérée. Elle ne comprenait rien à cette douleur qui ne parlait pas.

Elle ne voyait qu'une chose, c'est que ses coquetteries de femme échouaient devant ce pâle jeune homme comme une vague caressante se fût brisée contre un roc. L'impassibilité de Robert l'avait étonnée d'abord, puis attirée comme l'inconnu, puis irritée, puis dominée. Elle avait cru l'attacher à elle, elle était clouée à lui. Maintenant, c'était elle dont le regard soumis implorait. Il était presque menaçant, elle était presque peureuse. Elle sentait de jour en jour lui échapper cette âme qu'elle avait espéré soumettre. Elle éprouvait quelque chose d'indéfini qu'elle n'avait ressenti jamais devant ce cœur qu'elle avait un instant tenu dans sa main et qu'elle n'avait pu garder; c'était à la fois la colère de l'enfant devant le jouet qu'il ne devine pas, la peur du montagnard qui découvre un gouffre où il n'en avait jamais vu, l'irritation de la femme arrêtée devant un secret qu'elle ne peut savoir.

Quelle force cachée avait-il, ce Robert, pour la plier ainsi, elle qui n'avait eu d'autre loi jusque-là que son caprice? De quelle main de fer la pressait-il? Quelle était sa force? — Il avait aimé, il avait montré ce qu'était son amour, et tout à coup il avait repris presque brutalement ce qu'il avait donné, ne laissant à Renée que la colère de la femme dédaignée et domptée, soumise et irritée à la fois, qui voudrait ordonner et qui sent ses flancs lacérés par la passion alors qu'elle croyait déchirer sa proie de ses dents férocement blanches.

C'était dans le travail seul que Robert trouvait la force suffisante pour résister à toutes les séductions de Renée, séductions qu'il savait perfides et qui pourtant eussent pu l'entraîner. Il s'était remis à l'œuvre avec toute l'ardeur d'un cœur blessé, semblable à un mirait plus avant dans la terre pour ne point voir le jour. Là seulement il retrouvait, non pas cette paix qu'il avait espérée un moment et ne devait peut-être jamais rencontrer, mais la fatigue saine au lieu de la fièvre, et le travail qui brise au lieu de la contemplation qui énerve.

De jour en jour, ce labeur robuste l'éloignait de plus en plus de Renée. Il la voyait plus rarement; au lieu de passer des journées entières à ses côtés, comme jadis, il allait presque cérémonieusement la visiter. Elle lui reprochait ces oublis avec une amertume qui l'irritait et qui n'était plus jouée. Il croyait à quelque comédie, et la comédienne, — si comédienne il y avait, — s'incarnait cette fois dans son rôle.

— Est-ce que je l'aimerais? se dit un jour Renée. Elle s'interrogea toute tremblante.

— Non, dit-elle, je crois que je le hais plutôt. Thévenin ou lui, c'est le même homme, et je me vengerai de tous les deux!

Elle se trompait. Elle commençait à l'aimer, mais d'un amour violent et farouche, tandis que Robert ne voyait plus en elle qu'une maitresse banale à laquelle le hasard l'avait lié!

Elle eut, un jour, l'idée soudaine — pourquoi! —que Robert la trompait.

— Réponds, réponds-moi, dit-elle.

Robert haussa les épaules.

— Si cela était, vois-tu, dit Renée, je tuerais cette femme.

Robert la regarda fixement.

Elle baissa la tête, sa tête blonde devenue menaçante, et saisit la main de Robert.

— Non, je suis folle, dit-elle. Tu ne me tromperais pas! Je te connais, tu es bon. Tu m'aimes!

— Pauvre femme! pensa Robert, elle a sa part de douleurs, peut-être!

Elle était jalouse de ses livres. Elle eût voulu entrer dans la chambre de Robert et tout brûler pour qu'il revînt à elle. Robert, en effet, avait repris l'habitude du travail chez lui. Sa lampe bien souvent restait allumée jusqu'au matin. Il avait entrepris et venait d'achever un livre armé en guerre sur *le Rôle de l'Eglise et celui de l'Etat.*

Robert Burat avait acquis déjà, quoique fort jeune et s'occupant des questions de l'ordre le plus élevé, non pas une autorité, mais une valeur grande. Il semblait représenter, dans les discussions à l'ordre du jour, cette partie d'une génération qui n'a pas toujours voix au conseil et qui s'appelle la jeunesse.

On le prenait au sérieux, parce qu'on savait, parce qu'on sentait que derrière lui marchait la grande phalange de l'avenir. On doit à ce bataillon parfois imberbe une place au soleil, comme celle qu'on accorde aux vétérans, et Ce qui Est doit compter toujours avec Ce qui Sera. Les idées en germe dans les cœurs de vingt ans s'épanouiront demain fièrement, et ces jeunes fronts ont aussi leur auréole. Robert Burat avait pour admirateurs et pour volontaires tous ces écervelés qui sont la force vive d'une nation, et comme à son ardeur il joignait une maturité de pensées difficilement explicable pour ceux qui ne connaissaient point le secret de sa vie, il avait réussi à se faire écouter de ceux-là mêmes qui répugnent aux vérités dites par des lèvres qui n'ont pas l'habitude de mentir.

Aussi bien, son livre fut-il un événement, ce qui est bien, et presque un scandale, ce qui est mieux à Paris. Il assignait à l'Eglise la place qu'elle devait occuper, à l'Etat les droits qu'il devait respecter, et de la première page à la dernière, jeune, ardent, vivace, il traitait les questions avec une verve endiablée, une alacrité entraînante, une conviction railleuse qui n'excluait pas la profondeur. Figurez-vous ces numéros fulgurants, colères, hardis, implacables, terribles, joyeux, pleins de cris, de sang, de larmes, de nerfs et de poudre *France et de Brabant.* Ceux qui s'occupaient de politique lurent le livre pour y apprendre ce que pensait, ce que voulait, ce qu'espérait la génération nouvelle; ceux qui recherchaient surtout les plaisirs des lettres le dévorèrent pour goûter un peu de ce sel et de ce piment.

D'une semaine à l'autre, Robert Burat, qui était connu, devint presque célèbre. On s'occupa peut-être autant de son livre — après tout sérieux — que de la féerie nouvelle ou du procès à la mode. Renée, qui avait lu le livre, était écrasée et se demandait comment tant d'éclat, de colère et de chaleur sortait de cette tête grave et de ce cœur froid.

On avait d'ailleurs discuté le livre dans son salon, la première fois l'auteur étant absent, la seconde devant Robert lui-même. Le baron Guéraud avait cherché, ces deux soirs-là, dans son carquois, toutes les flèches de son éloquence. Le baron Guéraud était un esprit sain qui répugnait à tous les écarts. En littérature, il avait toujours été classique, en politique autoritaire. C'était un homme qui voulait que chacun eût ses aises, sans croire cependant à la nécessité de la liberté.

La poule au pot du roi Henri lui semblait la meilleure des devises pour un gouvernement : c'était un philanthrope. Il avait écrit des ouvrages sur l'alimentation publique et trouvait que l'on se nourrissait généralement bien. Il aimait le peuple jusqu'à lui pardonner bien des peccadilles, entre la poire et le fromage. Mais il était d'avis que l'on devait lui accorder la liberté par bouchées minces, afin qu'il ne s'étranglât pas. Il ne niait certes pas le progrès, mais il souriait quand on citait ce mot-là. Il avait souri, le 20 juillet 1830, lorsqu'on lui annonçait un mouvement dans Paris. Il souriait à tous les mauvais présages, hochait la tête d'un air important et se frappait le front comme si le salut de la France eût tenu dans son crâne. Au fond, les idées révolutionnaires de Robert ne lui plaisaient pas.

Il avait bien voulu hériter de la Révolution, à la condition que sa légataire fût dûment enterrée et qu'il ne fût pas question de donation entre-vifs. Le baron Guéraud, qui avait été voltairien, défendait l'Eglise. Il avait pour intime ami l'évêque de V. et ne craignait pas d'immoler ses anciennes admirations à son affection nouvelle. Aussi attaquait-il vertement les conclusions de Robert Burat, parfois même il se contentait de leur opposer son sourire stéréotypé et le hochement de tête et le jeu de paupières des gens graves. Le baron trouvait d'ailleurs un auxiliaire dans M. Lehardy. Celui-ci n'aimait pas les prêtres et n'avait fait baptiser M. son fils qu'à l'âge de douze ans, la veille de sa première communion, mais il reconnaissait « qu'il fallait une religion pour le peuple » et appelait l'Eglise « un garde-fou. » On l'eût haché menu avant de le faire aller à la messe, mais il n'aimait pas les domestiques qui affichaient chez lui des allures de libres penseurs.

Il disait quelquefois que s'il « avalait une hostie » à sa dernière heure, c'est que ses facultés auraient terriblement baissé. Nonobstant, ajoutait-il, il est peut-être plus prudent de communier; il en coûte si peu!»

Robert ne faisait guère attention aux adversaires, et, que ce fût le baron ou le bourgeois qui lui adressât une objection, il ne voyait que cette objection même et mettait toute son énergie à la réfuter. Il s'animait, il se courrouçait, se contenait pourtant, ne laissait jaillir de son ardente fièvre que des éclairs fauves qui faisaient tressaillir ceux qui l'écoutaient.

Renée le contemplait, en ces moments, avec une surprise haletante, un trouble et une émotion qu'on aurait pu lire dans ses yeux agrandis.

Cet âpre jeune homme, avec ses fougues nerveuses, l'entraînait; elle se sentait comme invinciblement attirée vers lui, puis repoussée, hésitante, inquiète, avec des crises de colère et d'attendrissement qu'elle n'avait de Robert, et elle eût voulu le voir humilié devant elle, dompté, buvant ses regards, n'ayant d'autre amour que son amour. Elle ne s'expliquait pas une certaine résistance qu'elle rencontrait chez Robert, une froideur qui la torturait, une façon de dédain plein d'amertume qui lui arrachait des larmes de dépit.

Robert, si emporté, si exalté dans les discussions politiques, bouillant défenseur de ses idées, adversaire terrible, auxiliaire puissant, devenait comme timide, irrésolu, mal à l'aise dès que Renée était seule avec lui, murmurant quelque parole ardente. Alors il s'assombrissait, et brusquement un remords lui montait au front. Il ne répondait pas bien souvent et s'éloignait.

Renée commençait à voir clair dans son propre cœur et dans le cœur de Robert. Elle n'était pas aimée! Il fallait bien qu'elle se l'avouât. Robert la dédaignait, il la fuyait, il la haïssait peut-être. L'idée de cette haine ne déplaisait pas à Renée. La haine, c'était encore la guerre, les blessures saignantes. Ses griffes pouvaient trouver quelque chair fraîche à déchirer. Mais voilà que l'espoir même de cette lutte lui échappait! Le sentiment qui animait Robert, c'était la lassitude, rien de plus, l'ennui, la fatigue du fardeau accablant. Elle le devinait, et son amour-propre torturé la rendait folle. Elle sentait lui monter au cerveau, comme par bouffées, des pensées mauvaises.

Elle avait des envies de se précipiter sur Robert, de le regarder bien en face; les yeux sur les yeux, et de lui cracher au visage toute sa colère et tout son dépit. Puis, en sa présence, elle devenait tout à coup humble, petite, appelant à elle toutes ses caresses pour le dompter, pour l'attirer, pour le vaincre.

Elle ne connaissait pas, cette Renée, l'âcre douleur d'une âme dédaignée. Elle ne savait pas tout ce que l'amour méconnu dépose au fond du cœur de lourdes amertumes et de déchirantes peines. Elle avait passé capricieuse, tête haute, épanouissant son sourire, altière, appelant les hommages, sans songer, sans se dire que ses triomphes étaient faits de la douleur des autres, et que son implacable sérénité venait de l'assombrissement des fronts sur lesquels allait son regard. On l'eût étonnée peut-être en mettant à nu devant elle le cœur meurtri de Thévenin, et non-seulement ce cœur, mais le cœur de tous ceux qui l'avaient aimée!

Machine à douleurs, elle faisait le mal sans y songer, son œil bleu réflétant le ciel. Mais cette fois, enfin, elle connaissait le prix d'un chagrin morne, elle savait ce que coûte une larme, elle pouvait comprendre ce qu'avaient souffert ceux-là qui — jouets brisés — formaient le cortége de ses soupirants. Elle étouffait, elle se regardait parfois avec terreur, se voyant devenir maigre. Ses yeux se cernaient, il y avait quelque chose de hagard sur son visage. Ce n'était pas de l'amour, et c'était plus que de l'amour qu'elle avait pour Robert. C'était une affection farouche, implacable, acharnée; elle s'attachait à lui comme à une proie. Elle s'était décidée tout à coup. Repliée sur elle-même, elle avait pris son parti, le parti des désespérés.

Dût-elle compromettre et son nom et ce qui lui restait d'apparences honnêtes, elle forcerait bien Robert à se donner à elle tout entier, à se proclamer lui-même abattu, à partager avec elle ses triomphes et à la parer de sa gloire.

Cette idée tourmentait Renée que Robert pût devenir un homme illustre et qu'elle n'eût de tant de succès que ce que répétaient les échos de son salon. Elle le voulait tout entier, esprit et corps. Elle allait le disputer à tous, le nouer à elle, elle cherchait l'occasion, elle l'attendait, elle était bien sûre de la trouver.

On avait depuis quelque temps beaucoup parlé à Paris d'un jeune maître italien déjà célèbre en Italie, alors vie romanesque. C'était le fils d'un aubergiste de village, à qui son oncle, un pauvre vieux prêtre, avait enseigné la musique.

Enfant, il aimait à s'enfermer dans l'église, assis devant l'orgue, entraîné par ces voix frissonnantes qui sortent des tuyaux luisants. Jeune homme, il avait commencé la vie par le travail, décidé à la remplir d'œuvres, à lutter en homme, à résister et à vaincre. Populaire à vingt-cinq ans, il avait vu son opéra, parti de Milan, faire le tour du monde. On l'avait acclamé à la Fenice, à la Pergola, à San Carlo. Les Florentins l'avaient traîné sur le théâtre, dix fois, vingt fois dans une soirée; toute cette foule, qui sentait dans les airs du maître les lamentations immenses d'un peuple outragé, les souffrances des opprimés, les sanglots, les déchirements, les protestations de tous, l'attendait à la sortie du théâtre, le portait en triomphe, lui jetait des couronnes d'or. Et rentré chez lui, ce jeune homme, lorsqu'on lui disait :

— Vous êtes un Maître, vous avez découvert la mélodie — répondait, songeant au vieux curé de Busseto, à l'auberge paternelle, aux premières voix, aux premiers soupirs : — Un maître, moi?... *Io sono un paisano!* Je suis un paysan?

Tel était ce *maëstro* que Paris attendait, venait écouter, et dont l'Opéra allait donner la première œuvre que la France eût entendue. — Renée avait fait louer une loge à tout prix. Le baron Guéraud s'était offert pour l'accompagner. Elle savait, depuis la veille, et sans qu'il l'eût avertie, que Robert se trouverait dans la salle.

Renée avait fait pour la solennité une toilette charmante de simplicité, assortie à sa beauté blonde. Une ample robe de mousseline blanche, d'un tissu fin, l'enveloppait comme d'un nuage. Sur ses oreilles, son cou, ses bras ruisselait une parure de turquoises d'un bleu pâle et doux.

Elle avait parsemé ses cheveux fins de myosotis en turquoises; un peigne retenait son chignon épais; sur ses épaules elle avait jeté, comme un peplum, un long burnous algérien.

On la regardait. Elle était dans sa loge, à côté du baron Guéraud. Robert l'aperçut un des premiers. Il voyait les lorgnettes tournées vers cette femme qui supportait l'attention avec une grâce exquise et faisait des jalouses sans en avoir l'air. Ce sentiment ne lui vint pas de se sentir fier d'être l'amant d'une créature enviée et désirée par toute une salle. Tandis qu'il considérait cette tête blonde, éclatante de beauté, il lui semblait qu'il allait voir surgir du fond rouge de ces loges la tête sombre de Thévenin.

L'œuvre du maître avait cependant conquis tout ce public, éclatant sur cette foule comme un orage avec toute sa vaste harmonie; on écoutait, on se passionnait, on s'étonnait.

Pendant les entr'actes, dans les couloirs, les bien informés racontaient l'existence de cet inconnu d'hier qui s'appelait d'un nom maintenant. Lorsque dans cet opéra de *Jérusalem*, retentit le chœur des croisés, perdus dans le désert, accablés de fatigue et de chaleur, assoiffés, écrasés, ce fut dans toute la salle une acclamation immense, et il sembla à Robert que cet hymne désespéré chantait tout haut quelque chose de ce qu'il souffrait, lui, tout bas. Plainte lente, supplication profonde, espoir et doute, tout était confondu dans une prière et dans un sanglot.

Robert se leva enthousiasmé, sortit après l'acte et se mit à marcher dans les couloirs, enivré. Il entendait dans les groupes des lambeaux d'éloges, des gens qui fredonnaient les notes dernières; la triste mélodie le pénétrait. Tout à coup, il se trouva en face de Renée qui s'avança vers lui, les yeux brillants, le visage empourpré, s'écriant tout haut!

— Verdi!

— Du talent, fit le baron en hochant la tête en connaisseur.

— Eh bien! dit Renée à Robert, voilà le cas d'être enthousiasmé!

— Oui, répondit Robert.

Sous les yeux étincelants de Renée, il se sentait mal à l'aise. Il devinait les regards de tous fixés sur lui. Il lui semblait qu'on prononçait son nom dans cette foule qui se pressait, mêlant ses parures, ses couleurs, ses parfums. Il entendait aussi et distinctement qu'on répétait le nom de madame de Gèvres.

Il fit un mouvement comme pour s'éloigner.

Renée comprit : elle se sentait entourée, admirée, elle avait trouvé l'occasion cherchée, elle ferma les yeux comme éblouie, puis les fixant sur Robert, avec un sourire, elle joua d'un seul coup la partie :

— Robert! dit-elle...

Elle le vit se retourner brusquement, pâle, surpris, avec des éblouissements plein les yeux.

Les couloirs trop étroits regorgeaient de monde.

— Où allez-vous, mon ami? dit Renée avec une inflexion de voix qui était un aveu, une confession, une dénonciation.

Elle présentait son bras à Robert, qui le prit machinalement, fendit la foule murmurante et toute étonnée, et conduisit Renée jusqu'à sa loge. Il n'entendait qu'un bruit confus, il ne voyait que des lumières, il se sentait étouffé.

Il lui semblait que cette salle entière savait tout et le méprisait. A la porte de la loge, il s'arrêta, et tenant encore le bras de Renée :

— Mais vous vous perdez? dit-il.

— Je t'aime! répondit Renée en lui pressant la main.

Robert devint blême; il descendit, à travers les causeries qu'il prenait pour des rires, honteux avec sa condamnation sur le visage. il ne put supporter cette torture de revenir à sa place, il lui semblait que tous connaissaient son histoire, que chacun l'accusait, qu'on lui jetait ce nom au visage : Thévenin! qu'on prenait parti contre lui, qu'on allait le chasser... C'était comme une hallucination. Il sortit du théâtre, se fit conduire chez Renée et l'attendit, seul dans un fauteuil, les jambes croisées, la colère dans les yeux.

Au bout d'une heure, Renée arriva. Elle entra, vit Robert, laissa tomber son burnous, et dit :

— Pourquoi m'as-tu quittée?.. Qu'as-tu donc?.. Je t'ai déplu?

— Eh! dit Robert, vous aimez donc bien à proclamer votre honte?

— C'est parce que j'ai parlé...

— Oui.

— Mais tu es fou, Robert!

— L'acte de folie, c'est ce nom de Robert, jeté à tous, comme un secret livré!

— Et puis après? Si je veux que l'on sache que tu es à moi, dit Renée fièrement, n'en ai-je pas le droit? Ne m'aimes-tu pas, dis?

— Renée!

— Il fallait me démentir, me repousser. Moi, je voudrais que tout le monde entier fût là pour lui dire en face que je suis ta maîtresse!

— Ah! répondit Robert, prenez garde que le monde ne l'apprenne trop tôt. Ce sera la vengeance de celui que nous avons trompé. Vous n'avez donc pas peur du mépris, Renée?

— Non, dit-elle.

Sa lèvre dédaigneuse disait vrai. Elle levait le front d'un air de bravade.

— Eh bien! dit Robert froidement, vous avez trop de courage. Moi, la honte m'effraye. Une autre fois, je vous prie de garder secrètes vos confidences. Au fait, dites-le moi, le dernier acte est-il beau?...

Il y avait une telle sévérité et un tel dédain dans ses paroles, que Renée ne put réprimer un mouvement de colère. Elle détacha brusquement un de ses bracelets, le jeta sur la table et s'assit. Robert se leva, salua Renée et se dirigea vers la porte.

— Robert, dit-elle, prenez garde. Si je devenais jamais votre ennemie...

— Vous me rendriez fat, dit Robert avec ironie. M'aimez-vous assez pour cela?

Il ouvrit la porte. Renée le vit s'éloigner et se mit à mordre ses gants avec des yeux pleins de larmes qui brûlaient.

IX

Elle était blessée dans sa vanité de femme, châtiée dans sa coquetterie, ulcérée dans son amour. Ce nom d'ennemie n'était pas une menace. Elle sentait de jour en jour qu'elle allait avoir besoin de faire souffrir à Robert Burat tout ce qu'elle-même avait souffert. Elle s'irritait de ne plus avoir prise sur ce qui lui avait entièrement appartenu. Elle se souvenait, avec colère, de ce temps où Robert tremblait en lui parlant. Que de rages contre Thévenin?

Elle se regardait souvent, se demandant si elle était toujours aussi belle. Elle s'inquiétait aussi : si elle vieillissait! Certes, non.

Quand toute cette salle de l'Opéra, les yeux fixés sur elle, l'avait contemplée, elle avait eu un moment de triomphe. Mais le dédain seul de Robert avait empoisonné sa joie. Elle eût voulu un regard de lui, un mot, rien de plus. Robert n'avait rien dit.

Pourtant elle ne s'avouait pas vaincue. Elle avait encore bien d'autres armes! Robert, nature nerveuse, triste, malheureuse, devait être jaloux. Elle avait bien souvent, jadis, surpris ses yeux ardents fixés sur le baron Guéraud. Cette jalousie pouvait la servir. Renée chercha, combina une machination nouvelle, et se reprit un moment à espérer la victoire.

Robert, qui revenait chez Renée — tant de fois — par habitude, trouva, un soir, au coin du feu, près de cette cheminée où il s'était assis avec des palpitations de cœur, un nouveau venu qui causait en riant. Renée semblait lui témoigner une amitié très-vive; elle s'était mise en frais de toilette, faisait de l'esprit et minaudait. Elle présenta l'inconnu à Robert, sous le nom de M. de Mancourt.

— Monsieur, dit le nouveau venu à Robert, permettez-moi de vous féliciter sur votre bel ouvrage qu'on discutait l'autre soir chez ma tante, et qui soulevait de beaux orages. Je ne l'ai pas lu, mais le secrétaire de mon père m'en a dit beaucoup de bien!

M. de Mancourt était jeune, riche, élégant, vicomte, sportsman, anglomane, blond, long, mince, insignifiant.

Robert sourit à cet éloge et s'assit. Renée affectait de s'adresser rarement à lui et de parler à M. de Mancourt, qui paraissait ravi. L'accueil de madame de Gèvres, à qui le baron Guéraud l'avait présenté, rendait le jeune homme rayonnant. Il se retira assez tôt, ayant hâte d'aller conter à son club le début de l'aventure. En parlant à Renée, Robert ne prononça pas le nom de M. de Mancourt.

Elle espéra avoir frappé juste. Ce silence lui parut affecté.

— Il a du dépit, se dit-elle, il est à moi!

M. de Mancourt revint. Renée donnait une de ces soirées intimes où Robert était jadis si heureux d'assister. Elle le combla de prévenances, l'accabla de gentillesses, et regardait Robert en souriant au vicomte. Robert semblait parfaitement ignorant de ce qui se passait.

Cette indifférence, que Renée prit d'abord pour une jalousie déguisée, finit bientôt par la décontenancer. Elle cherchait dans les moindres paroles, dans les plus petits mouvements de Robert. la trace de ce dépit qu'elle espérait y rencontrer. Robert ne laissait rien échapper, rien soupçonner. Il paraissait parfaitement indifférent, il se souciait peu vraiment de M. de Mancourt.

La colère de Renée redoubla. Elle était donc bien faible? Elle n'avait donc plus aucun pouvoir? Cet homme était donc de marbre? Elle se méprisait de ne pas le repousser, de ne pas le chasser, un jour, comme un laquais. Elle sentait que, de plus en plus, il se détachait d'elle. Il venait rarement, elle l'attendait à présent. Elle lui écrivait de venir. Quand il tardait, elle avait la fièvre.

Bien souvent elle s'habillait, elle voulait courir chez lui. Elle était persuadée qu'il la trompait. Une femme seule pouvait ainsi le détacher d'elle. Une femme! A cette pensée, son visage se crispait. Elle avait des idées terribles, des idées de meurtre. Elle se faisait peur. Puis elle attendait encore. Un coup de sonnette la faisait tressaillir. C'était lui! Il arrivait las, triste, fatigué, écoutait sans répondre les reproches ou les protestations de Renée, semblait songer à quelque autre chose, et souvent laissait tomber une parole amère.

Renée se souvenait du temps où, impérieuse, elle eût fait sortir de chez elle celui qui ne lui eût pas baisé les talons. Mais, devant le mépris de Robert, elle courbait le front. Il l'avait dominée. Et que lui importait à lui? Les rares heures qu'il passait auprès d'elle, il les regrettait comme un avare. Toute sa vie appartenait à son œuvre, l'œuvre de Thévenin. Il s'absorbait dans ce travail que Renée jalousait. Quand elle l'accusait d'avoir une maîtresse, il répondait que sa maîtresse était la Pensée. Elle le savait si bien, qu'elle eût voulu tuer en lui le songeur, l'écrivain, l'âme.

Mais il fallait bien qu'elle y renonçât. Elle avait trouvé son maître. Cette inutile marionnette qui s'appelait M. de Mancourt, elle l'avait rejetée bientôt. Elle lui fit sentir combien elle le trouvait niais lorsqu'il voulut réclamer le prix de son assiduité, et elle le renvoya à ses amours de rencontre. M. de Mancourt alla porter ailleurs ses cravates coloriées et ses pantalons clairs. La jalousie, son arme, étant impuissante, M. de Mancourt devenait inutile, Mais à mesure que Robert se montrait plus invincible pour elle, il devenait plus grand, plus étonnant, plus aimé. Renée le trouvait laid, et l'adorait. Elle l'eût foulé aux pieds avec délices, elle se fût jetée dans les flammes avec lui.

Elle était vaincue.

Mais dans cette lutte Renée pouvait être aussi dangereuse terrasée que triomphante. Ses colères avaient de soudains éclats qui eussent effrayé tout autre que Robert. Cette passion méconnue, repoussée, s'épanouissait en projets insensés, en ces rêveries où le sang bout, où le cerveau fermente, où germent les desseins farouches. Renée ne pouvait se résigner à du dédain. Son amour ressemblait à de la haine; elle était nerveuse, irascible, son front prenait par places la teinte jaune de la bile. Elle avait dans les yeux un singulier éclat. Le *mauvais sang* du dépit, pour employer l'expression du peuple,—l'expression juste,— la tourmentait. Elle tombait souvent dans des songeries méchantes où le visage de Robert lui apparaissait, mais soumis, pâle, tourmenté. Au fait, elle savait bien où il fallait le frapper. Elle hésitait encore, mais elle était déjà prête à tout. Le baron Guéraud la comparait, un soir, tout en riant, à Hermione.

C'était dans une de ces soirées où Robert n'assistait plus que rarement. Pourtant, il était présent, ce soir-là. Renée le regardait, assis dans un fauteuil, la redingote boutonnée jusqu'à la cravate, vêtu de noir, la figure pâle, sérieuse et calme. Elle avait envie de bondir jusqu'à ce marbre vivant et de le lacérer avec rage. M. Lehardy vint à parler d'un article paru le matin même dans le *National* et où il était longuement question, et avec éloge, du livre de Robert Burat.

— Eh! parbleu! fit le baron en riant... les loups ne se mangent pas entre eux.

— Je n'ai point lu cet article, dit Robert, et, assurément je n'en connais pas l'auteur. J'aime à croire que mes idées sont aussi les idées d'un certain nombre.

—Voulez-vous un conseil, monsieur Burat? fit le pair de France.

Robert s'inclina et se pencha pour écouter.

—Eh bien! dit le baron, perdez cette habitude de vous ranger dans les minorités. On passe à la longue pour un ambitieux et l'on se trouve avoir l'opinion contre soi.

— Merci de l'avis, répondit Robert. Mais, sur ma foi, je ne demande rien à personne et je me contente d'exprimer les idées que je crois justes. Que si elles ne sont pas celles de la foule, tant pis pour moi et tant pis pour la foule. Mais à force de les répéter...

— Ah! voyons, qu'arrivera-t-il?

— Tout simplement que le plus grand nombre deviendra de notre avis et que la minorité factieuse sera alors composée seulement des tardigrades et des esprits mal faits.

— Ainsi, vous espérez que vos idées seront populaires?

— J'en suis certain, il faudra seulement du temps... et beaucoup.

— Vous ne verrez donc pas le triomphe?

— Que m'importe? Croyez-vous que l'égoïsme soit ma règle politique?

— A Dieu ne plaise! Mais encore faut-il que vous trouviez de votre vivant la satisfaction de vos aspirations comme celle de vos appétits.

— Une belle parole a été dite, monsieur le baron, et par Jésus: « Mon royaume n'est pas de ce monde! » C'est un peu notre devise. Mais il faut espérer que ce royaume idéal descendra quelque jour des nuages. Ne méprisons pas trop les utopistes, ils ont du bon!

— Bref, dit le baron Guéraud, dans l'espèce, vous rêvez la séparation nette entre l'Eglise et l'Etat?

— C'est la conclusion immédiate de mon livre, c'est la règle que suivra l'avenir. Cette chimère est une réalité pour la Belgique. Nous avons assez longtemps supporté la faute du Concordat, il s'agit de revenir, pour les corriger, sur ces articles organiques qui entretiennent entre l'Etat et l'Eglise, une guerre lente. L'Etat ne doit rien à l'Eglise et l'Eglise pardieu, doit se soutenir elle-même. Que chacun nourrisse et son culte et ses prêtres s'il y tient. On discute aujourd'hui sur des maximes qui datent du seizième siècle, mais Bossuet a eu beau les rajeunir, les paroles de Pierre Pithou ne sont plus de notre temps.

Séparation, tel est le mot de la solution, séparation, ou liberté si vous l'aimez mieux, car, en vérité, ce mot magique est le sésame qui ouvre toutes les portes.

— Ainsi vous isolez l'Eglise?

— Notez que je l'affranchis!

— C'est grave, fit M. Lehardy en hochant la tête.

Renée écoutait, ennuyée de ces discussions et pourtant attirée par ce choc d'opinions, ces éclairs de controverses où Robert dominait.

Le baron Guéraud répondait par sentences, sans hausser le ton, toujours calme, tandis que M. Lehardy jetait de temps à autre sa note conservatrice, et que Robert se grisait lui-même par ses paroles. Le baron le traitait gaiement de socialiste, Robert acceptait le mot, et M. Lehardy commençait à être effrayé.

Ce fut Renée qui trancha le nœud gordien. Il était tard. On se retira. Une fois seule, Renée se mit à réfléchir. Renée découvrait de plus en plus la place où il fallait le frapper. Elle se coucha, prit un livre au hasard, et ce fut le livre de Robert. Elle le lut pendant que la lampe jouait sur ses épaules demi-nues, sur ses bras ronds et renvoyait à la muraille son profil agrandi.

— L'orgueilleux! se disait-elle en parcourant les pages ardentes où Robert avait mis toutes ses convictions et ses espérances. — Eh bien! c'est dans son orgueil que je veux le frapper!

Elle espérait toujours le ramener à elle. Jusqu'au dernier moment, elle voulait se défendre contre lui. En ses visites de plus en plus rares, Robert commençait à voir sur le visage de Renée des sourires mystérieux qui l'intriguaient un peu. Il n'avait pas songé jusque-là qu'il pût naitre de ce côté un danger bien sérieux.

Mais l'attitude, non pas menaçante, réservée, un peu silencieuse de Renée, le troublait. Il y avait dans les yeux de cette femme un éclat inaccoutumé qui ressemblait à une menace sûre d'elle-même. Cette malignité évidente, quelques mots furtifs dont il n'avait osé ou daigné demander la signification, le rendaient défiant.

Il se sentait pris aussi d'une certaine colère contre Renée, puis il oubliait en ne retournant pas chez elle, en causant avec ses amis, en travaillant, et ne songeait plus à haïr.

Un des amis politiques de Robert Burat lui apporta, un matin, un livre paru depuis la veille, sans nom d'auteur, un livre superbe.

— Lisez-le, lui dit-il, *c'est une œuvre.*

Robert s'enferma avec ce volume, et se sentit, à mesure qu'il le lisait, comme un homme qui voit surgir devant lui, au détour d'une rue, quelque monument immense. Il était écrasé et enthousiasmé à la fois; et quand il eut achevé ce livre, plein d'idées qu'il reconnaissait, de sentiments qu'il devinait, il le ferma, poussant ce cri : « C'est Thévenin qui a écrit cela ! » Thévenin, en effet, avec toutes ses tristesses sans désespoir, tous ses doutes robustes qui se changeaient en espérances, toute sa politique de dévouement et de sacrifices, avec sa foi dans le progrès et dans l'amour, vivait et palpitait dans ce livre. Robert reconnaissait des lambeaux de phrases, des idées, des conversations entières qu'il avait eues avec Thévenin; il lui semblait que rien ne s'était passé, que Thévenin était toujours là, parlant, aimant, encourageant. Puis, en songeant à tout ce qui les séparait, à cet adieu sans reproches jeté par l'ami fort à l'ami faible, à cette ombre dont Thévenin s'était enveloppé de nouveau, il se sentit anéanti, petit, humilié et fermant les poings avec colère, il se mit à songer à tout ce qu'il avait perdu d'amitié sainte pour un amour dédaigné bientôt, — fièvre sans lendemain, jouissance méprisée, baisers oubliés....

— N'importe, se dit-il en regardant le livre, à présent je ne serai plus seul!

Il alla le soir au café où se réunissaient quelquefois les rédacteurs du journal.

— Eh bien! lui dit Michel Ménard, qui lui avait apporté le livre le matin, qu'en dites-vous?

— C'est un traité hors ligne, vraiment superbe.

— Et savez-vous à qui on l'attribue? dit un autre.

— Non, répondit Burat.

On lui tendit le *National* en lui désignant un entrefilets dans les faits divers.

Robert prit le journal et lut :

« On nous assure que le beau livre anonyme intitulé : » *Libres Paroles de politique et de philosophie*, dont on se » préoccupe beaucoup déjà et sur lequel nous reviendrons, est l'œuvre du jeune et déjà illustre publiciste, M. Robert Burat, l'auteur des *Manuels d'éducation populaire.* »

— Eh bien! dit Michel Ménard.

— On se trompe complétement, dit Robert avec précipitation, et je démentirai moi-même la nouvelle. Demain, ajouta-t-il, je porterai une note au journal. Je tiens beaucoup à ce qu'on me sache étranger à ce livre.

Robert avait mis une telle chaleur à se défendre d'être pour quelque chose dans l'ouvrage, que Michel Ménard et les autres en parurent un peu surpris. On eût dit que Robert craignait d'adopter les idées de l'auteur anonyme; il se fit un silence un peu pénible. Robert ne disait rien. On n'osait trop l'interroger. Il prétexta un mal de tête et se retira. Le lendemain paraissait une lettre où Robert Burat démentait les quelques lignes du *National*, et déclarait n'avoir aucune part dans le livre si discuté et déjà si attaqué.

Robert lut avec un certain soulagement sa lettre imprimée.

— Je lui ai assez pris, songeait-il. Lui voler sa gloire, ce serait trop.

Robert, sans le savoir, courait en ce moment un grand danger. Il se machinait quelque part une chose odieuse contre lui. Le poignard était aiguisé. On attendait l'heure pour le frapper, et l'heure ne tarda pas. Un soir, parait dans un journal du gouvernement un long article de louanges sur Robert Burat, sur sa personne et sur ses livres. L'article était plus que sympathique, il semblait venir d'un ami, d'un confrère. Les idées de Robert étaient combattues à peine; on s'occupait surtout de lui, de son talent, de son style « flexible. » Quelques mots à double entente n'avaient pas échappé aux amis de Robert. Ils lui témoignèrent, moins vivement encore qu'ils ne l'avaient éprouvé, leur étonnement à propos de cet éloge partant si complet, si inattendu, du camp ennemi. Aussi surpris qu'eux, Robert répondit qu'il ne comprenait rien à ce revirement de la critique; et qu'il ne connaissait aucunement le signataire de l'article.

Il paraissait embarrassé, mécontent. Sans en être certain, il devinait que la défiance, si vite née dans les partis politiques, commençait à l'entourer.

Habitué à marcher dans la voie droite, il lui avait été pénible de voir qu'on lui attribuait un livre qu'il était censé n'avoir pas eu le courage de signer.

Il lui semblait qu'il respirait un air plus épais, il avait le pressentiment que ces étonnements ne s'arrêteraient pas là.

Michel Ménard vint le réveiller une seconde fois, un matin.

— Connaissez-vous ceci? dit-il à Robert en lui tendant un de ces petits journaux où le crayon et la plume luttaient de malignité à cette époque.

— Non, dit Robert encore dans son lit. Qu'est cela? qu'y a-t-il?

— C'est une accusation, ni plus ni moins, répondit Ménard avec un ton bourru. On prétend que vous êtes acquis au gouvernement et on l'imprime tout net. Voyez ce que vous avez à faire!

— Comment! s'écria Robert en devenant livide.

Il ouvrit le journal, rencontra, sans le chercher, le passage où l'on parlait de lui. On donnait le chiffre de la pension que le gouvernement lui accordait.

— Mais c'est infâme! dit-il en laissant tomber le journal.

Michel Ménard ne disait rien et regardait Robert.

Robert ajouta :

— Je vais aller souffleter l'homme qui a menti. Vous venez avec moi, Ménard?

— Un duel! dit Michel. C'est tout ce que vous trouvez?

— Que voulez-vous que je fasse?

— De deux choses l'une : ou ceci est une calomnie...

— C'est bien, fit Robert, vous me soupçonnez aussi ou vous m'avez soupçonné un moment!

Il comprenait toute la portée de ces méchantes lignes, plus cruelles qu'une blessure.

— Cet article hier, cette chose aujourd'hui. L'outrage après l'insinuation... Il y a quelque chose de bourbeux en tout ceci!

Il s'assit, à demi vêtu, devant sa table, écrivit quelques mots et les tendit à Michel Ménard.

— Pouvez-vous faire passer cela dans le numéro?

— Voyons, dit Michel.

Il lut :

Monsieur le rédacteur,

Parmi les étonnements qu'il m'était donné d'éprouver, je ne crois pas possible d'en rencontrer un plus inattendu que celui d'aujourd'hui. Je lis dans un journal, qui se dit bien renseigné, le prix d'achat que m'aurait soldé le ministère pour m'attacher à lui jusqu'à nouvel ordre. Les chiffres y sont et mon nom imprimé sans faute d'orthographe. Un homme qui se trouverait couvert de lèpre en s'éveillant ne serait certes pas plus surpris que moi. On s'appuie pour prouver ma défection ou ma conversion, comme vous l'entendrez, sur ce que j'ai nié toute collaboration à un livre déjà célèbre dont les pensées me sont chères et dont l'auteur est assurément un des plus vaillants et des plus sympathiques esprits de ce temps. Je ne l'ai point écrit, mais je m'estimerais heureux de l'avoir fait, et je ne demande qu'à être son reflet et son ombre. Que les journaux du gouvernement louent mes livres, cela prouve-t-il autre chose que ceci, à savoir qu'ils les ont mal lus? Je suis un homme de guerre, je devais m'attendre à rencontrer la guerre chez mes adversaires. Si l'on emploie la poudre destinée à me combattre à tirer des feux d'artifice en mon honneur, je ne puis que m'en féliciter, mais je veux en rire. Non, monsieur, je ne me suis point vendu Et pourquoi aurais-je fait un tel marché? Je n'ai d'autre richesse que mes idées et ma conscience. Les vendre, ce serait m'appauvrir. La prudence, qui est le devoir du moment, et le devoir, qui est la prudence éternelle, me conseillent également l'honnêteté. Laissez-moi donc démentir cette calomnie partie de quelque journaliste à gages qui doit trouver bien lourd à digérer le peu de pain qu'il gagne ainsi. Je ne suis pas de ceux qui se vendent, je suis de ceux qui se donnent, mais qui se donnent à la justice et à la vérité.

ROBERT BURAT,

14, rue d'Enfer.

— C'est bien! dit Michel Ménard à Robert, qui se tenait assis, immobile et les poings fermés. Voici qui vaut mieux qu'un coup d'épée ou qu'une balle de pistolet.

— Et me soupçonnez-vous encore?

— Ah! mon ami, dit Michel, pardonnez-moi. Mais la chair est si faible, et j'en ai tant vu faiblir! Tout le monde n'est pas de marbre comme vous ou de pierre comme moi!

Quand Michel Ménard fut sorti, Robert Burat courut chez Renée. Il avait deviné d'où partait le coup. Il avait reconnu la main de Renée. Le baron Guéraud et quelques autres avaient dû tremper dans l'affaire. En liant les bras à un socialiste, comme il appelait Robert, le baron Guéraud sauvait l'État et obligeait Renée. Double profit. Robert se sentait assez irrité pour souffleter ce vieillard et cette femme. En le voyant, Renée eut peur. Il était pâle, les yeux injectés, il s'avança vers elle les bras croisés, lui dit d'une voix brève :

— C'est donc là votre arme, la calomnie?...

Un éclair passa dans les yeux de Renée. Elle avait frappé juste cette fois. Robert souffrait.

— Je vous avais averti, dit-elle en relevant la tête... Ah! vous avez voulu la guerre!

— Ceci est l'assassinat, dit-il.

— On combat comme l'on peut.

— Vous êtes une misérable! fit-il.

Renée aimait encore mieux ses injures que ses dédains. Tout cela, c'était la vie. Après ces éclats, il y avait une réconciliation, des larmes, des pardons, des baisers...

— Non, dit-elle, je ne suis pas ce que tu dis, je suis une femme qui t'aime et qui te veut tout à elle, et qui se venge de cette rivale, la politique, et qui la hait, et qui voudrait t'en arracher, te ramener, t'avoir! Regarde-moi, Robert. Je te dis que je t'aime. Je n'ai aimé que toi ainsi. Je suis malheureuse, vois, je suis laide. Je n'avais jamais pleuré, moi. Maintenant, des larmes, mes yeux en ont toujours. C'est pour toi que je pleure.

Va, il est vengé, lui! Je te dis que je ne puis vivre sans toi, m'entends-tu? Tu ne vois pas, je deviens méchante. Je t'ai fait du mal! Tu crois que je te hais!' Chéri, je t'aime! Donne-moi ta main. Tu as la fièvre. Je suis mauvaise. Je t'ai fait du mal. Tiens, bats-moi, frappe-moi. N'aie pas peur, je ne crierai pas... Mais dis-moi quelque chose, réponds, parle-moi. Je veux te voir, t'entendre. Il ne dit rien, non! Oh! mais tu me hais, tu me hais, ça se voit... Prends garde! Ah! si tu savais ce que j'ai dans la tête... Comme on change en trois mois!... Voyons, là, franchement, que veux-tu? Tu es ambitieux! Je te servirai, tu seras puissant, tu auras tout. Il te faut une servante, je serai la tienne. J'irai partout, je solliciterai, j'implorerai, je connais beaucoup de gens... Des journaux? On en fondera un pour toi... Je sais qu'on a besoin de jeunes hommes... Tu seras député... On te patronnera... Ce n'est pas cela?... Que veux-tu donc? Tu me fais peur à présent!

— Voyons, s'écria-t-elle, mais dis-moi donc quelque chose, ou je meurs!

Robert, impassible, la regardait et ne répondait rien.

— Voyons, dit-elle. Écoute-moi. Tu crois que je mens. Écoute. M. Dupré-Dancourt, député dans la Mayenne, est mort, comprends-tu? On va élire un autre député. M. le baron Guéraud est né à Laval; le pays lui obéirait sur un signe.

Robert serrait les poings instinctivement.

— Le baron Guéraud ira trouver le ministre, continua Renée en souriant à chaque parole. Il dira le nom du député que le pays demande, il le patronnera à Paris et dans le département. L'élection est assurée. On ne demande même pas une soumission au gouvernement. L'appui sera tout moral et suffira. Veux-tu être député, Robert?

Il avait eu la force de se dominer, il la regarda, et froidement :

— Madame, répondit-il, vous ne me comprenez pas. Vous venez, en essayant de me ramener à vous par le déshonneur, d'ouvrir en moi une de ces blessures qui ne se ferment plus. Je ne vous parle pas de ma haine. Que craindriez-vous de ma haine? Mais tout est fini, cet amour que j'avais pour vous n'est plus qu'un souvenir que vous prenez plaisir à effacer, un remords que vous semblez vouloir augmenter.

Laissez-moi libre, oubliez-moi, et tâchez d'oublier aussi combien doit souffrir celui que vous savez. Surtout ne me parlez pas de cette ambition que je n'ai plus peut-être. Me proposer quoi? quel marché? Me vendre à présent! Je ne savais pas encore vous avoir donné le droit de me mépriser!

Renée était retombée assise dans son fauteuil, abandonnant la main de Robert qu'elle serrait tout à l'heure, écrasée sous cette hauteur dédaigneuse où le mépris filtrait. Elle n'essaya pas de protester, d'insister, de le retenir, elle le regarda un moment avec des yeux fixes, elle le laissa s'éloigner, sentant bien qu'il n'allait plus revenir, et trop affaissée pour trouver la force de l'arrêter en chemin. Si Robert l'avait injuriée, elle eût joui de se voir humiliée, frappée, elle eût baisé la main brutale, mais il répondait froidement à sa passion, il opposait un mépris glacé, des mots qui rompaient toutes choses. Toute son attitude avait été un adieu irrévocable; au fond du cœur, il ne lui restait plus rien. Quel désespoir! quelle colère! Abandonnée, son amour repoussé, son amour à elle! Elle perdait jusqu'à ce sentiment d'implacable fierté qui jadis lui faisait porter le front haut. Il lui fallait cet amour, rien de plus.

Alors, comme si elle avait toute honte bue, elle courut à Robert, sachant bien où le trouver, le rencontrant quelquefois dans la rue et baissant tout à coup son voile pour ne pas être aperçue, voulant lui parler et n'osant, le suivant de loin, s'enivrant de son pas, cherchant à deviner ce que rêvait ce jeune front déjà pâle et s'il ne restait plus une pensée pour elle. D'autres fois, elle allait chez lui, passait furtivement devant le concierge, montait à pas précipités d'abord, puis plus lents, s'arrêtait entendant son cœur battre, étouffant, sa main fiévreuse cramponnée à la barre de la rampe dont le froid lui faisait du bien; alors elle n'osait plus faire un pas, elle allait affronter son implacable dédain, se heurter contre sa froideur, pleurer et s'humilier encore.

A quoi bon? Pourtant elle montait. Elle arrivait devant la porte, la main sur la sonnette. Elle eût voulu saisir un écho de sa voix, elle tendait l'oreille, mais derrière la porte était l'antichambre. La bibliothèque de Robert était loin... elle n'entendait rien... Les voisins qui montaient l'escalier regardaient cette femme immobile sur le palier. Au bout d'un moment, elle entendait quelqu'un marcher, là, derrière cette porte. Alors elle avait peur, descendait en hâte, s'enfuyait et se reprochait son manque de courage. Un jour, elle sonna. On vint ouvrir. C'était Michel Ménard. Robert n'était point là. Elle ne dit pas son nom, et revint chez elle désespérée.

Pourquoi le cherchait-elle? Pour le voir. Elle voulait lui parler, lui répéter ce qu'elle avait dit déjà, lui crier : je t'aime ! Il ne serait pas toujours de marbre.

Cette idée que ce dédain pouvait cacher un reste d'amour l'enhardit. Elle revint. Il la reçut avec une sorte de contrainte, l'écouta, lui répondit avec plus de douceur; elle se reprit à espérer. Avec cette lueur d'espoir, sa passion s'accrut, et elle songeait déjà à la façon dont elle se vengerait lorsqu'elle aurait reconquis cette âme.

Robert était un soir au café, seul, attendant ses amis, lisant les journaux, puis, s'interrompant et rêvant au mileu de ce bruit de garçons qui passaient, des propos qni se croisaient, de la porte ouverte et refermée, des chocs de verre, des chaises repoussées, des dominos criant sur la table de marbre; regardant sans voir ces physionomies diverses, découpées par la lumière du gaz sur l'atmosphère un peu épaisse et fumeuse. Tout à coup la porte s'ouvrit : une femme entra droit dans la salle, jeta un regard autour d'elle, qui s'arrêta sur Burat, et alla droit à lui. C'était encore Renée.

Elle avait levé son voile; elle était pâle. Elle vint s'asseoir en face de lui, à la même table.

— Que voulez-encore? dit Robert.

— Je viens de la rue d'Enfer, répondit Renée vivement. Ne vous trouvant pas, j'ai songé à ce café. Je veux vous parler absolument.

Robert fit un geste qui signifiait clairement : C'est une persécution !

— Pouvons-nous parler ici?

— Non, venez, dit Robert en se levant.

Ils sortirent. Dans la rue, elle lui prit le bras et s'y suspendit. Il la laissa faire.

— Robert, dit-elle, tu souffres, je le vois bien, de mes poursuites, de ma présence, des pas que je fais vers toi, Tu crois me repousser, tu te trompes. Je suis à toi pour toujours, je ne te quitterai plus. Entre la femme que tu as connue et celle qui te parle, il y a un monde. Je ne me reconnais plus moi-même. Je n'ai pas de honte à te suivre, à t'attendre, à te guetter. Au contraire, je suis heureuse. Tu as cru en être quitte trop vite, vois-tu. Une femme qui aime, c'est terrible. Pourquoi m'as-tu dit de t'aimer? Je t'ai pris au mot, ne sachant pas que tu voulais seulement un jouet pour le jeter ensuite. Oh! je n'ai été que cela pour toi; il avait tué ton amour, *lui*, cet éternel *lui* qui se dresse entre nous toujours. Tu ne pouvais plus m'aimer; mais quand tu m'as eu repoussée, je suis allée à toi. Ah! le premier pas!... Maintenant, tu me tiens, c'est terrible... Il me semble que je t'ai toujours connu. Si tu me manquais, je me tuerais. C'est pour cela que je ne te quitte pas. Il me semble que je suis ton ombre, et me voilà contente. Qu'est-ce que cela te fait? Tu ne me repousseras pas? Est-ce que je te fais du mal! est-ce que je parle de ce qui te déplait! est-ce que je ne suis pas assez humble, dis? Pourquoi faire un mouvement? pourquoi de la colère? Dis-moi que tu me hais, alors! Oh! c'est de la persécution, je le sais bien. A qui la faute? Suis-je venue à toi? Tu t'es donné. Je t'ai pris. Je te garde, je te veux. Il semblerait que je ne puisse pas aimer. Quand tu m'as vue ainsi, les yeux en larmes, anéantie sous tes dédains, tu as regardé, étonné. Tu t'es dit : — Quoi ! c'est elle ! — Oui, c'est moi. Je peux aimer, que veux-tu! Et c'est toi que j'aime! Va le lui apprendre à celui qui t'a dit que je ne sentais rien, que je ne valais rien, que j'étais de glace; va le trouver, et lui enseigner qu'il faut savoir se faire aimer pour être aimé ! Toi, tu m'as conquise, je suis bien à toi, va !

Elle regardait Robert qui marchait vite. Quand la lumière d'une boutique frappait sur lui, elle le voyait tout pâle.

— En vérité, dit-il, vous ne songez donc jamais qu'au détour d'une de ces rues, tout à coup, comme une accusation, peut se dresser votre mari?

— Oh! celui-là, dit-elle avec haine, je voudrais le revoir pour me venger !

Robert s'arrêta, la repoussa brusquement et lui dit :

— Vous êtes une méchante femme, tenez !

— Robert! fit-elle d'une voix suppliante...

Elle marchait derrière lui, et Robert pressait le pas.

— Pour vous, disait-elle, je lui pardonnerais ce que je souffre. Robert!... Robert! mais vous n'avez donc point peur de ma folie? Tout cet égarement qui me transporte ne vous effraye donc point? Cela vous semble tout naturel que je coure les rues ainsi, comme une insensée? Vous me faites pitié! dit-elle avec un éclat strident. Il y a un malheur après tout cela!

— Eh! qu'il vienne, ce malheur, dit Robert, je l'attends. Vos menaces me font moins peur que votre amour!

Il entendit derrière lui un sanglot déchirant. Il marchait sans détourner la tête, à grands pas, comme si on l'eût poussé en avant. Et Renée le suivait maintenant sans rien dire. Il allait chez lui : elle y allait. Il ne la voyait pas. Il la croyait partie. A sa porte, il l'aperçut.

Renée se jeta vers lui, avec un élan fiévreux, désespéré. Un geste de naufragée.

— Eh bien! s'écria-t-elle, je me tairai, je ne tenterai plus rien... Mais laisse-moi te voir, ne me repousse pas... Si je me suis trompée, c'était pour toi! Est-ce que je vois clair? Je vais, j'interroge, je cherche... *Il* t'a dit que je n'avais pas de cœur. Sens comme il bat! Elle lui prit la main. Cette main brûlait.

— Tu as la fièvre? dit-elle.

Il était livide.

— Je veux te soigner, te sauver, Robert, dit-elle en franchissant le seuil.

— Non, fit-il. Je veux être seul. Laissez-moi.

Il repoussa la porte et monta l'escalier de sa chambre. Son cœur battait avec de brusques saccades. Il étouffait une douleur à chaque pas. C'était sa maladie habituelle. Il chercha une fiole de digitale; la potion le calma. Il regardait cette liqueur d'un air égaré.

— Tourments! tentations! songeait-il. Les soucis de l'avenir et ceux du présent! Ces amours qu'on s'attache au pied comme un boulet, ces remords qu'on se crée avec joie, la souffrance de la vie intime jointe à l'âpreté de la vie publique, ambition refoulée, amour brisé, amitié perdue. L'oubli de tous ces maux tiendrait dans une cuillerée de cette liqueur où le pharmacien, par mégarde, aurait laissé tomber, de digitale, une goutte de trop! — Triste temps, dit-il tout haut, amour malsain; cette femme est donc liée à moi pour jamais, pour toujours?

Et dans une sorte de demi-sommeil, plein d'amertumes et de larmes, Robert sentait se dresser entre l'avenir et lui comme une infranchissable barrière. Il se voyait lui-même en une sorte de fantasmagorie, essayant d[illegible] barrière haute, puis retombant épuisé, attiré en arrière par toutes les fatalités de la vie et de la passion. Il sentait sur son cou la douce et le retenant, et l'attirant, et ses oreilles pleines de sang tintaient de ce cri sinistre : Tu n'iras pas plus loin !

Il se confondait, dans une sorte d'avatar produit par la fièvre, avec son père. Renée prenait le visage de sa mère et le torturait comme l'autre avait torturé l'aveugle. Il avait le cœur plein de haine; les veines de ses tempes se gonflaient. Couché sur son lit, le sommeil lui montait au front, non comme un repos, mais comme une congestion. Cet état à demi comateux, où les visions bizarres se succédaient rapides, terribles, dura longtemps.

Il se retournait, cherchant du frais dans ses draps échauffés, étendant ses jambes dans les endroits glacés, saisissant de ses mains le bois du lit, ouvrant et fermant les yeux, regardant l'ombre traversée de points grimaçants, peuplée de fantômes, où ses rêves déçus, ses espoirs envolés, ses efforts accablants, ses remords et ses larmes s'incarnaient pour former une ronde fantastique. digne du cauchemar, pleine de bruit et de fièvre, où, comme une note grêle et singulièrement précise, perçait une voix qui disait :

— A quoi bon ? à quoi bon le travail, le dévouement, l'amour, si tout doit échouer contre le caprice ou la trahison d'une femme, contre un rien, contre l'ironie, contre la fantaisie du Hasard ?

X

En ces heures de fièvre et de désespoir, Robert songeait plus d'une fois à ce coin de terre périgourdine où s'abritait peut-être le bonheur, et il se demandait sérieusement s'il ne valait pas mieux vivre à l'ombre des châtaigniers, sous les fraîches branches des chênes. Il avait envie de partir, d'oublier, d'aller se retremper dans l'air pur. Embrasser l'oncle Germain, lui tout conter, demander ses conseils, quelle joie ! Mais Paris le retenait. Tant de liens autour de lui ! Il laissait les jours passer et restait. Un matin, comme il s'habillait, il entendit qu'on s'arrêtait devant sa porte. Il ouvrit et recula d'étonnement. C'était l'oncle Germain qui était là. Robert se jeta à son cou et sentit les bras nerveux du vieillard le presser fortement. — Et vous ne m'avez pas écrit ! dit-il.

— J'ai voulu te faire une surprise, dit l'oncle. Une surprise agréable, hein ? Tu ne sais pas ? Je viens faire du commerce à Paris ! Oh ! du commerce, je m'entends ! Mon pauvre Robert, je suis complétement ruiné. (Il prit une chaise et s'assit gaiement). Mais ruiné à plates coutures. Je n'ai jamais su compter; c'est une qualité négative dont je fais fi. L'argent s'en va ! Il avait inventé la vapeur avant Fulton. Plus un sou, et j'ai ta cousine à doter. Au fait, Henriette est à Paris.

— A Paris !

— Je ne l'ai pas amenée ici par la simple raison que je ne savais si je te trouverais seul. Tu la verras. Un ange ? Je l'adore, et si je ne puis la faire riche, je puis la faire heureuse. J'ai eu, parmi tant de folies, une bonne folie, ma passion pour les médailles. Ma collection est superbe. Je viens la vendre. Et, de cette façon, mon Henriette aura une dot. Peut-être, ajouta l'oncle en clignant de l'œil, se trouvera-t-il un garçon d'esprit pour apprécier ce que vaut une jeune fille élevée par moi, et pour peu qu'il ait le talent de vivre, voilà un ménage de gens terriblement fortunés ! Comment trouves-tu mon idée ?

— Excellente.

— Il n'est pas comme les fous pour arranger des dénouements raisonnables.

— Mais, bon Dieu ! mon oncle, vos médailles...

— Ah ! bah ! je recommencerai une collection nouvelle. Je serai plus économe et je chercherai davantage.

Cette idée de vendre sa collection, qui équivaut pour un collectionneur au sacrifice d'Abraham, était venue à l'oncle Germain un jour que sa filleule, accoudée sur la terrasse de la Panouze, regardait passer une noce de métayers, musette en tête, vestes de drap *cadi* bleu des dimanches et tabliers rouges des jours de fête. Jusque-là, il n'avait pas songé que la jeune fille était une femme. Un simple regard honnêtement jeté sur le bonheur des autres, et Germain avait deviné que le tête-à-tête avec un maniaque, dans une vieille masure, ne pouvait plus suffire à Henriette.

Elle n'avait jamais quitté cette maison vaste et froide, aux appartements dédorés, pleine des murmures du vent, pleine aussi pour elle de souvenirs. Sa vie, tranquille, peu accidentée, s'était écoulée lentement et sans bruit. Petite, elle avait joué sur la terrasse d'où l'on découvrait de si loin le village, le toit d'ardoise de l'église et les fermes enfouies dans des massifs d'arbres sur les coteaux voisins.

Que de fois elle s'était assise sous les acacias, écoutant chanter les oiseaux, jouant avec les petits chats qui accouraient sur ses genoux d'enfant, rangeant en ligne, sur la pierre, les fruits noirs du sureau qu'elle écrasait sans le vouloir et qui lui barbouillaient les mains et la figure. Comme l'oncle Germain la grondait alors en essuyant ses joues, qui réapparaissent toute rouges sous la couche d'encre.

Ce qui amusait surtout l'enfant, c'était la grand'route qui passait tout au bas, long sillon blanc où se croisaient les charrettes dont l'essieu grinçait, les cavaliers galopant, les chiens et chasseurs, leur fusil sur le bras. Les jours de foire, où *le communal* se trouvait encombré, étaient pour Henriette des jours de fête. Ces jours-là, les fermiers passaient poussant devant eux leurs moutons marqués de carmin, les porcs qui grognaient ou les canards qu'on tenait par grappes à la main et qui craient, battant des ailes. Puis elle avait ses petits poulets; ses lapins pour lesquels elle cueillait les feuilles de vigne; ses pintades, dont elle rentrait, le soir, les petits auprès du feu. Et l'oncle Germain se frottait les mains, proclamant que « l'amour des animaux et de la nature forme une âme douce et forte pour l'avenir.

A sept ou huit ans Henriette ne savait pas lire, mais elle connaissait bien des choses, et le sens de la vie lui apparaissait déjà : l'oncle pourtant se décida à l'instruire. Il lui enseigna l'alphabet dans le *Dictionnaire philosophique*. Quand il lui apprit à écrire, il lui faisait transcrire sur ses cahiers des passages de Voltaire. La petite digérait tout cela de son mieux. Vint l'âge de la première communion. Le curé fit une démarche auprès de Germain Burat. On envoya l'enfant au catéchisme ; mais l'oncle, qui faisait répéter les leçons, avait parfois des mouvements d'impatience.

— Après tout, se disait-il ensuite, elle choisira.

Henriette fit sa première communion. Elle était heureuse et rayonnait sous sa robe blanche. En la voyant aller à l'autel, toute pâle, toute émue, laissant trembler le cierge qu'elle tenait à la main, l'oncle sentit ses yeux mal assurés, il lui sembla qu'un sanglot lui montait au cou ; il prit son mouchoir et fit le geste de se moucher — ou d'essuyer ses larmes. Il y eut grand dîner à Montravel. Au dessert, on demanda une chanson à l'enfant.

— Je ne sais que des cantiques, dit Henriette.

— Eh bien ! va pour un cantique, dit l'oncle. Il faut bien faire pénitence !

Germain Burat essayait parfois de plier cette enfant à ses bizarreries. Il avait pris, par exemple, l'habitude de coucher dans un hamac et construisant tout un système pour démontrer l'influence de cette habitude sur l'hygiène. Il voulut faire coucher, comme lui, Henriette dans un hamac. L'enfant refusa. L'oncle essaya vainement de lutter; il lui fallut se rendre. Si Henriette eût voulu brûler le hamac de son oncle, Germain aurait repris les habitudes du lit, quitte à avoir, comme il disait, des coups de sang.

Elle était donc absolument libre dans cette maison. Germain ne voulait d'ailleurs aucunement peser sur son esprit. La nature, selon lui, était la meilleure éducatrice. A la portée de sa main, Henriette trouvait des ouvrages dangereux dont les gravures seules eussent été pernicieuses. Il ne prenait point la peine de les cacher, laissant le bon grain à côté de l'ivraie, et Henriette libre de choisir. Elle savait discerner, et un certain instinct semblait l'avertir. Elle n'ouvrait que les bons livres. Son livre le meilleur, au demeurant, était l'oncle lui-même, en dépit de ses systèmes. Elle le faisait causer; elle lui adressait, à propos de tout, des questions qui n'en finissaient pas; quand elle trouvait dans les réponses quelque chose d'excessif, elle se mettait à rire ou discutait. Il eût fallu voir cette tête grise argumentant avec cette petite tète brune, pétulante!

Elle avait voulu apprendre à connaître les médailles. Germain avait bondi de joie. Il emmenait parfois l'enfant dans ses excursions, à Bergerac, à Périgueux, dans les ventes, chez les paysans, partout, et au retour, lorsque le collectionneur plaçait la trouvaille nouvelle dans la case faite au milieu du carton vert, c'était Henriette qui écrivait l'étiquette et qui, toute triomphante, la collait sous cette chose si précieuse! Ce fut un jour d'extrême joie, lorsque la petite rapporta un jour un écu de six livres de Calonne qu'elle avait découvert à Montravel, dans le tiroir du vétérinaire!

A l'achat de ses médailles, Germain Burat consacrait une bonne partie de ses revenus. Mais ce n'était pas encore par là que se fondait sa petite fortune. Ses caprices lui coûtaient plus que sa passion.

Quelquefois il lui prenait fantaisie de dresser, sous les frênes de la cour, une grande table où il donnait à dîner aux paysans. Il leur tenait des discours au dessert et les renvoyait ivres de morale et de piquette. Ou bien il faisait proclamer par le tambour du village qu'il abandonnait, pour une année, tout son bois mort aux pauvres gens. Les maraudeurs vaguaient librement dans sa propriété, dépouillaient les pêchers, vendangeaient à leur aise, se fournissaient de blé d'Espagne et coupaient les bois verts quand ils ne trouvaient pas de bois mort. On venait raconter tout cela à cet original, qui répondait que décidément la nature humaine était perverse et qu'il fallait amplement instruire le paysan pour combattre ses mauvais instincts. Puis il riait.

D'autre fois, il donnait des fêtes, invitait les sommités de Montravel, faisait danser les dames et organisait des tombolas. Quand il avait ainsi dépensé trois mois de ses revenus, il prenait un ton stoïque et parlant à Henriette sévèrement : — Sottise que ce luxe! disait-il. Je ne suis pas fâché de m'en dégoûter! Est-ce qu'on a besoin de tout cela? Que faut-il à l'homme pour vivre? Du pain, de l'eau et un oignon.

Et Henriette avait beau insister, il se condamnait à ce régime pendant quelques jours. Aux foires de Montravel, quand il voyait quelque marchande de foulards qui n'étrennait pas, il achetait toute la boutique, la payait et la faisait distribuer aux paysannes. Puis il rentrait et commençait une catilinaire contre la prodigalité. Lorsqu'il était de bonne humeur et que sa nièce lui reprochait ses folies :

— Bah! disait-il. Le monde est trop sage à présent! Il faut bien quelques fous pour le divertir!

Mais ce même homme, qui excusait toutes les échappées d'imagination et tous les éclats de la passion, était sans pitié pour le vice. Il était allé prendre par le collet un faraud de village qui avait planté là la fille d'un de ses fermiers, et l'avait forcé à épouser la petite sous peine d'un coup de fusil.

Une autre fois, en pleine nuit, on vint l'avertir que des rôdeurs de taillis dévalisaient la ferme d'un voisin absent. Il prit une paire de pistolets et alla se placer sur le chemin des voleurs. Ceux-ci emportaient une charrette de blé; ils étaient six. Deux avaient des fourches, l'un une carabine, tous des couteaux. Il les menaça de leur casser la tête, les fit rebrousser chemin, remettre le blé dans la grange et passa la nuit à la belle étoile, sur une meule de foin, surveillant le bien d'autrui.

Quand elle le voyait sortir, Henriette avait toujours l'appréhension de quelque accident. Elle le savait prêt à tout don quichottisme; aussi bien le suivait-elle la plupart du temps. Alors elle évitait les querelles, adoucissait les sorties de son oncle, et jetait de l'huile sur ses coups de boutoir.

Une éducation aussi étrange, sauvage, excentrique, devait faire de l'enfant une façon de virago mieux à sa place dans une ferme que dans un salon. Mais Henriette était née complètement femme, parfaitement douce et timide, bonne, soumise, un peu rêveuse, ne laissant pourtant pas à la rêverie le temps de devenir malaise; — rêveuse comme peut l'être une ménagère qui, la journée finie, songe doucement au pays bleu de l'idéal. Son activité singulière lui donnait le temps de tout faire. Elle lisait, elle cousait, elle allait çà et là, elle surveillait le repas des métayers, elle jetait un coup d'œil à l'étable; elle allait faire jouer le petit de la fermière, lui tendant les bras et l'appelant avec un sourire tandis qu'il allait vers elle en trébuchant, en tâtonnant, en roulant; elle tenait l'oncle Germain au courant de tout; elle partageait ses mauvaises humeurs lorsqu'il revenait de Montravel irrité de quelque discussion, elle s'égayait de sa joie quand il chantait victoire devant une monnaie rare; elle écrivait souvent ses lettres; elle le grondait, elle le choyait; quand il faisait quelque folie, elle n'insistait pas, car cet argent n'était-il pas à lui? Cette idée-là ne lui était jamais venue qu'elle eût le droit d'un reproche. Elle adorait cet homme qui était toute sa famille; elle ne se souvenait point de ses parents morts trop tôt. Dans toute sa vie elle ne voyait que le visage maigre et souriant de Germain.

Parfois pourtant — et souvent, — bien souvent, elle s'arrêtait devant la grande cheminée de la salle à manger où se consumait quelque tronc d'arbre, et là, dans le coin, sous le portrait du vieil aïeul en perruque poudrée, elles regardait deux petites entailles faites au couteau il y avait longtemps, deux entailles et deux dates qui avaient leurs pendants en face, de l'autre côté de la cheminée. Et ces petites marques à demi mystérieuses lui rappelaient un temps qui lui semblait lointain. Un jour, Robert, — le « petit Robert, » comme disait l'oncle, — s'était arrêté là, se raidissant contre la cheminée comme sous une toise, et, du bout d'un couteau, Germain avait marqué la taille de l'enfant et écrit la date de cette journée-là. Et deux fois ainsi à trois ans de distance. En face était la taille, bien plus petite, d'Henriette, aux mêmes jours. La jeune fille demeurait là, regardant ces lignes un peu effacées, songeant à celui qui la prenait parfois par la main et la menait là-bas dans les prés. Il n'était venu jamais à La Panouze qu'aux vacances, aux jours de soleil. Son souvenir était resté dans la mémoire de l'enfant comme celui d'un beau temps. Elle se rappelait qu'il courait si bien après les lézards sur les murs calcinés; elle se souvenait d'une chanson qu'il chantait. Une fois, il l'avait frappée.

— C'est que j'étais méchante alors! disait Henriette.

Ce qu'elle avait gardé de Paris, c'était le souvenir de ce jeune homme à l'air triste, pâle, maigre, et qui allait vivre dans une chambre si froide, rue des Postes. Quand elle parlait de lui avec l'oncle Germain, sa voix n'était plus aussi assurée. Elle lui demandait quelquefois, avec une expression inquiète :

— Crois-tu qu'il pense à nous, dis?

— Ah! il en a bien le temps! répondait l'oncle en haussant les épaules.

Et voilà Henriette, si gaie d'ordinaire, devenue triste tout à coup.

L'oncle n'y voyait rien et se préoccupait d'autre chose. Henriette avait dix-huit ans, il l'oubliait. Puis, un beau jour, il se frappa le front, se traita d'imbécile, prit Henriette sur ses genoux et lui demanda si elle voulait se marier. Henriette n'y songeait pas. Elle répondit franchement « non » en levant sur Germain son œil clair. Il voulut ruser, nomma les uns après les autres les jeunes gens aimables de Montravel. Henriette riait toujours et disait encore non. — Pourtant, dit-il, regarde-toi. Vraiment tu n'est pas faite pour rester vieille fille! Tu es jolie comme un cœur! — Henriette, en effet, tout à fait formée, avec ses cheveux noirs sur son visage calme, sa poitrine fière, ses mouvements harmonieux, quelque chose de rhythmé, de solide et de sain dans son regard, sa démarche, sa façon d'être, de raisonner et de marcher, Henriette était femme, aspirant la vie et le soleil avec une sorte de volupté complète, moins semblable à une belle fleur qu'à un beau fruit, capable d'être amie et amante, de donner ses baisers et ses soins, formée par la vie à cet apprentissage, à ces soucis, à ces dévouements, qui font la mère et la ménagère. — Est-ce que tu crois que je ne te connais pas? disait Germain. Les femmes comme toi sont créées spécialement pour dégoûter du célibat. On ne les compte pas à la douzaine d'ailleurs. Je souhaite à ce diable de Robert un trésor comme cela pour tout potage.

Germain avait nommé Robert sans trop y prendre garde. Mais un mouvement involontaire d'Henriette éveilla son attention. Il s'arrêta pour regarder la jeune fille dont le sourire s'était envolé et qui lui parut un peu rouge.

L'oncle savait aussi dissimuler. Il se mit à parler de Robert, en étudiant la physionomie d'Henriette. Son étonnement fut grand de trouver dans ce cœur de jeune fille une aussi profonde affection pour ce qui n'était qu'un souvenir. Il ne songeait pas que ce souvenir-là avait singulièrement grandi et pris d'étranges proportions dans la solitude.

Après quelques minutes, Germain rompit brusquement l'entretien, monta à sa chambre sous prétexte de cataloguer une ou deux pièces de monnaie, et en réalité pour se trouver seul et réfléchir. La fenêtre de sa chambre donnait sur la terrasse. Comme elle était ouverte, il alla pour la fermer et aperçut Henriette qui sortait du salon et allait s'asseoir sur le banc, accoudée contre la balustrade de pierre et rêvant.

— Le diable emporte ces têtes de petites filles! songea l'oncle Germain. Ces foyers d'incendie travaillent sourdement, et, un beau jour, elles vous crient au feu quand vous ne soupçonniez pas une étincelle. Bast! après tout, dit-il en quittant la fenêtre, il n'est pas défendu d'aimer son cousin!

Il s'enfonça dans son fauteuil à oreillons, les mains sur les larges bras carrés, les pieds étendus, rêvant en regardant au fond de la cheminée la large plaque de fonte qu'il avait contemplée tant de fois! Il hochait la tête doucement, puis plus vite, puis son visage s'éclairait, toutes ses rides semblaient sourire; ses lèvres railleuses prenaient le pli d'une gaieté malicieuse, et ses doigts se soulevaient comme pour battre une marche sur les bras du fauteuil. Plus il songeait, moins cette idée lui déplaisait de marier Robert avec Henriette.

Sans qu'il y eût précisément pensé, ce projet ne faisait pas dans son cerveau l'effet d'un nouveau venu.

— Oui, pourvu que cet imbécile de Robert ne soit pas épris d'une autre femme!

Cette idée le rendait soucieux, mais il la rejetait brusquement comme impossible. Evidemment, pour le neveu comme pour l'oncle, il ne devait exister qu'une femme au monde, Henriette. Ce dénoûment lui semblait si naturel que tout autre lui eût paru complétement insensé.

— Mais comment, vieille bête, se disait-il, n'y as-tu point pensé plus tôt.

En même temps que l'idée de mariage, l'idée de dot venait le tourmenter. Une dot? En effet, Henriette ne pouvait pas entrer en ménage « comme une Madeleine. » (C'était une de ses expressions. Mais un tel souci semblait de médiocre consistance.)

— Ne suis-je pas là? se disait Germain.

Et cet homme, qui n'avait jamais su conjuguer le verbe compter, se prit à réfléchir, à se tâter, se demandant si réellement il avait bien une dot à fournir. Alors vint défiler devant ses yeux la longue procession de ses escapades, les grandes liesses, les journées coûteuses et sa propriété peu à peu morcelée, le moulin vendu, le pré cédé au notaire de Montravel, la maison et la terre hypothéquées, sa fortune écroulée, affaissée, ruinée. Il passait à présent des journées à mettre en ordre ses papiers, à chercher dans des tiroirs des titres de créances, à se salir les doigts à faire des additions. Et plus il allait, plus il se maudissait, plus il pouvait se convaincre de ce qu'il avait perdu.

— Sais-tu, dit-il à sa nièce un matin, que je suis un vieux sot et un simple égoïste, avec mes façons de donner à propos de bottes? Je n'ai jamais songé à toi, mon enfant!

— A moi? s'écria Henriette en courant l'embrasser. Que dites-vous, mon bon oncle? Et que serais-je sans vous? Tu es l'oncle gâteau, va! Embrasse-moi!

— Non, saprebleu! Je veux me punir: retire ta joue. Animal, va! Note bien que si je voulais emprunter cent francs à quelqu'un, on me les refuserait net.

— Mais enfin, dit Henriette, tu as donc besoin d'un million? Qu'est-ce qui te manque?

— Rien, parbleu! D'autant plus que si j'étais un vrai philosophe je n'aurais pas besoin de poulet. Au fait, enlève-le, ce poulet. Je n'en veux pas. Mets-le dans le buffet. Je mangerai du pain sec. Mais enfin, l'argent, l'argent, c'est quelque chose. Bah! après tout, je ne suis pas bien à plaindre, j'ai mon idée!

Deux jours après, Germain dit à Henriette, en lui prenant les mains:

— Veux-tu venir à Paris, toi?

— A Paris? dit Henriette, dont les mains tremblaient. Elle regardait son oncle d'un air semi-joyeux, semi-incrédule.

— Très bien! fit-il. Nous partirons demain matin. Viens m'aider à faire mes malles?

— A Paris! disait la jeune fille en montant l'escalier derrière son oncle. Mais quoi faire à Paris?

En entrant dans la chambre de Germain, elle poussa un cri. Les casiers des monnaies — la collection tout entière — étaient étalés, carton par carton, sur les commodes et sur le lit. Elle regarda son oncle d'un œil plein de questions. Germain fredonnait un refrain qu'il inventait et souriait d'un air important.

— Tu vois cela, dit-il. Eh bien! c'est une fortune! J'en ai joui en avare... Maintenant je la livre à mes contemporains...

— Tu la donnes au musée, je parie?

— Moi?

Et l'oncle Germain, regardant sa nièce d'un air triomphant, éclata d'un rire satisfait.

— Le musée?... Le musée? Ah! je m'en moque pas mal du musée, par exemple. Je vends mes monnaies tout simplement. Si le musée les achète, il les achetera; mais si quelque épicier m'en offre davantage, je les donne à l'épicier. Tu me prends donc décidément pour un vieux fou, voyons? Non, non, non! Eh! je puis faire du commerce tout comme un autre. Tu verras. Il y a tant de niais qui s'enrichissent à ce jeu-là! Je veux leur prouver que lorsque un homme d'esprit s'en mêle...

— Mes pauvres médailles! dit Henriette naïvement en croisant les mains et les regardant.

Germain s'arrêta net, ses bras retombèrent le long

de son corps; il suivit le regard d'Henriette; ses yeux s'arrêtaient sur ces petits cercles tracés dans le carton vert et remplis de pièces noires, argentées ou dorées, sur ces étiquettes qu'il avait dictées, sur ces miettes de métal qui représentaient tant de courses, tant de recherches, tant d'émotions, tant de déceptions combattues, tant de joies, tant de fatigues, tant de bonheur! Sa lèvre inférieure avança; deux grosses rides se dessinèrent le long de ses joues, ses yeux se brouillèrent, et il étouffa brusquement un soupir qui lui soulevait la poitrine.

Alors, secouant cette émotion, se détournant et se baissant sur sa grande malle entr'ouverte :

— Il s'agit seulement de les emballer de façon à ne les point gâter, dit-il en s'efforçant d'assurer sa voix étranglée.

Tout à coup, il sentit les bras d'Henriette qui le prenaient au cou, par derrière; il vit au-dessus de son visage le visage d'Henriette qui se penchait vers lui, il entendit qu'elle disait :

— Mon oncle, gardons tout cela. Je ne veux pas me marier!

— Et qu'est-ce qui te prend? fit Germain en essayant de sourire.

— Sois donc franc, dit Henriette en se courbant, c'est pour moi que tu vends tout cela!

— Pour toi? Le diable m'emporte...

— Mais je t'ai deviné, dit-elle en l'embrassant. C'est ma dot, cela, n'est-ce pas? Ma dot? Eh bien! je n'en veux pas, je n'en ai pas besoin.

Je veux que tu gardes ce qui est ton bonheur, ta joie, ta vie de tous les jours. Est-ce que je veux me marier, voyons? Je n'aime que toi. Gardons-les, nos médailles. Restons ici. Tu as donc besoin de m'éloigner? Tu trouves donc que je ne sais plus coller les étiquettes? Tu ne veux donc plus de moi?

— Ah! sapristi, s'écria Germain en se dégageant. Voilà qui est fort. Est-ce que je suis un gamin? Une tutelle à présent! Je veux vendre mes médailles. Si elles m'ennuient!... Tu sais, on a des goûts, et les goûts passent. J'ai trouvé mon plaisir là, je le trouve ailleurs. Je suis donc condamné aux sols parisis à perpétuité! Et si je veux te donner une dot, moi? Et si je tiens à ce que tu te maries? En voilà, une réponse : « Je ne me marie pas! » Je veux une tapée de petits neveux et de petites-nièces, moi! Je tiens à me faire une famille!

J'ai envie de tirer les oreilles à des moutards! Ah! je t'aurai élevée pour que tu ne fasses pas quelque chose pour mon égoïsme! Tu te marieras, saperlotte, j'enverrai mes monnaies au diable. Entre un marmot et une livre tournoi, j'hésiterais! Tu me prends encore pour un joli personnage! Dis-moi que je suis une brute, et cela vaudra mieux. Tu ne veux pas te marier? Parbleu! je sais bien que ce n'est pas nos cadets de village qui t'auront tourné la tête. Ces gens-là pour toi! Toi pour eux! Je leur casserais les reins s'ils y songeaient. Mais nos quatre pelés et un tondu de Montravel, ce n'est pas le monde entier. Je te dis que tu seras heureuse, ma petite Henriette. Embrasse ton vieil oncle, va, il t'aime bien. J'ai pensé à toi, j'ai fait mes petits rêves. Je suis vieux, je puis m'en aller. Je veux voir content tous ceux que j'aime.

Et j'ai pensé à ce coquin de Robert, qui nous oublie? Ah! vous rougissez? Oui, c'est lui. Ce sera ton mari. Je le veux. Nous irons le trouver dans son Paris. (Henriette, qui sentait ses yeux s'emplir de larmes, cachait sa tête sur l'épaule du bonhomme). Et tu voudrais me priver de ce bonheur là, satanée méchante? Crois-tu que je vaux quelque chose par le bien que j'ai fait à des gens qui se moquent de moi? Les nigauds! Non, c'est encore pour les miens que je veux être le plus dévoué et le meilleur. Ah! mais surtout ne pleure pas, ne réponds pas, ne refuse pas; je me fâcherais!

Henriette ne répondit rien. L'oncle Germain la sentait ployer comme sous la joie. Il oubliait ses monnaies qui s'allaient dissiper. Il rayonnait et se pardonnait bien des choses, et bien des folies passées.

Et voilà pourquoi Germain Burat avait apporté ses monnaies et amené sa nièce à Paris.

Sa première visite avait été pour son neveu; il lui tardait d'embrasser Robert.

— Eh bien! lui dit-il, puisque tu es seul, viens déjeuner avec nous, et embrasser ta cousine!

Ils sortirent bras dessus, bras dessous, gaiement, le plus vieux entraînant le plus jeune, au pas de course. L'oncle Germain était descendu dans un hôtel de la rue Montmartre, et Henriette l'attendait là.

— Tu vas la voir, dit-il à Robert, et je te prie d'ouvrir les yeux. Tu n'as pas rencontré beaucoup de minois comme le sien sur les pavés de Paris!

Robert montait l'escalier derrière Germain qui se hâtait. Au deuxième étage l'oncle frappa. On ouvrit la porte doucement, et Robert aperçut une grande jeune fille, rougissante, qui sauta au cou du vieillard. Il se tint un moment sur le palier, regardant Henriette qui maintenant immobile le regardait aussi, en levant sur lui ses grands yeux honnêtes.

— Eh bien, s'écria l'oncle en se retournant vers Robert, tu n'entres pas?

Robert fit quelques pas.

— Embrasse-la donc! dit Germain en l'attirant par la main.

Robert avança vers Henriette qui, souriante, lui tendit son front intelligent et pur, où les mauvaises pensées n'avaient pas tracé une ride. Il le baisa ce front, et ce baiser lui resta sur les lèvres comme quelque chose de savoureux et de doucement parfumé.

Avec l'éducation qu'elle avait reçue ou plutôt qu'elle s'était faite, Henriette n'avait aucune de ces timidités embarrassées et embarrassantes de certaines jeunes filles qui semblent se fortifier contre les entreprises comme si elles sentaient qu'on est prêt à leur donner l'assaut. Elle avait la franchise et l'assurance de l'honnêteté. Sa pensée, toujours claire, se lisait dans ses prunelles, ouvertes comme un bon livre. Elle n'avait pas appris à remplacer la pudeur par les pudeurs; elle rougissait souvent, mais elle ignorait quand il fallait rougir. Une autre eût dissimulé soigneusement à Robert la joie qu'elle avait à le revoir ou plutôt à le voir maintenant; elle laissa librement éclater sa triomphante félicité. Elle s'informa par toutes sortes de questions rapides, enfantines, indiscrètes, adorables, de la vie menée par Robert depuis ce jour où elle l'avait quitté, elle encore enfant. Elle avait deviné ce que le jeune homme ne disait jamais dans ses lettres les heures de lutte, de découragement, peut-être de désespoir. Tout souriant qu'il fût en ce moment, le visage de Robert portait des traces certaines de mélancolie et d'accablement. Elle voulut tout savoir, comme s'il pouvait tout lui dire, et ne s'arrêta que lorsque l'oncle impatienté déclara qu'il mourait de faim et qu'il demandait à déjeuner.

— Eh bien! fit Henriette joyeusement, je vais sonner le garçon; il vous couvrira de viande, oncle gourmand! Quant à moi, je n'ai pas faim!

— Et sais-tu si ton cousin ne tombe pas d'inanition, petite égoïste? fit Germain en prenant les mains de sa nièce... Encore une fois, déjeunons; et non pas ici; au restaurant! Je vous débauche. Nous allons jauger vos maîtres-queux parisiens!

Henriette se mit à frapper ses deux petites mains l'une contre l'autre, ne voyant qu'une chose en tout ceci, c'est qu'elle allait sortir au bras de son cousin. Elle noua son chapeau sous son menton, jeta un mantelet sur ses épaules et dit en riant :

— Me voilà prête!

Robert, assis sur une chaise, la regardait aller et venir, avec des mouvements rapides, décidés, pleins de grâce; il subissait le charme de cette gaîté saine et juvénile, de ce gentil rire qui voletait sur les lèvres d'Henriette et qu'elle coupait vivement par quelque mot doux et bon comme elle, par un regard jeté à Robert ou à son oncle, comme pour leur demander :

— Ne me trouvez-vous pas vraiment trop enfant?

Il contemplait, sans l'analyser, cette beauté à peine épanouie, déjà parfaite, sans régularité classique, mais pleine de cette attraction irrésistible que porte en soi le beau vraiment beau, c'est-a-dire vraiment bon.

Les grands yeux d'Henriette s'ouvraient sous un front d'une courbure parfaite, encadré par d'épais cheveux noirs, qui s'échafaudaient à profusion en boucles folles autour de sa tête; son nez droit, aux narines mobiles, sa bouche petite, à la lèvre supérieure un peu relevée, sans raillerie, mais non sans sourire, son menton légèrement partagé par une fossette piquante, donnaient à sa figure un charme que surpassait encore la pureté éclatante de son teint un peu brun où l'on voyait courir à fleur de peau un sang généreux, un de ces sangs bleus dont les races aristocratiques prétendent avoir le privilége.

Robert regardait ce visage et cette taille mince encore, mais non point plate, doucement arrondie, cambrée et pleine de promesses; ce cou délicat, que la robe un peu échancrée découvrait; ce duvet qui courait sur la nuque et que le soleil, entrant indiscrètement à travers les rideaux, venait caresser.

Il la regardait encore, lorsque la jeune fille doucement lui dit :

— Mon cousin, m'offrirez-vous votre bras?

L'oncle Germain voulut les laisser passer devant. Il désirait les suivre, les manger des yeux par derrière, se réjouir de les voir marcher appuyés l'un sur l'autre. Robert sentait le bras d'Henriette peser doucement sur le sien; parfois, lorsque la foute était grande, elle se serrait contre lui, et, toujours parlant, elle contait combien les journées étaient heureuses, là-bas, quand on y recevait une lettre du *Parisien*. Robert peu à peu se sentait pénétré d'une sorte de calme joyeux qui l'arrachait brusquement à tout le passé et semblait réduire au moment présent toute sa vie.

Il marchait dans ces rues comme on marche dans une vision, sans savoir où l'on va, et pourquoi l'on est ici, et quels sont les compagnons de route. Ce matin encore, il ne songeait pas à l'oncle Germain, à cette jeune fille; ils lui semblaient si loin, si loin, et le pays aussi, que cette Terre promise, il n'espérait jamais l'atteindre, Et tout à coup, voilà qu'au réveil, Germain, Henriette, des cœurs dévoués, de chers souvenirs, accouraient comme évoqués par une baguette de fée.

— Il ne faut pas m'en vouloir, leur disait-il, si je suis silencieux ainsi. Il me semble que ce n'est pas vous qui êtes ici et que je rêve!

Henriette, elle, était toute fière au bras de son cousin. Les passants se retournaient parfois pour regarder cette jeune fille; elle se disait alors que c'était Robert qu'on reconnaissait.

Robert! n'était-il pas illustre en ce Paris qu'il avait conquis? Elle croyait que tous devaient connaître ce nom qu'elle trouvait si beau. Une fois Robert salua un vieux monsieur décoré qui passait.

Elle demanda le nom de cet inconnu.

C'était un membre de l'Institut, très illustre, très digne de l'être.

Henriette se sentit fière de ce salut, — non pour elle, — mais pour Robert.

Au restaurant, elle s'assit en face de lui, riant, considérant toutes choses sans étonnement naïf, mais d'un œil curieux et observateur. Rien ne la stupéfiait, mais tout l'attirait; elle savait regarder et voir. L'oncle Germain voulut commander le repas; il choisit les plats les plus chers, certain de se voir servir logiquement les meilleurs.

Quand il demandait l'avis d'Henriette, Henriette demandait l'avis de son cousin. Il remit au garçon le menu écrit au crayon.

— Et maintenant, dit-il, mangeons. J'ai un appétit d'enfer, un appétit de voyageur!

Il parla quelque peu de ses médailles et de ses monnaies; expliquant à Robert les secrets de la numismatique; au potage, il avait épuisé la technologie des *avers*, des *revers*, de la *patine* ou des *fleurs de coin*.

— Mais, bah! dit-il, j'aurai tout le temps de te parler de ces choses! Causons de toi. Voyons, où en es-tu? Ces livres, cette position, cette renommée? Es-tu heureux?

— Très heureux, dit Robert, qui ne voulait pas tout dire et qui pourtant ne mentait pas, car il lui semblait si bon maintenant de se sentir aimé, entouré!

Puis, bon gré, mal gré, il fallut qu'il contât ses espoirs à demi-réalisés, ses nouveaux projets, ses travaux commencés, ses ambitions dans l'avenir. L'oncle Germain écoutait tout en mâchonnant les plats qu'on lui servait. Henriette encourageait du regard Robert, dont l'enthousiasme semblait se réveiller plus jeune et plus robuste. Quand il eut fini, Germain tendit son verre et voulut trinquer, tout haut, à la santé de son neveu. On le regardait bien un peu à l'entour, mais il se moquait des curieux.

— Le vin est bon, dit-il en posant son verre dès qu'il eut bu. Ce qui est exécrable, c'est le repas.

Et repoussant de la main son assiette, il se leva brusquement et prit son chapeau.

— Ma foi, dit-il, je ne tiens pas à mourir de faim. Je reviens à l'instant.

Il haussa les épaules et sortit.

Henriette souriait en regardant Robert qui semblait l'interroger.

— Oh! dit-elle, vous n'êtes pas habitué aux escapades de mon oncle. Il faut lui passer bien des choses! C'est un grand enfant — un enfant dont les cheveux sont blancs et dont le cœur est d'or. D'ailleurs, ajouta Henriette, il vous aime à me rendre jalouse, mon cousin. Il ne me parle que de vous; tenez, les jours de frairie, il avait autrefois l'habitude de rester au logis. Il déteste la foule, le bruit l'ennuie. Mais depuis qu'on parle de vous à Paris, il a voulu qu'on en parlât à Montravel. Les jours de fête, il se lève de grand matin, il s'habille, et le voilà parti, à cheval, quittant La Panouze pour Le Bugue ou pour Saint-Alvère.

Il va au café, s'attable avec les amis, et tout le jour durant il faut bien qu'on écoute vos louanges. Est-ce que les oreilles ne vous tintent jamais — de ce côté-ci, du bon côté?

Robert, à présent, écoutait cette voix consolante, douce comme une caresse, généreuse comme un cordial. Il sourit à son tour, lui qui avait désappris le sourire, et lentement, s'écoutant lui-même, car ses propres paroles maintenant le ranimaient :

— Je vois à présent, dit-il, ce qui me manquait ici aux heures d'épreuves : c'étaient des amis comme lui — et comme vous, ajouta-t-il involontairement plus bas.

Henriette ne répondit rien. A son tour elle était trop heureuse. La porte du restaurant s'ouvrit, et Germain Burat reprit sa place, en poussant un soupir de satisfaction profonde.

— Eh! que portez-vous là, mon oncle! dit Henriette en regardant un papier que Germain déposait sur son assiette.

— Mon déjeuner, dit Germain. Tenez!

Et dépliant la papier, il montra d'un œil fier un maigre hareng jaune et noir qu'il disséqua voluptueusement sous les yeux ébahis des garçons.

Robert ne put s'empêcher de regarder Henriette, Elle semblait implorer de son cousin une certaine pitié pour les bizarreries du bonhomme.

— Je ne vous en ai pas apporté, leur dit Germain, puisque cette nouriture empoisonnée semble vous convenir. Quant à moi, je tiens à mourir centenaire!

Le déjeuner fini, Germain Burat ramena Henriette à l'hôtel. Il voulait, disait-il, laisser Robert à ses affaires, puis aller tout seul à Saint-Cloud où il avait l'intention de louer un appartement ou une petite maison.

— Voici pourquoi, disait-il. L'air de Paris est effroyablement chargé de miasmes de toute nature, émanations de ruisseaux, courants d'air chargés de gaz, fumées des fabriques, odeurs des égouts. Quand on a longtemps vécu dans cette atmosphère-là, — et Germain Burat plaçait ici tout un système sur la désertion des campagnes par les campagnards, — on n'en souffre pas trop, ou du moins l'on en meurt sans trop s'en aerpcevoir; c'est une mort lente comme l'intoxication par le café. Mais lorsque les poumons ont été habitués à ne respirer que le grand air des champs, les senteurs des bois, les baumes de la vendange ou de la fenaison, les condamner à la fumée parisienne, c'est les frapper de mort. Ah! sur ma foi, mes monnaies ne sont point vendues.

J'ai peut-être un long mois à demeurer ici. Il s'agit de ne point tomber malade. La science-mère, c'est l'hygiène. Quand tu feras un livre, Robert, n'oublie pas cet axiome-là. D'ailleurs, je ne suis pas seul. Ce n'est pas pour moi que je prêche. Mais Henriette... regarde donc ces couleurs, je te prie... Est-ce que je consens à ce qu'elle les perde? Saint-Cloud me convient assez. Je louerai quelque bicoque à Saint-Cloud.

— Vous ne voulez pas que je vous accompagne? dit Henriette.

— Non, et voici pourquoi. Tu t'occuperais beaucoup plus du papier de la chambre et du jardin que de l'exposition des fenêtres ou de l'élévation du sol. Je ne veux pas d'humidité. L'agréable! l'agréable! Laissez-moi chercher l'utile, je le trouverai. Je suis là pour ça!

Il prit le bras de Robert et l'entraina.

— Viens!

Henriette avait tendu ses deux mains franches à Robert. Il les serra avec une certaine effusion, et courut après Germain, déjà au bas de l'escalier.

— Bon! Maintenant que nous voilà seuls, dit l'oncle Germain, il s'agit de traiter les choses sérieuses. Tu as vu ta cousine? Elle est charmante, n'est-ce pas? Eh bien! elle t'adore. Ah! bon, tu vas te récrier! Je te dis qu'elle t'adore. Je le sais, je le vois, j'en mettrais ma main au feu, et je te prie de croire que je ne tiens pas à me carboniser. Qu'y a-t-il d'étonnant? Je lui ai tant parlé de toi, je lui ai si bien farci la tète de tes qualités et de tes talents! Figure-toi un tonneau qu'on remplit de poudre, un beau jour paf! il prend feu.

Note bien que ce n'est pas l'amour niais de la pensionnaire pour la première moustache en croc qui passera sous ses fenêtres. Henriette t'aime parce qu'elle t'estime; elle t'a deviné, mon brave Robert. Me croiras-tu quand je te dirai que lorsque nous arrivaient à la Panouze des lettres plus tristes que de coutume, elle regrettait de n'être pas ici pour te donner du cœur au ventre et tremper ta soupe pour te refaire de la santé? Aussi, regarde-moi. Pourquoi suis-je si gai et si bien portant? Réponse très simple: c'est que je puis plier bagage. Ton père et sa mère n'auraient pas mieux fait pour vous. Ce vieux toqué d'oncle Germain aura scellé, et pour longtemps, votre bonheur. — Eh bien! voyons, eh! qu'en dis-tu?

Robert entendait et n'écoutait pas. Cette révélation si brusque, cette généreuse charge à fond de train l'étourdissaient un peu. Il n'avait jamais songé à ce dénoûment imprévu qui venait le trouver si promptement et qu'on lui montrait comme possible; concluant par le calme une vie agitée du matin au soir. Mais Robert n'aimait pas Henriette. Il l'avait si longtemps vue présente à sa mémoire petite fille, noire et maigre, une enfant auprès de lui! La métamorphose l'avait tout d'abord plus étonné qui séduit. L'oncle Germain trouvait tout naturel qu'on devînt éperdûment amoureux de sa nièce en une seconde. Mais Robert, déjà battu par la vie, le cœur mal cicatrisé, n'en était plus à ces amours stupéfiants qui éclatent comme un coup de tonnerre. Il répondit à l'oncle Germain qu'il avait en réalité vu ce matin Henriette pour la première fois, qu'il ne savait s'il devait engager l'avenir sur une parcelle du présent; il hésita sans dire qu'il aimait Henriette, ce qui eût été mentir, et sans déclarer qu'il ne l'aimait point, ce qui déjà n'eût pas été la vérité.

— Bah! bah! répondit l'oncle Germain, qui marchait comme un facteur rural. Tout cela s'arrangera. Parbleu! je ne te jette pas ta cousine à la tête, et si je le faisais, tu ne serais déjà pas si malheureux! Je te dis:

« Tu l'épouseras quand tu voudras, mais sache bien que c'est la femme qu'il te faut, et que s'il est sous le ciel une créature parfaite... Ah! mon pauvre Robert, si ton père avait épousé une femme pareille...

Germain sentit le bras de Robert qui s'appuyait plus fortement sur le sien.

— Oui, tu as raison, dit-il, n'en parlons pas. Le passé est passé. A vous l'avenir. Les malheureux ont été malheureux. A vous le bonheur. Mais ne le laisse pas échapper, sarpejeu! — Je suis bête! Comme si tu en avais envie... Tu l'épouseras. Je te vois déjà la promenant à ton bras comme tout à l'heure. Vous êtes superbes tous deux, mes gaillards! A vous voir marcher, j'étais plus heureux que si j'avais découvert un *Othon-grand-bronze*! Mais, au fait, nous sommes arrivés? Est-ce que ce n'est pas la gare de Saint-Cloud, cela?

Il ne voulut pas que Robert l'accompagnât. Il tenait à choisir la maison lui-même.

— Ne crains rien, dit-il. J'ai la main heureuse, une main de collectionneur! Tu viendras nous voir souvent, hein, le soir? Pendant le jour, je barboterai dans Paris pour me débarrasser de mes satanées monnaies. Mais l'heure du dîner venue, prends garde, je t'arrache à tes bouquins et je t'emporte auprès d'Henriette. Est-ce convenu?

— C'est convenu, dit Robert gaiement.

XI

Le premier ami que rencontra Robert lui fit compliment sur son sourire. — Qu'avez-vous? lui dit-il. — Rien, fit Robert, Il n'avait rien, en effet, mais il était heureux, pénétré d'une joie profonde qu'il ne s'expliquait pas.

Il était heureux comme il avait été sombre — par pressentiment, comme on s'éveille parfois attristé ou joyeux. Et cet état de bien-être semblait augmenter avec les journées qui passaient. Il se sentait moins seul dans Paris, il allait à Saint-Cloud de temps à autre. Il avait retrouvé, en retrouvant Henriette, en retrouvant l'oncle Germain, deux appuis, deux cœurs, deux sourires. Il travaillait avec moins de peine. Tout s'éclairait en lui et autour de lui. Les prisonniers doivent avoir de telles joies quand on les délivre.

Oui, c'était bien une joie de captif délivré. Il se sentait libre, libre de tout le passé, libre de tout mal. Le forçat de l'amour avait jeté son boulet à la mer. Quand il songeait aux tortures de la veille et au calme du jour présent, il se sentait revivre, renaître. Il se reprenait à épeler ce mot, le plus doux, le plus choyé de toutes les langues: *Espérance*.

L'arrivée de l'oncle Germain avait été l'aurore de cette vie nouvelle. Depuis ce jour, qui datait d'une semaine à peine, Robert avait rajeuni.

Il oubliait. L'oubli, ce grand sauveur! Et quand il repassait sa vie d'hier, il la voyait comme à travers un brouillard; quand il songeait au lendemain, il l'apercevait dans du soleil.

Demain, c'était le calme, c'était le repos, c'était Henriette.

Ce nom lui semblait doux et beau. Henriette! Elle l'aimait! L'oncle l'avait dit.

Pendant qu'il se débattait dans le flot parisien, poussé souvent sur le roc par la lame, là-bas, il y avait donc toujours eu une jeune fille à laquelle il ne songeait pas, lui, et qui murmurait son nom aux grands arbres de la terrasse, aux dahlias du jardin, au vieil oncle Germain, assis dans son fauteuil?

— J'étais un ingrat, se disait Robert, et là-bas on m'apprenait le culte du souvenir. C'est une religion, aussi.

Puis ses pensées prenaient soudain un autre cours. Puisqu'il était libre — libre, il se le répétait, et ce mot lui faisait du bien, — ne pouvait-il aimer Henriette, lui aussi, et l'épouser? Qui l'en empêchait? Oui, toutes les ambitions d'autrefois, tous les rêves bénis, toutes les vertes espérances pouvaient soudain refleurir. Henriette, c'était le bonheur. Cette enfant, séduction, grâce, amour, bonté, venait à lui, se donnait à lui, se donnait tout entière.

Dans ce cœur vierge, c'était son nom à lui, ce nom fatal de Robert Burat, qui seul était écrit. Certes, sa vie n'était pas finie, il pouvait relever le front maintenant, lutter, espérer. On l'aimait donc enfin, on l'aimait vraiment.

Et le courant de bonheur l'emportait — et si puissamment et si loin que parfois il avait peur, peur d'un malheur, de quelque chose d'imprévu et de sinistre.

Il était par exemple étonné, effrayé peut-être, que Renée ne fût pas revenue. Il ne l'avait pas revue depuis bien longtemps. Elle était pour lui comme morte à présent. Ni plainte, ni reproche, ni démarche, ni lettre. Rien. Il était délivré décidément. D'abord il ne put y croire. Il attendait toujours, lassé, irrité, poussé à bout, un nouveau cri, une poursuite nouvelle, une nouvelle protestation d'amour, accablante comme une insulte. Mais, non, Renée n'était plus là.

Renée était chez elle. Renée malade, courbée, sans force, se tordait sur son lit avec colère. Le mal l'avait frappée. Tant d'émotions, de secousses, de chocs, devaient déranger ce tempérament ordinairement maître de lui, calme et placide.

Cette fièvre qui la minait, ce feu qui couvait en elle, cette bile remuée par tant de rages, secouèrent brusquement la petite maîtresse. Un matin, elle ne put se lever, clouée sur son lit, pliée sous le mal. Elle voulut voir si elle était bien pâle. On lui apporta un miroir. Ses yeux avaient perdu leur éclat; ils semblaient éteints, noyés dans une teinte jaune, la sclérotique décolorée, le visage enlaidi, et dans cette face défigurée les pommettes rougissaient comme des pommettes de phtisique. Renée eut peur. Elle se vit hideuse, elle se crut condamnée. elle appela son médecin. Elle tremblait. Mais ce n'était pas la mort qui la terrifiait, c'était ce miroir!... Le docteur la rassura.

— Je ne veux pas demeurer ainsi, docteur. Qu'ai-je donc? Je suis perdue!

Le docteur souriait, mais il prononçait des mots à tournures baroques, hépatalgie, istères, quelque chose de grec et de formidable. Renée poussa des cris.

— Madame, dit le docteur, ceci n'est rien. Les étymologistes sont des alarmistes. Ne vous en inquiétez pas. Je vous demande du calme et vous promets en retour une prompte guérison.

— Du calme, dit Renée en s'accoudant sur son oreiller et regardant le docteur avec ses yeux cernés. Demandez-moi aussi de la santé. J'ai la fièvre.

— Je le vois bien.

— Cette maladie sera longue?

— Non, si vous résistez à toutes ces émotions qui vous tourmentent, à ce qui vous mine et vous tue. Cette maladie, notez-le, c'est vous qui l'avez fait naître.

— Vous êtes un bon devin, vous! Parbleu, oui, c'est moi. Mais suis-je maîtresse de ne pas souffrir? Ah! que je suis malheureuse, docteur!

Elle se laissa retomber, étouffant des sanglots soudains dans ses mains croisées. Le docteur, embarrassé, regardait sa montre. On l'attendait ailleurs. Il écrivit rapidement une ordonnance, sortit sur la pointe du pied, et, au moment de refermer la porte :

— Du calme! dit-il encore en saluant rapidement.

Renée releva la tête d'un mouvement brusque. Elle se vit seule, reprit son miroir qui était sur son lit, à portée de sa main, et se regarda encore. Il lui semblait que la teinte jaune avait gagné. C'étaient les tempes, les pourtours du nez, la bouche à présent qui s'estompaient d'un large filet d'ocre. Elle se contemplait d'un air égaré. Elle hochait la tête. Ses petites dents mordillaient ses lèvres devenues blêmes. Condamnée à rester là, enfermée, emprisonnée!

Elle voyait dans ce coup qui la frappait comme une nouvelle injure faite par Robert. Elle avait envie de se lever, de courir chez lui, malade, mourante, et de ne plus le quitter. Mais non, son visage lui faisait peur. Sortir ainsi? Impossible. Elle se contemplait avec un sombre accablement, comme devant ces miroirs qui vous défigurent bizarrement, en carrés, en losanges. Puis elle le rejeta, ce miroir, loin d'elle, et se mit à pleurer comme une enfant.

Et Robert, qui ignorait tout, s'étonnait de ne plus la voir réapparaître et respirait. Les jours lui semblaient plus clairs et plus longs. Il travaillait beaucoup et trouvait encore le temps d'aller à Saint-Cloud, bien souvent, dans ce logis que l'oncle Germain avait loué, et que déjà Henriette avait transformé, égayé.

Ils s'étaient établis, là-bas, lui et elle, au haut de Montretout, dans une maison petite et riante. Ils y vivaient. L'oncle plus d'un fois emmenait sa nièce à Paris, dans ses courses; mais ils revenaient bien vite dans ce nid bâti entre deux maisons et qui leur rappelait l'autre nid périgourdin, construit entre deux forêts. Le soir, ils se retrouvaient, l'oncle Germain, Henriette, Robert. Ils parlaient, parlaient sans cesse. Les grands projets, les songes d'or, les rêveries couleur d'espérance, volaient de l'un à l'autre. Henriette rappelait à Robert quelque pauvre petit souvenir enfoui dans les lointaines journées de la jeunesse; il avait oublié; elle s'était souvenue. Ce qu'il dédaignait, le prodigue de fièvre, était pour elle une fortune, et cette parcelle du passé la faisait vivre. Mais, peu à peu, lui aussi se sentait envahi par la pénétrante poésie du souvenir.

Mille riens laissés en route lui revenaient, apparaissaient, semblaient chanter comme un refrain. Le passé d'hier devenait vague et le passé d'il y a dix ans prenait une image plus nette, et la figure d'Henriette s'éclairait davantage à mesure que le visage de Renée disparaissait dans le brouillard.

Il se sentait heureux, Robert, dans cette maison où il se sentait aimé. La demeure était joyeuse. L'oncle Germain l'avait bien choisie. Du haut de ce coteau de Montretout, Saint-Cloud apparaît, avec ses toits de tuiles et d'ardoises, abrupt comme une ville espagnole, les rues étroites, tortueuses et vieilles. Mais, au loin, l'horizon vaste est gai, étincelant, superbe. C'est la plaine verte où descend Suresnes; les arbres du bois de Boulogne, Puteaux s'étageant avec ses maisons grises et sa population de blanchisseurs, et là bas, dans l'horizon, dans le lointain, dans la brume, Paris, avec son rayonnement rouge, sa voix confuse, sa fumée, son tumulte.

Quand il était là, Robert se croyait bien loin de Paris. Il lui semblait que le voilà revenu dans son Périgord, sous les châtaigniers du pays, parmi les fougères qu'il écrasait en riant, étant enfant. Ah! que sa vie nerveuse et tourmentée était loin! Ses travaux présents, ses préoccupations actuelles lui semblaient toutes faciles, partagées qu'elles étaient par ces deux cœurs chauds, Henriette et l'oncle Germain. Se sentir aimé! voilà l'ivresse. Et maintenant, il n'en pouvait douter. Oui, on l'aimait. Henriette le laissait échapper, cet amour, dans chaque mot, dans chaque sourire. Robert la contemplait parfois avec une émotion attendrie. Quels trésors de chasteté dans ce cœur, quelle volupté dans cette enfant qui s'épanouissait ainsi à l'amour?

Il commençait à lui rendre cette affection par une sorte de reconnaissance charmante, plein d'une pitié tendre pour cette jeune fille qui, là-bas, avait gardé de lui un tel souvenir et qui avait grandi en l'aimant. Et cette tendresse inconnue pour lui jusqu'alors, quand il la comparait à l'amour saccadé, heurté, misérable qu'il avait eu pour Renée, quel accablement, quels reproches! Il lui semblait que Thévenin venait lui répéter ses avis d'autrefois et briser le passé avec le présent.

Ils étaient rares, d'ailleurs, ces instants. Robert n'avait pas le temps d'analyser. Il renaissait. Il avait de ces étonnements, de ces joies, de ces épanouissements qu'ont les convalescents.

Il relevait bien, en effet, d'une maladie, maladie morale, terrible fièvre. Et qu'il avait de joie à se sentir revivre? Ardeur, gaieté, jeunesse comprimée qui éclatait tout à coup, élans inconnus, tendresse, émotion irrésistibles.

Un nouvel être naissait en lui; l'oncle Germain, tout souriant, tout illuminé de joie, suivait de l'œil la métamorphose. Il calculait la transformation comme s'il eût eu la main sur le cœur de Robert et qu'il en eût compté les battements.

— Victoire? lui dit-il un jour au fond du jardin comme ils étaient tout seuls... Henriette t'a conquis... Mon Robert est dompté. Tu l'aimes autant qu'elle t'adore!

— Moi? fit Robert en pâlissant.

— Eh! pardieu!... je m'y connais... D'ailleurs, tu serais difficile. Malepeste! Ah! que tu me rends heureux, mon brave Robert!

— Oui, répondit Robert, vous ne vous trompez peut-être pas. Qui sait? Oui, je me suis transformé, rajeuni: il se passe en moi quelque chose de radieux que je ne peux pas m'expliquer. Mais est-ce bien de l'amour? J'hésite, je cherche, je doute.

— Quel galimatias! s'écria l'oncle Germain en haussant les épaules, et que me chantes-tu là!

— Il faut me prendre comme je suis, avec mes défauts, avec mon humeur, mon pauvre oncle. Eh bien! le doute est ma plaie, à moi. J'ai aimé et l'on m'a trompé, ou plutôt je me suis trompé, comprenez-vous? Et comme rien n'est cruel comme une méprise, je n'en veux pas commettre une autre.

L'oncle Germain resta un moment sans parler; puis un moment après :

— Voyons, dit-il, tu ne m'avais jamais parlé de cela... Était-ce un caprice ou une passion?

— Oh! j'avais mis ma vie entière dans cet amour.

— Ces choses-là arrivent. Oui, c'est comme cela. Mais enfin, que veux-tu?... Je n'interroge pas, Dieu m'en garde... Tout est fini?

— Tout est fini.

— Alors, que crains-tu? Mais, scrutateur maudit, analyste de midi à quatorze heures, te voilà qui compares Henriette, notre Henriette à nous, à une coquette quelconque, fille ou femme, qu'importe? et que tu vas douter de toi parce que tu as douté d'une autre! Ah! quelle sottise, mon cher Robert! Tu as eu un amour? tant mieux. Tu pourras mesurer la taille du nouveau à celle de l'ancien. Tu as été trompé? à merveille. Tu sauras donc ce que vaut un cœur vaillant, une âme sur laquelle on peut s'appuyer. Et ne raisonne pas, malheureux, ne cherche pas, n'ausculte pas; laisse-toi aller à ce courant qui, malgré toi, t'emporte vers elle. Sarpejeu! tu peux m'en croire, je m'y connais, moi qui n'ai pas été gâté plus que les autres. C'est le bonheur qui est là; vois-tu, ne va pas le laisser échapper.

— Le bonheur! murmura Robert, écoutant la musique de ce mot si doux. Eh bien! oui, fit-il en se redressant, c'est le bonheur, je le sens, je le sais. Je n'hésite plus. Je m'abandonne à lui. Ouvrons tout grand mon cœur, puisque le vent est à l'amour!

Il tendait ses mains au bonhomme, qui les pressa de toutes ses forces. Au loin, vers la maison, on entendait crier le sable, et à travers les arbres, où le printemps remettait la sève, passait un refrain du pays. C'était Henriette qui venait et qui chantait.

Chaque jour, Robert, en dépit de ses doutes, de ses hésitations, de ses dernières tristesses, aimait davantage Henriette. Il causait, et la raison charmante de la jeune fille, sa mélancolie souriante, sa douceur le captivaient; il la regardait, et ses yeux noirs et francs, ce corps frais, cette grâce, l'enivraient; il y songeait, et l'image devenait vision effaçant toutes les autres. Elle avait de l'esprit, un esprit fin, elle devinait bien des choses. Son sourire dissipait les ironies de Robert. Elle avait l'air, devant lui, d'une sœur de charité pansant un blessé. Elle ignorait tout de sa vie, et c'était ce blessé de la vie qu'elle avait résolu de sauver. Ils sortaient souvent ensemble dans le parc, causant, marchant ainsi, bien loin quelquefois, sans s'apercevoir que le temps passait, et, silencieux ou non, se disant tant de choses?

Les arbres, l'herbe, les premières fleurs, les oiseaux, les fourmis s'éveillaient. Un souffle de jeunesse et de vie passait. Le soleil riait à travers les branches où l'on sentait bouillir la sève; il faisait étinceler comme de gros diamants les bourgeons gommeux des marronniers; les pauvres arbres, où la mousse verdie collait sa lèpre, rajeunissaient; la plupart encore dépouillés et dénudés gardaient la sèche livrée de l'hiver; les plus hardis déployaient leurs éventails de feuilles d'un vert tendre et timide, mais on sentait, à travers ces branches dégarnies, courir le rajeunissement et s'épanouir la vie nouvelle. Ce parc de Saint-Cloud, hier désert, se repeuplait.

Les héros et les déesses de marbre, noircis par la pluie, regardaient passer, du haut de leurs socles, les épaulettes rouges des grenadiers et les tabliers blancs des nourrices, qui tachetaient de couleurs crues le fond verdoyant mais encore un peu sombre du tableau. Les grillages de bois repeint en vert tranchaient sur la couleur plus pâle du gazon.

Des ouvriers remettaient en couleur, tout en sifflant, les chevaux de bois de la pelouse. Les branches extrêmes des arbres s'égayaient, et l'on entendait au loin la chanson aigre d'un fifre de régiment qui jouait dans la caserne.

Robert ne disait rien. Il marchait, en sentant s'appuyer sur son bras le bras d'Henriette. Il regardait cette longue allée qui mène à Sèvres, et où les feuilles rouillées disparaissaient peu à peu chassées par le vent. Il regardait ces talus couverts d'herbes, où les violettes allaient naître, où les marguerites riaient, où brillaient les boutons d'or, où le soleil allongeait les ombres des arbres ou se roulait sur l'herbe fraîche.

A travers les feuilles naissantes, les fils de la Vierge étincelaient comme des filaments d'argent. Personne dans ces allées; parfois, sur un banc; un vieillard se chauffant au soleil ou des enfants, barbouillés de terre, construisant de petites maisons avec du sable.

Henriette regardait les enfants, Robert regardait Henriette. Ils souriaient tous deux,

Souvent ils allaient jusqu'à Sèvres. Ils prenaient par ce sentier coupé dans le terrain calcaire à qui une façon de pont, les pierres étagées des deux côtés de la route, les plantes incrustées dans le roc, donnent une allure de sentier espagnol. Il est blanc, la chaux s'effrite et roule des débris sur la route. On se croirait bien loin, mais, çà et là, les passants ont dessiné ou crayonné leurs noms, leurs chiffres, des emblèmes niais. Paris montre sa griffe dans cette pseudo-Thébaïde.

Puis, à deux pas, le pont franchi, parmi les touffes d'arbres, à travers les éclaircies du bois, en face, apparaissaient les bois de Sèvres, avec leurs maisons disséminées, et à gauche, au loin, dominant la Seine étincelante, les coteaux de Meudon, les toits d'ardoises, quelque haute cheminée lançant au ciel sa fumée noire, un clocher, des maisons, des arbres, une silhouette gaie de village se détachant sur le ciel souriant.

Ils revenaient en longeant la Seine, écoutant frissonner les peupliers dont les cimes oscillantes s'entrechoquaient; ils regardaient ces rives joyeuses, où l'idylle se mêlait à l'usine, un pommier fleuri dominant un chantier de charbon, des pêchers tout roses appuyés contre les murs d'une fabrique de produits chimiques, des enseignes et du feuillage, un bruit confus où le clapotement de l'eau se mêlait au refrain d'une chanson et au sifflement de la vapeur.

Ils revenaient ainsi un soir, lorsque Robert se trouva subitement ramené face à face avec le passé. Henriette sentit le bras sur lequel elle s'appuyait pris d'une sorte de tremblement nerveux. Elle regarda Robert. Il était pâle et suivait d'un œil inquiet, fronçant le sourcil, un homme qui marchait lentement, la tête un peu courbée, devant eux. Instinctivement, elle laissa échapper une question.

— Qu'avez-vous? dit-elle.

Et presque aussitôt elle se reprocha cette interrogation.

Robert la regarda, essayant de sourire.

— Un ami que j'ai perdu, dit-il, et que je retrouve peut-être!

Il hâta le pas; elle le suivait, muette.

Robert avait cru reconnaître, — il l'avait reconnu — Pierre Thévenin! Thévenin à Saint-Cloud? Thévenin qui vivait là — qui sait? — côte côte avec lui! Robert voulait lui parler à tout prix, et marchait vite. L'homme était encore assez éloigné de Robert, mais comme si un magnétisme l'eût averti, il retourna la tête et regarda.

Cette fois, Robert reconnut bien ce fier visage. Thévenin parut s'arrêter, un moment, une seconde, hésiter peut-être, puis tout à coup il pressa le pas; il arrivait près de la grille, à la sortie du parc; il disparut derrière une rangée d'arbres, il s'enfonça dans une des rues qui mènent à la ville. Robert ne l'aperçut plus, chercha, interrogea. Il avait disparu. Thévenin!

C'était comme un remords vivant que Robert avait vu se dresser parmi sa joie. Thévenin ne lui avait donc rien pardonné?

Cette apparition avait été pour Robert comme celle d'un juge pour un criminel. Il regagna la maison sans mot dire. Henriette marchait à ses côtés, n'osant interroger. Il se laissa tomber sur un fauteuil, à l'arrivée, et réfléchit, la tête dans ses mains. Il y avait dans le monde un homme devant lequel il fallait rougir!

L'oncle Germain, qui entra dans la chambre comme une bombe, le trouva ainsi.

— Bon Dieu, qu'as-tu? lui demanda-t-il.

— Rien! fit Robert.

Il se redressa, secoua ses pensées, et répondit par une question :

— Et vous-même? Vous paraissez tout joyeux!

— Je suis enchanté, je suis enivré! j'ai fait une affaire d'or! M. de *** m'achète ma collection!

— Elle est vendue? fit Henriette avec un soupir.

— Vendue! Quarante-cinq mille francs, rien que cela! Votre bonhomme d'oncle est riche, têtebleu, et il va faire claquer son fouet, je vous en réponds. Mais de l'économie à présent, de l'économie! Savoir se borner, la grande science... et si commode à acquérir, car enfin, il faut peu de chose à l'homme pour vivre. Seulement j'entends qu'on ne manque de rien ici! Quarante-cinq mille francs! Ah! j'avais le flair, voilà ce que cela prouve. Oui, mon gaillard, j'ai réuni dans mon trou, tout seul, pour quarante-cinq mille francs de monnaies, une fortune, quoi! Et tu n'a jamais vu cette collection-là, misérable indifférent!... Attends!

Et l'oncle Germain sortit vivement, en criant du dehors :

— Je vais t'étaler mes merveilles!

Henriette demeurait seule avec Robert. Elle le regardait de ses grands yeux si bons, et il y avait comme un reproche dans ce regard; Robert le sentait bien et n'osait parler.

— Pauvre oncle! dit Henriette, sa collection, c'était sa vie, et c'est pour moi qu'il la vend!

— Pour vous?

— Pour nous peut-être, dit-elle doucement, tout bas.

Robert ne voulut pas comprendre... Mais il se leva et fit un mouvement pour suivre l'oncle Germain; Henriette l'arrêta.

— Non, dit-elle en hochant la tête, croyez-le. Laissez-le faire. Il est tout heureux de nous sacrifier ce qu'il aime le plus au monde après nous.

Il allait répondre. La voix de l'oncle Germain qui appelait l'en empêcha. L'oncle avait préparé, là-haut, comme dans sa chambre de La Panouze, ses monnaies par compartiments.

— Allons, dit Henriette, allons voir!

L'oncle était assis dans son fauteuil au milieu des boîtes de monnaies éparses çà et là, les regardant en souriant, les bras croisés, les montrant une à une à Robert et à Henriette, qui les connaissait si bien, avec de grands yeux orgueilleux.

Il possédait une belle suite de monnaies de la troisième race, parmi lesquelles on remarquait des deniers d'argent de Henri Ier, Philippe Ier, Louis VI, Louis VII et Philippe II; des agnels d'or et des tournois de Louis IX et de Philippe III, Philippe IV et Louis X; des écus d'or au Lion, à l'Ange, à la Chaise de Philippe VI; quelques pieds-forts de deniers et de tournois; des gros blancs de Jean II, Charles V, Charles VI; des écus d'or de Charles VI, Henri VI, Charles VII, Louis XI, Charles VIII; des testons de Louis XII où paraît pour la première fois l'effigie du souverain; des écus au Soleil, aux Porcs-Epics, des ducatons de Milan, des écus de François Ier à la Salamandre, à la Croisette, à l'Effigie; des testons blancs, douzains et liards de François Ier, de Henri II, de François II; des cavaliers d'or, des sols parisis de Charles IX : des francs d'argent de Henri III; des testons de Charles X, le cardinal de Bourbon qui toucha de si près à la couronne qu'il se hâta de frapper monnaie; une pièce de six blancs de la Ligue; des écus, douzains et liards de Henri IV; des écus d'or, simples, doubles et quadruples, des francs, demi-francs, quarts de francs, des écus blancs, douzains, liards, doubles tournois et derniers tournois de Louis XIII; des louis, écus blancs de Provence, de Navarre, du Béarn, de Limoges, aux Palmes, aux huit L, aux trois Couronnes, des écus carambole de Flandre, des sols de Strasbourg, etc., de Louis XIV; des louis au Soleil, aux Lunettes, des écus aux trois Couronnes, au Vertugadin, aux Lauriers, au Bandeau, des sols et liards de Louis XV; des écus de six livres, de trois livres, des pièces de vingt-quatre sols, douze sols, six sols, un sol et un demi-sol de Louis XVI; — enfin l'écu de six livres de Calonne jusqu'à la substitution à l'effigie royale du génie de Dupré en 1792.

Mais le joyau de cette collection, la perle et pour tout dire l'*oiseau rare*, c'était un franc d'or de saint Louis qu'un amateur de Paris, M. B..., a acheté dernièrement au prix de 1.200 francs. Il n'en existe que trois en France. Germain Burat tenait celui-ci d'un pauvre vieux curé, numismate aussi à ses heures, qui le lui avait légué en mourant.

Mais, à côté même de ces diverses pièces, Germain avait pu réunir, en quarante ans de recherches, un certain nombre de médailles curieuses qu'il aimait plus encore à regarder peut-être que ces monnaies. La médaille parle toujours, la monnaie est souvent muette. Moins précieuse comme valeur intrinsèque, la médaille vaut davantage : elle vaut surtout par le souvenir. Que de fois Germain avait-il regardé ces médailles curieuses qui lui racontaient si éloquemment le passé! Que de fois avait-il expliqué à Henriette, attentive et sérieuse, ces légendes, ces énigmes, ces devises latines, ces rébus presque indéchiffrables!

Germain la conduisait ainsi à travers les siècles, depuis Charlemagne dont la tête laurée et imberbe apparaissait comme un profil de César avec cette inscription : KAROLUS MAGNUS RENOVATIO REGNI FRAN. jusqu'à ces médailles humanitaires que les nobles affolés de la philosophie de J. J. Rousseau faisaient frapper et qui, avec leurs inscriptions élyséennes, A l'Humanité, le Bon Vieillard, la Fête des Bonnes-Gens, le Bon-Chef de Famille, la Bonne Mère, la Bonne Fille, précédaient de si peu les médailles dédiées à Marat et à Michel Lepelletier.

Il aimait à s'arrêter devant ces morceaux de bronze qui tous avaient une voix. Ici, c'était Jean Boccace représenté en 1374, vêtu d'une robe traînante, un laurier sur la capuche abaissée sur son front, un long manteau sur les épaules, la main appuyée sur son livre. Là, c'était Erasme (1519) avec son profil aigu, railleur et fin, son bonnet de docteur et sa robe fourrée.

La médaille de Rabelais (1533) portait sur son revers un coq regardant un renard costumé en berger, comme le Guillot de La Fontaine, et cette inscription : *Cave. Fictus fallit amictus.* Antoine, bâtard de Bourgogne surnommé *le Grand* (1504) montrait sa tête rude, aux méplats accusés, à la bouche énergique, et sur un étendard arborait fièrement sa devise : *Nul ne si frote.* Auprès de lui, Jean Calvin (1564) et sa tête à barbe pointue, tête de rabbin, émergeant d'une robe fourrée. Diane de Poitiers, demi-nue, terrassant l'Amour comme Michel le dragon, avec cette devise : *Omnium victorem vici* — J'ai vaincu le vainqueur de tous — semblait sourire à côte de Pierre Arétin (1538), qui, barbe longue, œil fier, une chaine d'or au cou comme un carcan, portait sur son revers *la vérité berçant un démon*, avec ces mots : *Veritas Odium parit.* « La Vérité enfante la haine. » Pauvre critique marqué au front par l'histoire et qui valait peut-être d'être réhabilité comme Fréron! Puis, c'était Jean-François Trivulce, marquis de Vigevano, les cheveux ras, la barbe longue, superbe dans son armure ornée de draperies et bravant l'avenir avec ce cri : *Fui, sum et ero!* C'était Catherine de Médicis en habits de deuil; Jean Fernberg jetant *une ancre dans une étoile*; — Albert, archiduc d'Autriche (1596), corrigeant l'orgueilleuse missive de César et disant : *Je suis venu, j'ai vu, Dieu a vaincu*; — c'était Henri IV arborant deux sceptres protégés par une seule épée : — la pauvre Catherine de Bourbon, duchesse de Bar (1598), laide à faire peur avec son nez de fourmilier et faisant face aux trois grâces avec une énergie qui ressemblait à une ironie : *Une ou Quatre*; — c'était enfin toute une série de curieux souvenirs, de médailles étranges, depuis la médaille frappée en l'honneur de Bramante jusqu'à celles que Louis XIV faisait monnoyer pour célébrer, — on aura peine à le croire, — *l'assiduité qu'il mettait à se rendre à son Conseil!*

Les yeux du collectionneur pétillaient. Il s'animait, il se levait, allait venait, pérorait, s'exclamait, s'extasiait. Il avait l'air d'un général qui aurait appelé chacun de ses soldats par son nom. Il ne tenait pas en place; il disait avec de grands cris :

— Cela m'est bien égal de m'en débarrasser! Après tout, ma collection n'ira pas à un ignare! D'ailleurs, M. d*** s'est engagé à lui donner mon nom : *Collection Germain Burat.*

Elle m'appartiendra toujours, seulement ma collection aura un conservateur. Ah çà! — et il s'arrêta devant Robert, — il faut que je te dise, à toi, pourquoi je la vends, cette collection. Tu ne sais pas? Tu vois bien tout ça, toi? Eh bien, c'est la dot d'Henriette.

— Ah! dit Robert, qui se sentit ému brusquement.

— Sa dot, oui, sa dot. Ta dot, mon enfant.

Il alla prendre les mains d'Henriette, qui était toute pâle.

— Quarante-cinq mille francs! Eh! mais, c'est quelque chose. J'aurais pu lui donner davantage. Mais je suis un vieux fou. Oui, sarpejeu! un fou, dépensier, prodigue et bête. Je me connais. Ah! si je n'avais pas pas eu la bonne idée de collectionner ces monnaies-là. Ça me rachète, à mes propres yeux, cette manie; car c'est une manie... Ah! maintenant, mon Henriette aura une dot, et (l'oncle Germain clignait les yeux) saperlipopette, elle aura un mari.

Il ne sentait pas la pauvre Henriette qui se pressait instinctivement contre lui, et qui tremblait comme la feuille. Il avait son but, il y marchait droit, il continuait sans remarquer l'embarras de Robert, qui baissait le front.

— Et ce mari, tu le sais bien, c'est toi! dit l'oncle brusquement.

Robert redressa la tête; son visage s'était comme éclairé; il hésitait, sentait ses jambes faiblir, croyait rêver. Il regardait Henriette, rouge maintenant, interdite, attendant un mot, une réponse, avec des battements de cœur.

— Eh bien? fit l'oncle Germain après un moment.

— Vous m'aimez donc, Henriette? demanda Robert.

Elle leva sur lui ses yeux noirs, et le visage illuminé, d'une voix claire :

— Je vous ai toujours aimé, dit-elle.

— Ah! s'écria Robert, — et il y avait encore du déchirement et du doute dans ce cri, — prenez garde, Henriette! vous ne me connaissez pas!

Elle s'était avancée vers lui doucement; elle lui tendait la main, et, avec le sourire des honnêtes femmes :

— Robert, dit-elle, je vous connais et je vous aime. Croyez-vous que je n'ai pas tout deviné? Vous avez souffert. Vous ne m'avez rien dit, mais je sais tout et je suis là pour vous guérir!

— Allons, dit l'oncle Germain, qui sentait ses yeux se troubler... embrasse-la, tu en es bien sûr, à présent, qu'elle t'aime!

C'en était fait. Robert ne résistait plus. Ce charme et cette séduction l'avaient conquis. Il avait été à Henriette, quoi qu'il en eût, dès le premier jour. Elle l'avait attaché par cette sorte de culte qu'il trouvait en elle pour le passé. A mesure qu'elle lui avait parlé du pays, des choses d'autrefois, des courses dans les prés, des oiseaux dénichés, des figues cueillies dans l'arbre, derrière la maison, et jetées par lui dans le tablier de la petite fille, du nid de chardonnerets, ou des mûres dont il la barbouillait en riant; à mesure qu'elle invoquait, un à un, tous ces chers petits fantômes de souvenirs qu'elle était habituée à regarder, à caresser, — ses hôtes de tous les jours, à elle, — il se sentait envahi, pénétré, enlacé par toutes ces chères journées d'autrefois irrésistibes comme le bonheur.

Ah! qu'il lui était doux de se retremper dans cette source pure! Ses membres étaient las et les causeries d'Henriette lui rappelaient ces bains d'herbe qu'il prenait en se roulant parmi les gramens.

En vain avait-il lutté; sa blessure passée s'était fermée bien vite, et dans ce cœur qu'il croyait mort, un amour nouveau, combattu d'abord, amour tout puissant, avait germé. Le sourire d'Henriette semblait un baume sur cette âme, une goutte de lait sur cette lèvre altérée. Il avait, l'honnête homme, compris que sa vie appartenait à cet honnête amour. Et la passion d'hier, et la fièvre de la veille, et la souffrance s'étaient enfuies. Il se croyait incapable d'aimer; et le voilà qui aimait comme auparavant, — mieux qu'auparavant!

Ainsi, Henriette lui avait avoué son amour. Alors, il sentit son cœur se fondre, il pleura, il pleura tant d'affection dépensée pour une autre, il pleura de joie aussi en voyant sa vie qui renaissait. On lui demandait, le lendemain, dans son bureau de journal, quelle nouvelle joyeuse il apportait. Il était transformé, épanoui, presque fou, ce grave et triste Robert Burat, presque enfant. Comme il avait hâte de quitter chaque soir ce Paris maudit, ce bruit, cette fournaise, et de retourner sur le coteau de Saint-Cloud, auprès d'elle, auprès d'eux.

Ils veillaient ensemble autour de la même table; Robert lisait, elle brodait. L'oncle Germain écoutait. Bien souvent, il lui fallait continuer tout seul la lecture pendant que les jeunes gens se mettaient à causer.

Ils avaient tant de choses à se dire! Henriette savait qu'une partie de la vie de son cousin n'était pas à elle, elle n'interrogeait pas, elle attendait. Un jour, il lui dit tout, ses souffrances, ses colères, ses doutes, ses désespoirs, ses larmes. Elle fut effrayée.

— Et moi, dit-elle, qui vous croyais heureux, là-bas!

— Heureux! faisait Robert en hochant la tête.

— Mais, reprenait-elle aussitôt, vous oublierez tout cela, n'est-ce pas? Il n'y aura que moi dans votre vie, Robert, parce qu'il n'y aura que de la joie à présent.

Il écoutait alors cette musique, cette chanson, ce rire. Il voulait qu'elle répétât ces paroles. Il les buvait. Il était enivré et quelquefois aussi il avait peur. Le passé — puisque le passé existait encore — ne pouvait-il lui apparaître de nouveau? Témoin ce jour où il avait vu Thévenin.

Non. Impossible. Et si Thévenin se trouvait sur sa route à présent, comme il irait lui demander son pardon, mais au nom d'Henriette, cette fois. Henriette, celle qui consolait, celle qui effaçait!

Ce nouvel amour, ce calme et profond amour, le tenait tout entier. Et quelle paix dans cette âme tout à l'heure troublée! Après le torrent, après le bruit, après l'écume, le lac pur et dormant, plein de silence, plein de poésie, berçant lentement la barque que les rocs avaient essayé de briser. Robert ne s'endormait jamais avant d'avoir savouré une deuxième fois et comme ruminé sa joie et sa surprise. Maintenant, il ne laissait plus passer une seule journée sans causer avec Hnriette, assis à ses côtés ou marchant dans les bois avec elle, chacun de son côté faisant lever comme une volée de projets, de sourires et de souvenirs.

Et l'oncle Germain, tout soulagé depuis que ses médailles n'étaient plus là, depuis qu'il ne les regardait plus avec des yeux tristes, depuis qu'il savait ses enfants riches et bientôt heureux, les suivait doucement, les contemplait, les admirait, appuyés l'un sur l'autre, muets, le regard éloquent, la main d'Henriette dans la main de Robert, leurs yeux fondus, lui plein de reconnaissance pour cette enfant qui était la résurrection et le salut; elle pleine de tendresse pour celui qui était l'amour.

Les mêmes sentiers devaient les connaître et connaître leurs secrets. Ils parlaient haut et marchaient doucement.

— Ah! c'est bon le bonheur des autres, disait, là-bas, derrière, l'oncle Germain.

Le soleil éclatait à travers ce bois, perçait le feuillage, se roulait sur la mousse et gaminait parmi les herbes. Les troncs d'arbres apparaissaient avec une teinte rosée sous les larges plaques de lumière; le bois tout entier frissonnait de vie. Il y avait des oiseaux dans les feuilles et des insectes dans les herbes. On entendait des gazouillements et des bourdonnements; quelque chose d'enivrant passait dans l'air, vague murmure, harmonie latente, pénétrante chaleur qui se dégageait de la terre, de l'air, adoucie par un vent frais tout chargé de parfum.

Et Robert s'écriait, oubliant tout, ne souffrant plus:

— Décidément, je suis heureux.

XII

Le plus cruellement éprouvé des hommes peut retrouver quelques heures suaves vers lesquelles il voudrait revenir et qu'il a vécues en souriant. Elles sont comme une halte dans une journée de fatigue. Robert se trouvait à présent dans ces heures-là.

Lui, si actif, bouillant, nerveux, sans cesse en mouvement, sans cesse troublé, se sentait pris comme d'une langueur douce, d'un profond amour du repos. Il éprouvait cette pénétrante volupté que donne le bain dans les journées brûlantes. Le rêve l'envahissait, la songerie venait lui sourire. Il se regardait comme on regarde la fumée d'un cigare monter, tourbillonner, se fondre...

Il avait cherché Thévenin dans Saint-Cloud, sans le trouver. Nulle trace. C'était sa seule douleur. Mais chaque jour, avec une volupté nouvelle, il entamait avec Henriette ou l'oncle Germain l'interminable chapitre des projets. C'étaient des causeries sans fin, de petites discussions pleines de sourires. L'amour, cet amour vrai, pénétrait plus avant dans le cœur de Robert. Mille riens semblaient l'y pousser. Il paraissait d'ailleurs ivre de s'abandonner lui-même à cette séduction, et comme un homme aux lèvres brûlées se jetterait sur une source, il buvait sa paix et son bonheur.

Mais il avait hâte, comme tous ceux qui ont l'habitude du malheur, de voir ce bonheur dans sa main. Il n'y croyait pas encore. S'il n'eût tenu qu'à lui, on eût fait le mariage en toute hâte. Mais l'oncle Germain était là, méthodique comme Descartes et demandant à bien conclure toutes choses.

Depuis qu'il avait vendu ses médailles, l'oncle Germain semblait délivré d'un grand poids. Longtemps il avait eu peur, le pauvre homme, de ne pas venir à bout de son sacrifice.

Tant que ses monnaies lui avaient fait les yeux doux, son cœur avait battu à se rompre. Aurait-il la force de les abandonner, et de s'en séparer à jamais? — On n'expose pas, disait-il, des *carolus* comme on expose des petits Chinois!» Il doutait naïvement de son héroïsme. Mais quand, la collection partie, il eut palpé le prix de ses monnaies, — la dot d'Henriette, l'avenir de Robert, — il oublia tout, et lorsque le collectionneur essaya de parler, le brave homme d'oncle le prit au collet et l'étouffa tout net.

Aussi bien voulait-il avoir sa voix au conseil. Il entendait régler toutes choses, il prenait souvent la parole, distribuait à chacun son rôle.

Robert eût volontiers consenti à s'enterrer au fond du Périgord, profondément et sans regret. Se tailler en pleine forêt, n'importe où, au bout du monde, un Otahiti en compagnie d'Henriette! Il avait soif de repos, le lutteur. Mais lorsque l'oncle Germain l'entendit parler ainsi, il entra dans une belle colère:

— Quitter Paris?... Non, voilà un plaisant projet! T'exiler, toi? Te cacher dans je ne sais quel village du Sarlatais quand tu as ici tout un avenir, toute une richesse. Diable soit des jeunes gens! Tiens, veux-tu que je te dise, toi? Tu es un égoïste! Regarde Henriette, mais regarde-la donc! Es-ce que tu crois qu'avec ce sourire-là on peut demeurer longtemps une provinciale!

Ils étaient assis. Robert, à côté de son oncle, regardant Henriette qui souriait. Elle rougit un peu, se leva, entoura de ses bras la tête de Germain Burat, et l'embrassant au front:

— Voyons, dit-elle avec une petite moue adorable, quand cesserez-vous donc d'être un flatteur?

L'oncle Germain hocha la tête, et, toujours emprisonné par les bras de sa nièce:

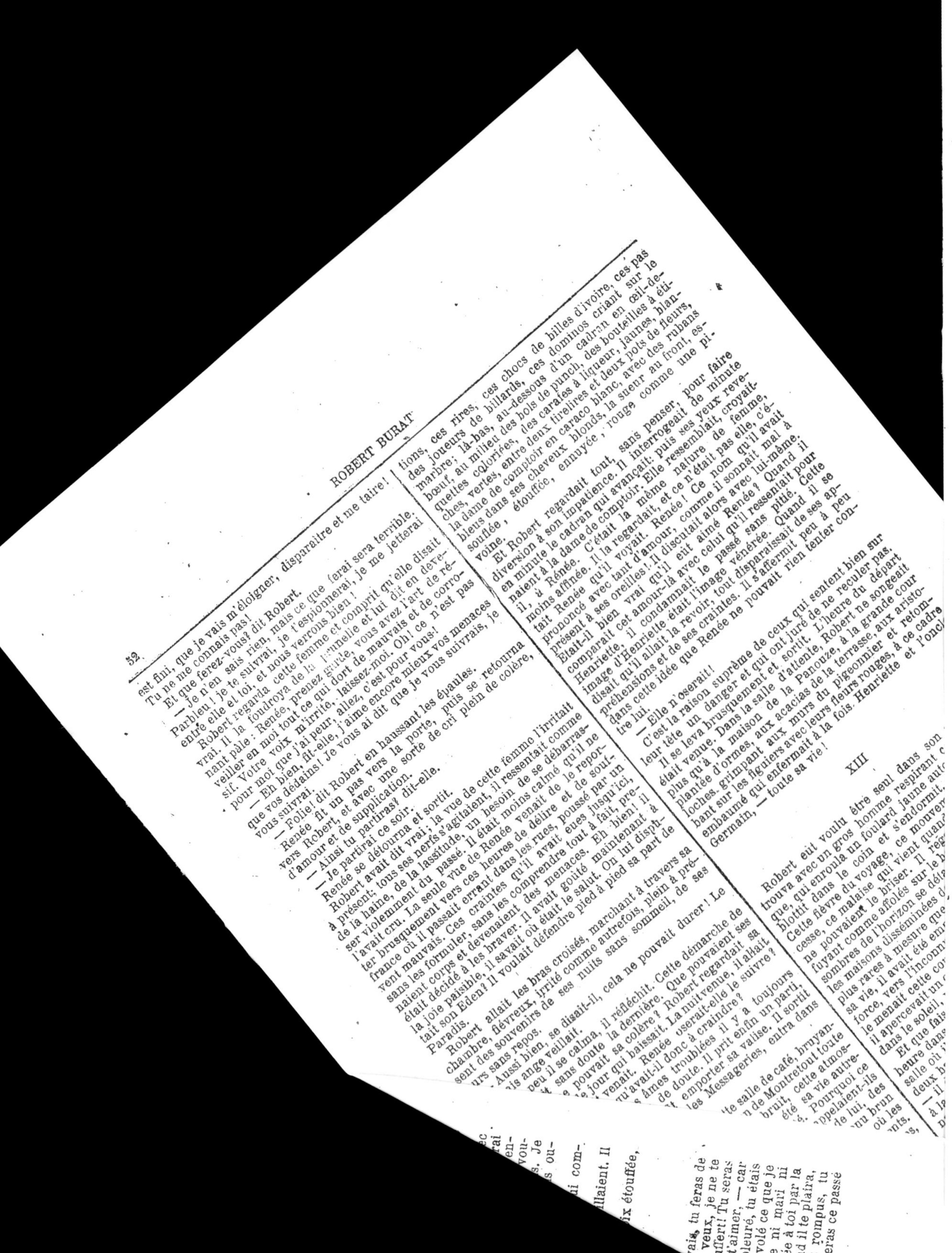

— Ah çà! mais, dit-il, en se penchant et en la regardant en arrière, tu veux donc l'emmener à Montravel, toi, tu le veux? Et vous croyez que je vous donne l'un à l'autre pour vous emprisonner avec moi! Tarare!

— L'enfermer à Montravel? s'écria Henriette. Certes non, car je veux mon cousin — mon mari, dit-elle en dégustant le mot, — je le veux grand, illustre, luttant sans trêve et se sacrifiant, s'il le faut. Mais, n'est-ce donc pas votre chimère cela, Robert?

— Ma chimère, oui, dit-il en songeant qu'elle parlait, elle aussi, comme avait parlé Thevenin.

Et cette voix de femme, cette douce voix l'électrisait comme la parole ferme de son ami d'autrefois. Au surplus, la lutte ne lui paraissait plus douloureuse à présent. Il avait trouvé l'appui cherché, la force souhaitée, l'amour.

— Quelle idée! reprenait l'oncle Germain. Habiter le Périgord! Laissez-moi donc y retourner, moi, vieux loup. Venez m'y voir souvent, le plus souvent possible. Il y aura toujours sur les arbres des brugnons et dans la cave des quartiers d'oie pour recevoir nos Parisiens. J'entamerai une deuxième collection, je me mettrai en chasse. Allez, je ne serai pas bien à plaindre!

— Et pourquoi n'habiteriez-vous point Paris?

A cette question de Robert, l'oncle Germain se levait tout droit en marchant à grand pas dans la chambre :

— Paris!... Moi, à Paris?... Parlons de cela! J'y ferais une jolie figure! Mais regarde-moi donc, malheureux! Quel costume! quel air de carême-prenant! Puis, vous croyez que l'air est bien sain dans les rues noires pour mes vieux poumons à demi consumés? Pouah! Non, par ma foi, je n'habiterai jamais Paris et jamais n'y reviendrai. Votre diable de Voltaire est à la mode, mais j'aime mieux Jean-Jacques, entends-tu, Robert? — et il y a longtemps que le citoyen-Jacques a maudit votre boue et votre fumée!

Il fut convenu, enfin, que l'oncle Germain habiterait le Périgord, Robert et Henriette restant à Paris, et promettant de n'oublier jamais « *le vieux*. » Seulement, l'oncle Germain tint beaucoup à ce que le mariage se célébrât là-bas.

— Ecoutez, dit-il, je n'ai qu'une faiblesse, mais elle tient à moi par bien des racines. Je n'ai pas pu m'affranchir de cette tyrannie-là. Notez que je me proclame philosophe. L'opinion publique me fait peur, non pas dans les grandes choses. Je me déclarerais athée à la face de l'univers si je croyais qu'il n'y a pas de Dieu. Mais je me brûlerais peut-être la cervelle si je rentrais jamais chez moi avec quelque piquette dans le cerveau et devant le village assemblé. Je tiens, non pas au suffrage, mais à l'estime de tous. Qu'on me traite de cerveau brûlé, vogue la galère! Je m'en moque comme de l'an mil.

Mais qu'on glose sur ma réputation, voilà ce que je n'entends pas.

Or, que pensera-t-on, je vous le demande, du papa Germain Burat lorsqu'on l'aura vu emmener sa nièce à Paris et l'y caser sans plus de façons?

J'entends les caquets, les bourdonnements, les susurrements. Non, le mariage ne se fera pas ici. Le mariage se fera à Montravel.

— Eh bien, dit Robert, nous irons à Montravel. Croyez-vous donc que je ne sois pas heureux de revoir le pays!

— Voilà qui est arrêté, conclut Germain Burat.

Les jours passaient comme des nuits de rêves. Robert eût voulu partir tout de suite.

Une affaire grave arriva, un travail important, une polémique qui s'engagea à propos des discussions de la Chambre et qu'il dut soutenir avec sa verve habituelle.

Il était vraiment superbe d'entrain, de mouvement, de rayonnement.

Il était à la fois à Paris et à Saint-Cloud, au journal et auprès d'Henriette; la plume semblait étinceler entre ses doigts. Ses amis eux-mêmes s'étonnaient de son entrain et de son élan prodigieux. Il avait bu ce cordial puissant qui s'appelle la Joie.

Et, le soir, lorsque Henriette qui suivait de loin, un peu inquiète, la polémique ardente, lisait la réplique de la journée et en écoutait, pour ainsi dire, la fusillade; lorsqu'elle discutait avec Robert, le contredisant ou l'éclairant, toujours bonne et sensée, toujours un mot juste et doux à la bouche, il se sentait vraiment emporté par sa joie. Il eût soulevé des mondes. Elle était fière de lui, et cette fierté, qu'il devinait, qu'il lisait dans ses yeux noirs, décuplait ses forces, son esprit et son ardeur.

Mais à tout cela se mêlait aussi un ennui. Cette campagne politique retenait Robert à Paris. Elle pouvait durer tout un long mois encore, et l'oncle Germain commençait à trouver monotone la vue de Saint-Cloud prise des hauteurs de Montretout. Le parc ennuyait le bonhomme; les déesses de marbre le fatiguaient. Les pelouses lui faisaient regretter sa vigne et ses blés et les prés emplis de sauterelles où il allait prendre l'air, au bord du *riou* ombragé de saules. Il prononça le mot de départ. Il fallait bien d'ailleurs préparer là-bas toutes choses. Ce n'était certes pas du linge parisien que l'oncle Germain voulait acheter pour le jeune ménage.

— Du linge parisien? Parlez-moi des toiles fabriquées à Bergerac et qui durent toute une vie!

Robert se résigna à ce départ. Il allait être libre dans un mois, il allait partir. Un mois! Ce temps passerait vite, après tout. On fit les malles. Robert regardait cette maison, où il avait été si heureux, et qu'il fallait quitter.

— Nous y reviendrons, dit-il à Henriette.

Elle lui serra la main; elle songeait comme lui. Un matin, on quitta Saint-Cloud. L'oncle Germain poussait des soupirs de satisfaction.

— Tè! disait-il avec son accent, ne peut-on pas avoir la nostalgie des *ratoubles?*

Robert regardait Henriette et ne disait rien.

Dans la cour des Messageries, Robert, assis sur le rebord d'une fenêtre, les yeux fixés sur ces malles qu'on bâchait, sur ces groupes qui causaient, s'embrassaient, pleuraient, et tout à l'heure allaient se séparer, Robert réfléchissait.

— A quoi pensez-vous? lui dit Henriette.

— Moi? dit-il. Je pense qu'on a bien tort de se quitter. Qui sait?

— Voilà bien l'oiseau de mauvais augure! fit l'oncle Germain. Où diable cueilles-tu des pensées pareilles?

— Un mois, fit Henriette, dont la voix n'était pas bien assurée, cela ne dure pas toujours! Il y a plus d'un mois que nous sommes arrivés à Paris.

— Et voyez, dit Robert, il me semble que c'était hier. Quand il fallut partir, ses mains tendues serrèrent les petites mains d'Henriette. Ce ne fut qu'une étreinte. Mais il y avait là de l'amour, du dévouement, un entier abandon, l'échange de deux âmes. L'oncle regardait. Il essayait de fredonner quelque refrain, mais tout s'arrêtait dans son gosier.

Il regardait Henriette, les yeux sur les yeux de Robert, ne parlait pas, mais son regard disait tout ce qu'il y avait au fond de son cœur de dévouement pour *lui*. Il regardait. Robert, enivré, sentait sa tête se perdre, mille pensées l'envahir, une voix lui crier : Pars! une main le pousser vers la diligence dont les chevaux piaffaient. Il regardait...

— Monsieur Burat, deux places! cria le conducteur, du repoussant une grosse dame qui montait à l'assaut. Et coupé :

— A chacun son tour, eh! là-bas!...

Puis encore, d'une voix pourrie d'alcool :

— Monsieur Burat, deux places!

L'oncle Germain essaya de sourire :

— Il n'est, murmura-t-il, pas d'amis qui ne se quittent, disait le marquis de Loze en jetant ses chiens à l'eau...

Robert l'étreignit à l'étouffer, et, pendant qu'Henriette et son oncle montaient, il demeurait là, avec des yeux fixes. Il vit la grosse machine osciller, s'ébranler, il l'entendit tonner sur le pavé. Le grelot des chevaux, le piaffement, le bruit du fer sur le silex, le « huho » du postillon, les adieux des voyageurs, la trompette du conducteur, lui firent l'effet d'un cauchemar. La diligence avait disparu, que Robert Burat était encore là, songeant...

Robert n'était plus habitué à la solitude. Quand il se retrouva face à face avec lui-même, lorsque cette vie nouvelle qu'il avait vécue si rapidement, avec une ivresse sans trouble, lui manqua tout à coup, il put mesurer, au vide qu'elle laissait, toute la place qu'Henriette tenait en lui. Il avait hâte que cette affaire qui le retenait à Paris comme dans une prison, fût terminée : il comptait les heures et les jours avec des anxiétés de captif et des impatiences d'écolier. D'ailleurs ce trouble même, cet ennui, cette sorte d'esclavage lui étaient chers. Il pouvait, pour ainsi dire, penser davantage à Henriette. Tant qu'elle avait vécu près de lui, il s'était laissé aller au charme qui rayonnait autour d'elle, mais sans l'analyser, tout entier pénétré. Maintenant il éprouvait une joie sincère à se souvenir, à revivre tout ce long mois de bonheur, à savourer une seconde fois ces joies si pénétrantes. Il revoyait la longue allée de marronniers où ils s'étaient promenés souvent, la chambre du bas où ils veillaient et les reflets de la lampe sur les doigts fins et longs d'Henriette, et cette chambre de l'oncle Germain, toute parsemée de cartons à médailles, cette chambre où Henriette lui avait dit qu'elle l'aimait. Il entendait sa voix, le froissement de sa robe, son petit rire ; il revoyait, il savourait tout cela.

Puis une impatience nerveuse le saisissait, une invincible envie de s'éloigner, de la rejoindre, de partir, d'abandonner tout, et Paris, et le journal, et sa position. Il reçut bientôt une lettre de Montravel. Quelle joie! Il la lut, la relut encore, buvant ces simples lignes que le cœur d'Henriette avait dictées, s'arrêtant sur chaque mot, sur chaque virgule, se disant qu'elle avait hésité là, — mais ce n'était pas au mot *amour*, — et qu'elle avait longtemps, longtemps prolongé la lettre (on le voyait, les caractères étaient lentement soignés) pour converser plus longuement avec lui. Chère Henriette!

Enfin il put partir, tout était prêt. Il avait pris congé, ce jour-là, de ses amis ; il avait emporté leurs souhaits de bonheur, leurs poignées de main et leurs vœux ; il était revenu de toutes ses courses, marchant à pas lents, et comme recueilli dans sa joie, à travers les rues pleines de mouvement, de bruit, de bouffées d'air printannier qui ranimaient les visages. Il était monté chez lui, il mettait déjà en ordre ses papiers, ses malles.

Tout à coup, on sonna brusquement à sa porte. Le domestique courut ouvrir, et revint en disant à Robert qu'une dame demandait à lui parler.

— Son nom? dit Robert.

— Elle a dit que monsieur la reconnaîtrait bien.

— Certainement, s'écria une voix qui fit tressaillir Robert. C'est moi!

C'était Renée. Ah! comme Robert l'avait oubliée! Il la regarda avec un dépit où la stupeur tenait la plus grande place. Il lui montra machinalement un siége, et l'examinant toujours, il s'assit. Elle était amaigrie, jaune encore et les yeux bistrés par la maladie.

Ses dents blanches, quand elle parlait, tranchaient singulièrement sur ce visage marbré de teintes som[bres].

Ce fut Robert qui parla le premier.

— Que me voulez-vous? dit-il.

Avant qu'elle eût eu le temps de répondre, il a[vait] repris tout empire sur lui-même, il s'était levé, et froidement, en la regardant encore fixement :

— Vous n'avez plus rien à attendre de moi, dit-il. Séparés déjà par un obstacle que je n'aurais pas dû franchir, nous allons l'être à jamais par quelque chose de plus sacré.

— Séparés?

— Je me marie.

— Toi?

Renée s'était levée aussi, brusquement.

— C'est impossible! dit-elle.

— Je pars ce soir... vous ne me reverrez jamais.

— Oh! s'écria Renée avec une explosion de colère, c'était donc elle? Imbécile! dit-elle en déchirant son mouchoir avec ses dents, je doutais!

Robert parut surpris.

— Oui, continua Renée, je sais tout : cette idylle dans les bois de Saint-Cloud, cette maison de campagne, cet oncle venu du Périgord, ce que vous avez fait, ce que vous avez dit, je sais tout. J'ai ma police à moi, ou plutôt non, tiens, Robert, je vais te dire comment je sais...

— Que m'importe? dit-il. Ah! vous la connaissez, cette fiancée? Eh bien! vous savez si j'ai raison de l'épouser. Ecoutez, Renée, maintenant je suis sauvé! Vous m'avez connu hésitant, torturé, maudit? — Je suis calme et fort, je réponds de moi, — le port est là!

— Oh! ne me dis pas cela, Robert, fit Renée en se tordant sur le fauteuil où elle s'était retombée et mettant ses mains sur ses oreilles pour ne pas entendre. Tu ne veux pas me tuer, n'est-ce pas?... Le bonheur! ah! tu crois qu'elle te rendra heureux! Je n'ai donc pas su t'aimer, moi! Mais regarde-moi. Si tu savais ce que j'ai souffert! Et que m'aurait fait après tout ce mal qui venait m'étreindre? Mais il m'a prise brusquement, il m'a séparée de toi, Robert! Ah! si j'avais su... Tiens, je serais venue, je me serais levée, tu m'aurais vue accourir, comme autrefois, comme aujourd'hui comme demain...

— Comme demain?

— Comme toujours! s'écria Renée. Ah! que tu! je t'aime! Un mois... il y plus d'un [mois que] j'attends pour te parler, pour te voir encore sept jours!... Oh! quelle torture, non, tu [ne peux] savoir ce qu'on souffre. Robert, mais écou[te]. Oui, j'ai été laide, malade, je me tour[nais et re]tournais dans mon lit, tremblant de [...] lâche, peureuse. J'avais peur de m[...] bien, j'aurais dû la braver, cett[...] quitter.

— Eh! que m'importe, vot[...] mort à présent!

— Je ne suis donc pas ass[ez...] pas assez flétrie?... Que [...] donc? Tiens, tu es un f[...] nais, moi... Je suis [...] ne pas m'être levée [...] mon Robert!

— Ecoute-mo[i...] déjà. Je sais [...] sont tes colè[res...] aime, et i[...] c'est une [...]

— U[...]

Un [...] me[...] p[...]

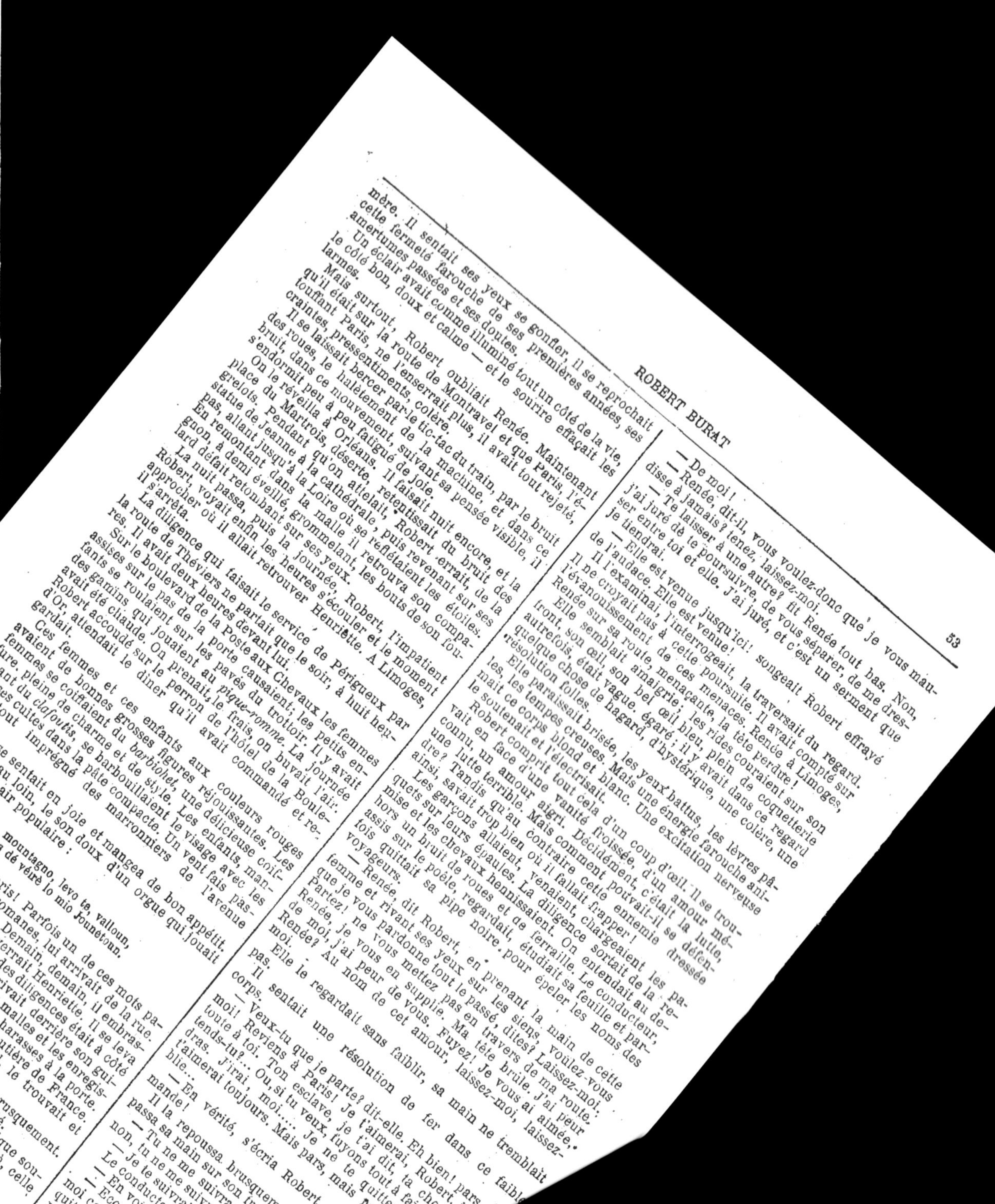

— Oui, dit Robert, — et cela tout bas, visage contre visage, tout cela farouche, — oui, ce passé, je le renie et je le hais! Tu m'as trompé, tu as menti! Qui me dit que cet amour est vrai? Tu mentais à Thévenin, tu mentais à tes amants. Ce sentiment divin de l'homme, le premier amour, tu l'as tué en moi à force de mensonges. Tu as été le mirage déchirant, le faux sourire qu'on exècre.

Pour toi, j'ai trahi Thévenin. Il a le droit de me mépriser, moi. J'étais pur et fier, tu m'as rendu lâche à mes yeux. J'ai songé à me tuer, moi aussi, parce que je n'avais plus rien dans le cœur à un certain moment et que tu avais tout pris. Je t'ai suppliée, aimée, adorée, parce que je croyais en toi. Tu m'as trompé. Va-t-en! Ah! tu veux me suivre? Parce que j'ai rencontré le bonheur, tu veux me l'arracher? une honnête femme, tu la hais?... Tu ne me suivras pas. Tu sais quel est celui qui te parle. Un fou! Tu l'as dit. N'éveille pas ces folies terribles. Laisse-moi! Va-t-en!

— Non, non, dit-elle.

— Va-t'en!

— Marche sur nos souvenirs, Robert, insulte-moi, jette moi ce nouvel amour à la joue... Je ne lâcherai pas prise. Je te tiens. Tu ne sais pas que je suis de celles qui s'en vont, non de celles qu'on renvoie. J'ai mon orgueil qui me tient lieu d'honneur.

Tu ne m'aimes plus? Eh bien! tu m'aimeras! Chaque parole dont tu viens de me souffleter, tu la rachèteras d'une larme. C'est ma vanité que tu outrages, à moi qui n'ai que cette vanité pour courage. Robert, je te dis que je t'aime. Non, tiens, je mens peut-être. Je te hais! Oui, je te hais! Je te suivrai!

— Madame de Gèvres! appela le conducteur, dans la rue.

— Madame de Gèvres! dit le postillon.

On répétait:

— Madame de Gèvres!

— Eh bien, va! dit Robert avec un geste effrayant, va!

Il la poussa dans la rue. Elle baissa rapidement son voile et monta dans le coupé, en se détournant pour le revoir. A son tour, il sortit.

La diligence était pleine de gens qui collaient leurs figures aux carreaux et regardaient.

Robert monta sur l'impériale, sans voir le marchepieds, au risque de se rompre le cou. Il s'assit là, sur des colis, l'œil fixe.

— *Brr! Ça piquera* cette nuit, lui dit le conducteur en montant sur le siége.

— Oui, fit Robert.

— Vous n'avez pas de manteau?

— Non.

La nuit venait. La diligence s'enfonça dans la brume, les grelots tintant toujours joyeusement. Robert regardait toujours droit devant lui, la pensée confuse, la tête brûlante. Le grand air, que le galop des chevaux coupait nettement, le ranima peu à peu, rafraîchissant ses tempes.

A mesure que la nuit augmentait, il se calmait, se prenait à réfléchir. Qu'allait-il faire? Il ne savait. Il se laissait aller, entraîné par le courant, comme à la dérive. En route, il trouverait bien un moyen de salut. Mais, quand il songeait que Renée était là, dans cette voiture, sous ses pieds, il lui prenait une rage sourde. Il souhaitait un sinistre, la chute de la diligence dans quelque ravin, il ne savait quoi. Il avait envie de se jeter sur la route et de se briser la tête sur les cailloux. C'était folie. Assurément, à Périgueux, Renée s'arrêterait. Aller plus loin lui était impossible. Qu'irait-elle faire à Montravel? Il fallait attendre le jour.

Il regardait alors ces deux chevaux trottant dans la nuit, les lanternes rougissant leurs croupes blanches. Les courroies sautaient sur leurs reins robustes; ils secouaient parfois leur crinière en hennissant et jetant au vent des flocons d'écume. La diligence faisait dans l'ombre une trouée rouge éclairant la route et laissant de côté des rangées d'arbres étendant leurs branches. On traversait parfois de longues plaines, parfois des dessous de bois où les châtaigniers frôlaient la bâche de cuir de la diligence. Robert voyait tout, son œil allant d'un objet à un autre, des tas de cailloux aux ornières du chemin, de l'horizon au conducteur qui faisait claquer son fouet en fumant sa pipe.

On relayait à Thiviers. Robert descendit. Il voulut voir si Renée — quelle folie! — ne s'était pas arrêtée en route. Une petite buée rendait les vitres opaques. Mais, derrière, il la devina. Il remonta là-haut.

— *Fé dé Di!* grommelait le conducteur. On gèle. Si vous voulez vous couvrir, il y a une limousine sous la bâche.

— Merci!

La diligence arriva à Périgueux avec le jour. Elle avait traversé des villages endormis, qui, peu à peu, s'éveillaient avec de la fumée aux toits, des laboureurs aux champs. A Périgueux, le mouvement renaissait déjà. Des paysannes venaient, en tablier rouge, vendre leurs fruits. Au-dessus de l'Ill, le soleil levant pompait une vapeur grise, et les clochers se détachaient, dominant les toits, sur le ciel bleuissant.

Aussitôt arrivé, Robert se précipita. Il restait une seule place dans la diligence qui partait une demi-heure après pour Sarlat. Il l'arrêta. Renée était derrière lui. Elle s'approcha. — Il n'y a plus de place, lui dit-on. — C'est bien.

Elle regarda Robert.

— Que m'importe?

Et, appelant un valet d'écurie:

— Je veux une voiture, une voiture pour moi seule, entendez-vous? Je payerai ce qu'il faudra!

— Renée, dit Robert en s'approchant d'elle, Renée!...

Il y avait de tout dans ce nom ainsi prononcé, de la colère, de la supplication, de l'égarement, une rage grondante...

— Oh! j'ai hésité un instant, cette nuit, dit-elle. Oui, j'ai eu cette faiblesse. Je me disais: A quoi bon se venger? Mais l'hésitation est finie. A quelle heure arriverons-nous à Montravel?

— Si vous étiez un homme, fit Robert, je vous tuerais!

— Tuez! dit-elle.

La voiture partit. Robert vit Renée demeurer seule sous le hangar; au bout de la Place, il la perdit de vue. Il lui sembla que le cauchemar était fini. Il compta sur une réflexion nouvelle, sur un éclair de terreur, sur Dieu...

— Elle ne viendra pas!

Il regardait, de temps à autre, sur la route, par la portière.

Rien. La voiture soulevait un nuage de poussière. Mais, au delà, à l'horizon, rien. Le soleil se levait joyeux dans un ciel bleu. Les coteaux couverts de vignes, les prés pleins de la buée de la rosée, les bois de châtaigniers et de chênes, les plaines couvertes de trèfles et de maïs s'illuminaient, se réchauffaient.

Des perdreaux se levaient sur le bord de la route et s'enfuyaient. Des bœufs passaient, conduits par un berger pieds nus, en pantalon de cadi bleu, et se rangeaient devant la diligence. Parfois, un des bœufs descendait dans le fossé, et le chien aussitôt, pour le faire remonter, le mordait aux jarrets.

Robert, oubliant, aspirait à pleins poumons ce bon air frais. Point de voiture sur la route. Il allait arriver là-bas avant elle, se cloîtrer, s'enfermer... tout dire à l'oncle Germain.

Tout dire? Qu'avait-il besoin de tout dire, puisque Renée avait peur, puisqu'elle n'était plus là, puisqu'à présent il était libre!...

Mais, au Bugue, qui est le relais, au moment où la voiture repartait, en longeant la Vézère, par ce chemin de sierra qui tombe, à pic sur la rivière, Robert, au loin, l'aperçut, cette voiture qui portait Renée. Il poussa un cri, cri de colère. Il se rejeta dans la diligence, croisant les bras, ne pensant plus, immobile, comme une bête fauve acculée dans son antre. Des frissons lui passaient par tout le corps; les muscles de son visage se contractaient, il fermait les poings, il sentait sa cervelle bouillonner, ses idées s'entrechoquer, se mêler, s'égarer. Un pas de plus, c'était le délire, la folie.

La diligence s'arrêta brusquement. Le conducteur fit glisser le long de l'impériale jusque dans les mains d'un valet d'auberge la malle de Robert et la déposa sur la route. Robert était descendu; il regarda avec inquiétude dans la direction de Périgueux. Rien encore une fois, point de bruit. Il se crut encore sauvé. Oui, au dernier moment ce qu'il avait espéré était arrivé Elle était repartie.

Avant une heure il allait embrasser Henriette.

Cette route, à droite, auprès du relais, c'était la route de Montravel à la Panouze. Il respira; ce grand soleil, chauffant à blanc les murs de l'auberge, éclatant parmi les arbres et se roulant sur les prés, lui parut d'un bon augure. Tout à coup, au détour de la route, la voiture qui portait Renée souleva un flot de poussière et descendit rapidement la côte, disparaissant et reparaissant comme un spectre.

— Misère! dit Robert, tout est fini!

La diligence qui l'avait amené s'éloigna, la voiture s'était arrêtée, Renée descendit. Elle l'avait aperçu déjà. Elle alla droit à lui, avec son mauvais sourire. Il baissait ses yeux vers la terre, immobile, et songeait.

— C'est moi! dit-elle.

Robert se redressa brusquement, et sans la regarder entra dans l'auberge. La servante vint à lui.

— Que voulez-vous, notre monsieur?

— Rien.

Il prit une chaise, s'assit, croisa les bras. Renée entra. Elle se planta devant Robert, comme une statue, comme un défi. Il ne la regardait pas. La servante, étonnée, allait et venait autour de ces gens immobiles, et l'aubergiste les goguenardait du coin de l'œil en tournant la broche. Robert, pâle, l'œil fixe, la lèvre agitée d'un mouvement machinal, avait l'air d'un fou. Quand il levait les yeux, il voyait le regard de Renée brûler à travers son voile. On entendait, dans la pièce à côté, des rouliers qui criaient et chantaient en buvant.

Tout à coup, Robert se redressa, regarda Renée bien en face et lui dit:

— Vous êtes décidée à me suivre?

Sa voix était changée. Renée s'en aperçut. N'importe.

— Oui, répondit-elle.

Ce oui était implacable, tranchant, mortel comme une sentence.

Robert vit d'un seul regard tout son bonheur que ce oui décapitait; il vit Renée à Montravel, folle, méchante, irritée, le séparant d'Henriette, le séparant de l'oncle Germain, calomniant, mentant, le déshonorant dans sa vie privée, elle qui avait essayé de le flétrir dans sa vie publique. Que dirait la petite ville? Henriette, malgré tout son intelligent dévouement, l'aimerait-elle encore! Sa tête meurtrie s'emplissait de ces pensées. Il lui semblait que ses oreilles étaient de feu.

Lorsque Re née répondit *oui*, ses jarrets plièrent, il retomba sur sa chaise comme le condamné retombe sur son banc de cour d'assises.

— Il a peur! pensa Rénée.

Elle triomphait.

Robert demeurait sur cette chaise, anéanti. Puis il se redressa, frappa sur la table, dit:

— J'ai soif!

La servante accourut.

— Désirez-vous manger?

— Non! je vous dit que j'ai soif, de l'eau-de-vie!

La servante ouvrit de grands yeux.

— De l'eau-de-vie! répéta Robert.

L'aubergiste avait entendu, il ouvrit une armoire, y prit une bouteille et la déboucha, puis la posant sur la table:

— De l'eau de-vie de vin, celle-là, dit-il.

— Bien.

Robert saisit la bouteille par le col et emplit un verre. Il regardait cette eau dorée avec des yeux hagards. L'aubergiste hochait la tête. Renée ne bougeait pas. Robert prit le verre et le but. Il était horriblement livide; son visage devint rouge; il se leva comme ranimé. Ses yeux presque joyeux rencontrèrent ceux de Renée; il sourit d'un sourire vague, perdu. Renée s'était assise. Elle attendait.

Tout à coup il se fit au dehors un grand bruit de chevaux, de grelots et de jurons.

— Oh! là, ho! dit une voix. Halte!

— Qu'est-ce là? dit Robert machinalement.

— La diligence qui va à Périgueux.

Robert bondit. Il s'élança vers la porte. Il espérait.

— Y a-t-il une place?... Une place! s'écria-t-il.

Il songeait à revenir sur ses pas; c'était gagner du temps, réfléchir.

— Archicomplet! répondit le conducteur. Ah! dame! C'est le concours régional. On retient sa place dans ces cas-là.

Robert demeura cloué sur le seuil, le soleil frappant d'aplomb sur son front devenu blême. Il regardait la diligence sans la voir, la bouche entr'ouverte, les bras le long du corps, sans force, sans pensée. Au bout d'un moment la diligence s'enfonça dans la poussière; il la suivit des yeux, machinalement, comme un enfant le jouet qu'on lui enlève. Ses yeux étaient rouges. Il pleurait.

Renée n'avait pas quitté sa chaise; de là elle voyait Robert. Elle souriait de le voir se débattre contre les obstacles qu'elle inventait. Elle était la plus forte.

Quand elle le vit rentrer chancelant, écrasé, elle eut un éclair de triomphe, Il s'accouda sur la table lourdement, murmurant le mot cruel de toute sa vie:

— La fatalité!

Mais cette prostration dura peu. Une secousse violente sembla l'ébranler. Un prurit mauvais agita ses mains nerveuses, il allongea le bras et le cou, comme une bête fauve, vers cette liqueur de feu, il emplit le verre encore. Il le but d'une gorgée, comme on boit les liqueurs amères. Puis il regarda Renée, les lèvres mouillées, d'un œil incendié. Dans la salle voisine les rouliers chantaient toujours. La servante allait, venait, le soleil emplissait cette salle chaude de ses rayons blancs; tout semblait brûler, les armoires hautes, les assiettes pailletées de lumière, les chenets de fer dans le foyer. Le chien de l'auberge s'étendait de tout son long sur le carreau froid et les mouches s'amoncelaient en bourdonnant dans le verre vide de Robert.

— J'étouffe! dit-il.

Il fit sauter d'un coup de main le bouton de sa chemise. Son cou tendu apparut brusquement, comme celui d'un condamné sur l'échafaud. De grosses gouttes de sueur perlaient sur ses tempes. Il les essuya d'un revers de main.

— Ah! le beau temps, fit-il en se levant, le beau temps pour aller à Montravel!

Renée à son tour se leva.

— Ecoute, dit-il, je fais route à pied maintenant.

— Bien, dit-elle.

— Tu me suivras? demanda-t-il.

— Oui, répondit encore Renée répondant froidement à son accent farouche.

— Ah! tu me suivras?

Il la tutoyait comme autrefois.

— Payez-vous! dit-il à l'aubergiste en jetant une pièce sur la table.

L'aubergiste prit la bouteille pour mesurer de l'œil

les verres absorbés. Robert la lui arracha des mains, reprit son verre et but encore.

— Comptez aussi cela! dit-il en prenant brusquement un couteau sur la table.

— Ce couteau? fit l'aubergiste...

— Puisque monsieur vous l'achète, dit Renée.

Robert la regarda d'un œil effrayant.

— Mais tu viens donc? dit-il.

— Marchons!

Il sortit; la servante lui tendait sa casquette de voyage et lui montrait sa malle.

— Je reviendrai, dit Robert.

Il ne chancelait pas, il marchait droit, roide, à grandes enjambées, le front baissé. Renée le regardait et le suivait.

C'était le chemin que Robert prenait quand autrefois, tout enfant, on l'envoyait en Périgord aux vacances. Rien n'était changé; les arbres n'avaient pas vieilli. Ce chemin rocailleux, tantôt assombri de châtaigniers, tantôt brusquement découvert et bordé de vignes, il le parcourait jadis en chantant. Il s'arrêtait aux buissons pleins de mûres, aux pruniers chargés, aux noyers dont il abattait les fruits avec une branche d'arbre cassée en chemin. Singulière préoccupation!

A mesure qu'il avançait, le présent s'effaçait, le passé sortait de terre et se ranimait. Il ne voyait plus l'ombre noire de Renée marchant derrière et qui s'allongeait devant lui; il pressait, sans le sentir, le manche blanc de ce couteau qu'il tenait serré dans sa main; il écoutait crier les sauterelles ou regardait sur les tas de pierres les petits lézards portant haut leur tête trouée de pétillants yeux noirs, et qui disparaissaient brusquement derrière les cailloux.

Le chemin montait; c'était de là-haut, de cette clairière, qu'on apercevait tout à coup, à vingt minutes de là, les bâtiments de La Panouze, sur le coteau voisin. Sans songer, Robert hâtait le pas. Il murmurait le nom d'Henriette. Quand il aperçut, à travers les arbres, les toits rouges de la ferme, il s'arrêta et dit :

— C'est là!

— Eh bien? répondit Renée, marche!

Robert poussa un cri comme un homme réveillé d'un rêve et parut cloué au sol. Tous deux, subitement arrêtés, se regardaient comme deux adversaires sur le terrain, comprenant que c'était là qu'allait se jouer la dernière partie. La terre, allumée par cet ardent soleil d'été, envoyait des bouffées de chaleur à leur visage. Le soleil tombait d'aplomb sur la clairière estompée de bruyères. La tête de Robert bouillonnait.

Il regardait là-bas, parmi ces arbres, au haut de la colline, dominant le coteau planté de vignes, les grands acacias de la cour, la terrasse, le mur du jardin, la maison où vivait Henriette.

— Marche! répéta Renée.

C'était l'aiguillon qui piquait la colère de Robert; — c'était la morsure du serpent.

— Ah çà! dit-il avec un cri féroce, tu veux donc mourir, toi.

— Je veux te suivre, je veux empêcher ton mariage, je veux qu'on se détourne de toi, que tu me reviennes, je veux t'attacher à moi par le scandale et par la honte, tu m'entends? Eh! tu le sais bien! Maintenant, tue-moi, tu es libre!

— Te tuer? Renée!... Ecoute, Renée .. tout cela est inventé, je rêve, n'est-ce pas? Tu vas rebrousser chemin? tu ne me suivras pas? tu auras peur, dis?

— Lâche! dit Renée.

Robert contemplait en hochant la tête cette lame de couteau que le soleil faisait reluire.

Renée fit un pas en avant.

— C'est là-bas qu'elle habite? J'y vais.

— Tu vas rester là, toi, dit Robert en la rejoignant.

Il lui prit les poignets et les serra à les broyer.

— Mais frappe donc! dit-elle.

— Tu vas rester là, répétait Robert.

— Moi? j'irai où tu iras; elle saura tout, ils sauront tout. Tu crois l'épouser? Jamais!

— Eh bien! fais un pas, dit Robert en la lâchant.

Il croisa les bras, pâle comme un mort, les dents serrées, décidé à tout.

— Fais un pas! dit-il encore.

Renée lui jeta un regard de défi. Elle releva sa tête dédaigneuse, haussa les épaules et avança résolument vers le chemin. Elle n'avait pas fait dix pas que Robert, livide, éperdu, s'était jeté sur elle.

Sa main gauche la saisit par le front, rejetant en arrière sa tête blonde; elle essaya de crier, il se pencha sur elle comme une bête sur sa proie, il leva le bras droit, celui qui tenait l'arme, il frappa sourdement, sans savoir, sans compter, deux fois, trois fois. Le sang lui jaillit au visage. Ce corps qu'il tenait se ploya; il ne vit rien, rien que deux grands yeux menaçants qui devinrent troubles et se fermèrent. Il la tint un moment ainsi, debout, morte, la serrant contre lui, ne bougeant pas; puis ses bras se détendirent. Il la laissa tomber, il entendit un bruit sourd, effrayant, et comme si ce corps qu'il embrassait l'eût soutenu, il s'affaissa à côté, le regardant d'un œil fixe, respirant cette odeur de sang, les mains souillées, les muscles contractés, féroce, hideux.

XIV

Le premier mouvement de Robert, en revenant à lui, en voyant cette face pâle, le visage de Renée, fut de s'enfuir. Il se leva soudain, jeta sur la morte un dernier regard et s'éloigna, en courant, sans savoir où il allait. Le silence étrange des bois dans les chaudes journées emplissait la solitude. Robert marchait, la tête brûlante, comme dans une fournaise, ne voyant rien, n'ayant qu'une idée, s'éloigner du cadavre qui était là-bas. Il courait, il se jetait à travers les haies. Les fougères craquaient, les genévriers le mordaient au visage. Au bout d'un moment, il s'arrêta, promena autour de lui ses grands yeux d'insensé.

Il était seul.

Ses jambes plièrent une seconde fois, il tomba sur un talus, au soleil, les bras ballants, le dos voûté, le regard à terre.

Sa lèvre inférieure pendait, ses yeux égarés regardaient devant eux, sans vie. Il ne sentait pas, il ne songeait pas.

Une lassitude horrible le courbait. Cet air chaud qu'il respirait entrait comme du feu dans sa poitrine soulevée par de rauques soupirs. Sa tête allait d'une épaule à l'autre, fatiguée. Un bourdonnement sourd arrivait à lui; le sang lui battait aux tempes, le soleil éclatait sur son front mat et pâle. Robert semblait s'évanouir.

Il s'endormait.

Le sommeil, un sommeil de plomb, lourd, profond, comateux, l'étreignait. Sommeil de malade. Tout se décolorait autour de Robert, tout devenait de l'ombre, de la nuit. Il perdit pied dans cette horrible réalité. Ses paupières alourdies se fermèrent. Il s'endormit en haletant.

Ce fut le froid qui l'éveilla, la fraîcheur du crépuscule, le vent frais qui agite alors imperceptiblement les feuilles. Il regarda autour de lui, il écouta. Les oiseaux chantaient avant le sommeil. Les moucherons se groupaient autour du dernier rayon et fourmillaient sur le ciel rouge.

Robert tournait la tête, inquiet, effrayé, cherchant. Il vit ses mains, ses mains rouges, et poussa un cri. Aussitôt, il se leva, comme piqué par un aiguillon. Son œil fouillait les perspectives déjà sombres des bois. Il hésita un moment; il était là, bouche béante, les yeux rivés sur ses vêtements sanglants, hébété, fou.

Tout à coup le vertige le saisit, il s'enfuit encore, au hasard, comme si *elle* était là encore, comme si *elle* le suivait toujours.

Robert se trouva, au bout d'un moment, sur une grande route. Le soleil éclairait encore ce chemin où les roues des charrettes et les pieds des bœufs demeuraient tracés. Il y avait, de loin en loin, des tas de cailloux. A droite, sur un coteau, un village aux maisons blanches, rendues bleuâtres par le crépuscule, et dont le clocher se profilait sur le ciel. On sonnait l'*Angelus*. Robert ne reconnut pas Montravel. Il eut peur sur cette grande route. Si on le voyait?

Une sorte de brume mystérieuse emplissait les champs. L'horizon s'estompait de teintes sombres. Au couchant, le soleil teignait le ciel de rouge, reflétant sa lueur sur les arbres qui, rangés, découpaient nettement leur feuillage. Ce vague murmure du silence emplissait tout. La fumée lointaine des maisons, qu'on n'apercevait pas, montait lentement, orangée par le crépuscule. Les grillons criaient. Le vent courbait doucement l'avoine blanchie. Le soleil éclairait de rayons obliques les meules de foin espacées dans les prés nouvellement fauchés. Robert allait, dans cette ombre envahissante, dans ce vague, dans ces demi-ténèbres, au hasard, les yeux ouverts, sentant sa terreur grandir à chaque pas, à chaque minute, car le jour baissait, la nuit venait, l'horrible nuit. Les arbres prenaient des attitudes inquiétantes et bizarres.

Cette solitude même, cette plaine vaste, bornée de ce côté par des bois sombres que le soleil trouait de reflets rouges, et par là s'étendant à perte de vue, terminée par un ciel d'un bleu gris, le pénétrait et l'effrayait. Le sourd roulis de la campagne prenait une voix. Il y avait dans l'air des chauves-souris qui passaient, des moucherons qui se croisaient, des bruits mystérieux, un écho de chanson lointaine, un aboiement de chien, un appel, un cri... Il pressait le pas, allait, allait, envahi par l'ombre. Le chemin se faisait noir à l'horizon. Il s'enfonçait dans les bois, courant, puis s'arrêtait comme si on l'eût poursuivi. Il écoutait alors, il semblait cloué à terre, pétrifié!

Machinalement, il cherchait son chemin. Montravel, où était Montravel, et La Panouze, le village, la ferme? Il marchait au hasard, dans les sentiers, dans la nuit. La lune découpait sur le ciel un croissant grêle. Cette clarté le guidait. Il allait, sûr qu'il arriverait. Puis, tout à coup :

— Si j'allais la rencontrer, elle?... si je heurtais du pied, dans l'ombre...

Cette idée le glaçait.

Il avait peur, réellement peur.

Il se souvenait qu'étant enfant, sous ces mêmes bois, dans ce chemin, quand il était seul, effrayé par l'ombre des châtaigniers, il pressait le pas sans détourner la tête, — car il pouvait voir *quelqu'un* — et marchait vite, il se hâtait, il chantait. La chanson alors lui donnait de l'âme. Cela faisait du bruit. Et maintenant, — chose terrible! — il avait envie de chanter.

Puis il entendait des pas derrière lui, oui, des pas. Il s'arrêtait. Rien. Il avait froid à la nuque, dans le dos un frisson courait. Des feuilles froides le frappaient au visage, ou le *pelon* de la châtaigne. Il lui semblait que c'était sa main à elle.

Il marchait, épuisé, à bout de forces, au hasard. Tout à coup, brusquement, il se retrouva sur une grande route — non pas celle de tout à l'heure. Il poussa un cri. Cette route, ces prés à gauche, ce ruisseau qu'il devinait dans la brume, ces vignes échelonnées sur le coteau, il les reconnaissait. Montravel était devant lui. Montravel! Il fallait le traverser tout entier, avec ces vêtements souillés, pour arriver à La Panouze. Si on le voyait? si quelqu'un?... Mais non, il faisait nuit. Et puis, quoi! demain ne saurait-on pas tout? avait-il l'intention de nier?

— Va donc, assassin!

Il traversa le village rapidement. Sur son chemin, personne. De l'ombre. Des chats qui couraient en miaulant dans la rue déserte.

A travers la fenêtre ouverte d'un café, des bruits de voix, le choc des verres. Des filets de lumière filtraient à travers les persiennes des salles basses et venaient mourir sur le pavé. De ces maisons sortaient des voix joyeuses qui frappaient Robert en pleine poitrine. Au bout du village, un chien noir, un chien hargneux, le suivit quelques pas, en grognant. Au haut du coteau, se détachait déjà sur le ciel pâle, la noire silhouette de la Panouze. C'était là qu'ils étaient, l'oncle Germain, Henriette. Ils l'attendaient... Henriette!... Il allait la voir...

Mais il marchait moins vivement, à mesure qu'il avançait. Il s'arrêtait, hésitait, tremblait. Il leur devait le bonheur, il leur apportait le crime! N'importe. Il avançait, à travers ce sentier bordé de mûres qui menait aux prés, au ruisseau plein d'écrevisses, et qu'il avait descendu tant de fois en courant avec elle, jadis! Dans la cour, le vieux orme était là toujours. Il y avait, comme autrefois, sur ses branches, des pintades qui, subitement éveillées, se mirent à jeter leurs cris rauques. Robert avança, frappa brusquement à la porte et attendit, sentant son cœur prêt à se briser.

On ouvrit la grande porte, fermée à l'aide d'une barre de fer, et, en apercevant Robert, une vieille paysanne, levant au-dessus de sa tête une chandelle de résine, s'écria :

— *Boun di!* ce n'est pas vous, *notre Monsieur?*

Robert, pâle, le pas alourdi, comme une statue qui marche, écarta la paysanne mal rassurée et demanda :

— Henriette est là, n'est-ce pas?

Sa main désignait le salon là-bas, où il savait bien qu'on veillait.

La servante répondit par un signe. Robert entra. Mais sur le seuil, à bout de forces, il s'arrêta, s'appuyant à la porte. Il avait vu, autour de la table, Henriette attachant des papiers sur des pots de confitures. Elle leva la tête brusquement, il tendait vers elle, sans parler, son visage ravagé. La bouche ouverte, les yeux hagards, il sentait bien que sa première parole, son premier cri, son premier sanglot, allaient être un aveu. Henriette regarda vers la porte, recula tout à coup. Puis sa figure brune s'éclaira, ses yeux brillèrent et, s'élançant vers Robert qu'elle avait reconnu, elle lui tendit les deux mains.

L'être tout entier de Robert voulut s'élancer vers elle pour l'étreindre; mais il comprima cet élan, tordant son cœur. Il demeura immobile, glacé, cloué à la même place. Et, devant ce silence, Henriette eut peur. Glacée à son tour, elle s'arrêta. On a de ces pressentiments. Elle se sentit traversée par une terreur inconnue. Arrêtée devant Robert, muette, elle n'osait parler. Le froid la gagnait. Elle savait, elle devinait, à son tour, que la première parole de Robert allait être terrible. Elle voulait lui faire signe de se taire. Elle tremblait.

Pourtant Robert parla.

Sa voix était lente, sourde, farouche. Il y joignit un geste terrible et, se jetant aux genoux d'Henriette.

— Pardonnez-moi, dit-il.

— Quoi?... qu'y a-t-il?... répondit-elle.

Tout autre que Robert ne l'eût pas entendue. Elle n'avait plus de voix, plus de souffle. Cette âme courageuse se sentait lâche devant l'Inconnu qui la menaçait.

— Est-il là, *lui?* demanda Robert.

— L'oncle Germain?

— Où est-il? Je dois tout lui dire aussi.

— Mais qu'y a-t-il donc, mon Dieu? demanda Henriette dans un cri.

— Je suis un misérable, répondit Robert, je vous ai perdue, je me suis perdu. Regardez! dit-il, en présentant ses mains souillées à la lumière.

— Eh bien? balbutia Henriette, qui ne comprenait pas.

— C'est du sang, dit-il.

— Du sang?

— Vous ne voyez donc pas?

— Du sang! disait Henriette...

Elle ne pouvait deviner, mais elle frissonnait.

— Du sang! disait-elle encore.

— Eh bien, s'écria Robert avec un effroyable sanglot, ce sang c'est moi qui l'ai versé. Henriette, je suis un malheureux. J'ai tué! dit-il en baissant la voix.

Elle recula comme devant la foudre.

— Vous?... Tué?.., Que dites-vous?... Quoi?... Ce sang?... Je ne comprends pas!

— J'ai tué, dit-il encore. Tué, entendez-vous!... Il y avait une femme sur le chemin qui me menait à vous. Je suis un assassin. Grâce!... Ah! c'est vous seule peut-être qui pouvez me pardonner!

— Moi? dit-elle.

Elle s'était assise, sans force, les lèvres pâles, la poitrine oppressée, sous la lampe, et la lumière se jouait sur ses joues décolorées. Ses mains avaient des tremblements sinistres.

Elle ne regardait pas Robert. De grosses larmes venaient à ses paupières; elle étouffait.

— Henriette, disait Robert d'une voix saccadée, écoutez-moi. Je suis perdu. Tout est fini. Mais j'ai voulu vous revoir avant de mourir. Car je vais mourir, il le faut. On ne pardonne pas le crime. Vous seule pouvez m'absoudre, vous seule. N'est-ce pas pour vous!... Malheureux! s'écria-t-il en s'interrompant, en se parlant à lui même, effrayant de douleur, n'associe pas ce nom à ce crime! Non, Henriette, j'ai tout fait. Je suis un fou. Voyez-vous, il y avait déjà du sang sur mon nom. Oh! cette femme... Elle vous disputait à moi... La colère... J'ai été égaré...

Elle menaçait, voyez-vous? Puis, ce n'est pas cela. J'ai frappé... Oui, j'ai frappé... Je ne sais comment. Il y avait un couteau... Qui l'avait mis dans la main, ce couteau?... Malheureux! Malheureux! Oh! n'est-ce pas, vous me pardonnerez, vous?... Je vous aimais, je vous aimais, je vous aimais tant!

Il était à genoux, à terre, prosterné, tordu par la douleur.

Henriette écoutait et vaguement entendait. Elle ne dit que ceci:

— Est-ce possible?

Robert pleurait.

— Mais c'est donc vrai? dit enfin Henriette.

Il ne répondit pas.

— Tuée? Pourquoi? Vous l'aviez aimée, cette femme!

— Non! je vous aimais, vous!

— Oh! mais, savez-vous, Robert, que cela est terrible? Cela arrive donc, ces choses-là? Je souffre. Ah! mon Dieu!

— Cela arrive, disait Robert.

— Eh bien! dit Henriette tout d'un coup, froidement, avec un calme terrible, voyons, quoi, maintenant. qu'allez-vous faire?

— Moi?

— Il faut fuir!

— Fuir? balbutia Robert.

— Il faut vous cacher. Je vais vous cacher.

— Se cacher?

— Où? comment?

— Je ne veux pas fuir, dit Robert, je veux mourir.

Elle s'élança vers lui, follement.

— Mourir! vous!

— Vous me pardonnez donc? dit-il en la serrant dans ses bras, éperdu.

Elle se dégagea brusquement, le regarda de ses grands yeux noirs, folle à son tour.

— Je vous aime! dit-elle, — malgré tout!

— Ah! misérable! s'écria-t-il en se frappant le front.

— Donc vous partirez?

— Je mourrai. Je me tuerai... Le suicide! Eh bien! Non. Pas de suicide. Ceux-là seuls qui s'appartiennent — comme lui — comme mon père, Henriette, ont le droit de se tuer.

— Robert, répéta Henriette, fuyez!

— Et l'expiation? dit-il froidement.

Elle resta muette.

Il songeait.

L'expiation! Ce mot qui lui était venu soudain prenait à ses yeux un sens nouveau, inconnu et terrible.

Robert hochait la tête, regardait Henriette, souriait follement, murmurait:

— L'échafaud!

— Que dites-vous, s'écria-t-elle.

— Rien...

Il songeait encore.

On entendit la porte du dehors s'ouvrir. Leurs regards se croisèrent. Des regards effrayants. Une voix s'élevait au dehors — celle de l'oncle Germain.

— Mon Dieu! dit Henriette.

Robert baissa la tête, accablé.

L'oncle Germain entra, aperçut Robert et poussa un cri d'étonnement joyeux. Il ouvrit les bras, il attendit Robert; tout son visage rayonnait. Robert ne bougea pas.

L'oncle Germain parut supris, laissa tomber ses bras, tendit le cou, regarda, ne comprenant pas, et aperçut les taches de sang.

Alors il fit un bond, prit les mains de Robert, et bouleversé, blanc comme un linge:

— Mon Dieu, mon enfant! Qu'y a-t-il?... Tu n'es pas blessé?

Et il tâtait les bras de Robert, les serrait, interrogeait de la voix, de son regard inquiet, suppliait... Robert écrasé ne bougeait pas. Le vieillard se tourna vers Henriette. Il la vit courbée en deux, livide et qui pleurait.

Aussitôt il se leva, chancelant, fermant les yeux, ne parlant plus, devinant quelque chose d'inouï et d'horrible. Son regard allait de l'un à l'autre, de lui à elle, rouge, brûlant, implorant... Henriette ne regardait pas. Germain Burat tomba assis sur une chaise; ses jambes tremblaient et ployaient. Il regardait toujours Robert immobile. A un moment, son regard rencontra celui du meurtrier. L'égarement de Robert parlait. Cette face contractée disait tout. Germain se redressa, courut à Robert, presque menaçant, et cette fois son regard ordonnait. Il fallait répondre.

— J'ai tué ma maîtresse, dit Robert.

Il dit cela tout haut, d'une voix rauque.

L'oncle Germain tomba sur le parquet, foudroyé! Robert regardait; il ne se levait pas, il ne sentait rien. Ce fut Henriette qui soigna le vieillard. Son énergie ne la quitta pas. Elle ne pleurait plus, la sœur de charité! Elle sauvait.

Germain Burat revenait à lui; son regard allait et cherchait. Il rencontra l'œil farouche de Robert, et détourna la tête brusquement.

Ses mains se joignirent, deux grosses larmes glissèrent lentement sur ses joues maigres. Il poussa un soupir déchirant, comme si sa poitrine se fût brisée, et se releva avec effort, en s'appuyant sur Henriette. Alors il voulut marcher, mais il chancela. Il lui fallut se roidir pour faire un pas. Son visage, ce bon visage souriant d'ordinaire, était devenu méconnaissable: on eût dit que cet homme allait mourir.

Il se tourna vers Robert Burat toujours debout, lui, immobile, statue vivante de la résolution; l'œil de l'oncle Germain rencontra ce visage pétrifié et se baissa.

— Voyons, demanda lentement Germain, que m'avez-vous dit? J'ai mal entendu...

— J'ai tué une femme, répéta Robert sans bouger.

— Tué!... dit l'oncle.

Il laissa tomber sa tête dans ses mains. Henriette, les yeux sur lui, le surveillait, le suivait, le suppliait du regard.

— Eh bien! dit brusquement l'oncle Germain en se redressant, que faites-vous ici, alors? Il n'y a pas de place pour les assassins dans ma maison!

Robert ne fit pas un mouvement.

— Tu te crois ici dans un refuge, peut-être?

— En sortant d'ici, j'irai me livrer à l'échafaud, dit Robert.

L'oncle Germain tressaillit, un frisson lui courut des pieds à la tête; il regarda en face, avec une expression brûlante, Robert, Robert pâle et glacé.

— Comment as-tu dit, toi? Comment!... vous avez parlé d'échafaud?

— Oui, fit Robert.

— L'échafaud!

— Je lui appartiens. Et c'est le salut, d'ailleurs! Vous me pardonnerez quand je serai mort!

— Mon Dieu, dit le vieillard en retombant assis, les mains étendues sur la table, il fallait me tuer, mon Dieu, et empêcher cela!

Il n'entendait pas les sanglots d'Henriette agenouillée auprès de lui. Il regardait la rouge toile cirée de la table qui reflétait la lumière de la lampe, et il croyait y voir du sang.

— Et pourquoi as-tu tué? s'écria-t-il tout à coup avec une voix tonnante.

— Pourquoi devient-on fou? dit Robert.

— Oui. Et où est-elle à présent?

— Où?... Dans les bois!

— Morte?

— Pourquoi me demandez-vous cela?

— Alors que fais-tu ici? Il faut te sauver!

— Ah! s'écria Henriette avec un cri terrible, vous le voyez, Robert, fuyez!

— Non, dit Robert.

— Jette-toi à l'eau, alors, dit l'oncle Germain.

— Une autre fuite! Non, répéta Robert.

L'oncle Germain le regardait, anéanti.

— Tu as peur du suicide, peut-être? dit-il tout à coup.

— Je n'ai peur de rien. Je veux mourir.

— Mourir, répéta le vieillard en hochant la tête. Et pourquoi pleures-tu, toi? dit-il à Henriette. Oui, c'est horrible, je le sais. Il y a des rêves comme cela. Mourir! Pourquoi mourrais-tu? Cache-toi, sauve-toi... Le malheureux, qui s'en va tuer cette femme! Tu m'as dit qu'elle était dans les bois? Elle respire peut-être encore... Si je le savais?... On la soignerait, on la sauverait. Où est-elle, dis?

— Je ne sais pas... fit Robert...

— L'un après l'autre, disait Germain Burat... Famille tachée de sang! Tu n'as donc point songé à Henriette, pauvre fou?

— Non, répondit Robert hébété... J'oubliais... Ah! oui, fou, j'ai été fou. Folie de sang, folie de meurtre! J'étais ivre. Elle m'avait suivi, persécuté, irrité; elle voulait m'arracher à vous, me disputer à vous, elle menaçait, elle criait. — Oh! ces cris! — J'ai frappé...

Il regardait Henriette avec des yeux égarés; il parlait sourdement, sans gestes, sans force, sans colère. Tout était brisé.

— C'est ton passé qui te tue, dit le vieillard à Robert. Ivresse d'amour qui finit par l'ivresse du sang.

— Oui, je le sais, eh! oui, dit Robert, le jour où cette femme est entrée dans ma vie, j'ai été condamné. Quand je vous ai vue, Henriette, j'ai espéré. Vous étiez le salut. Je me suis dit: Maintenant, je te défie, sirène! Eh bien! non. Elle ne lâchait pas sa proie. Elle voulait ma vie, elle l'a prise. Laissez-moi partir, tenez!

— Où vas-tu?

— A Montravel?

— Tu vas te livrer?

— Je vais me livrer!

— Va, dit l'oncle.

Robert se tourna vers Henriette avec le regard d'un condamné qui jette au ciel un dernier adieu.

Elle se leva toute droite, alla à lui lentement et lui tendit la main. Robert hésita, regarda sa main, à lui, sa main rouge, il tomba à genoux et baisa, comme en rampant, cette main tendue, cette main qui pardonnait.

— Devant Dieu, je suis votre fiancée, Robert, dit-elle simplement.

Elle était toute pâle et tremblait.

Robert se releva plein de larmes! Il regarda le vieillard. L'oncle Germain était debout.

— Robert, dit-il, au tribunal, partout, toujours, je serai ton appui. Malheureux, qui devais être le mien! Va!

Robert n'attendit pas, ne répondit pas, s'élança comme un fou hors de la salle, en poussant un sanglot sinistre. L'oncle Germain était retombé écrasé dans son fauteuil, Henriette à ses pieds, défaillante, tous deux entendant la course de Robert et sous ses pieds le sable qui criait...

XV

Robert franchit d'un bond les marches du perron plein d'orties qui conduisait à la gendarmerie. Il sonna, demanda le brigadier, raconta brusquement qu'il venait se livrer et qu'on trouverait dans les bois de La Panouze une femme qu'il avait tuée. Le brigadier écoutait le jeune homme comme il eût écouté un aliéné. Mais Robert avait du sang aux mains, des taches de sang sur ses vêtements. Il fallait bien le croire.

On enferma Robert dans une salle de la gendarmerie. Le brigadier paraissait consterné. Il était l'ami de Germain Burat, il avait tant de fois entendu faire l'éloge de Robert, il savait tous les projets de mariage, il avait retenu sa place aux fiançailles, il lui semblait que ce sombre récit n'avait ni rime ni raison.

— Ah ça! mais, ah ça, voyons! demandait-il, de quelle femme parlons-nous?... d'une Parisienne?... J'entends. Elle s'est accrochée à vous, eh? Les femmes! Satanées femelles!

Il s'informait ensuite de l'endroit probable où l'on pouvait retrouver le corps. Il expédia ses hommes en forêt, avec des torches à la main, et fit prévenir le juge de paix. La femme du brigadier avait déjà tout conté. Le village était en rumeur. Robert, enfermé dans une salle étroite, entendait le va et vient de la maison. Une voix arrivait jusqu'à lui, une voix de femme, qui disait:

— Quel malheur, Jésus Dieu! Pourvu que la procession de demain n'en soit pas dérangée!

— Une procession? Pourquoi une procession? se demanda machinalement Robert.

On ne lui avait point donné de lumière. Assis dans l'ombre il écoutait le vague murmure de la foule au dehors. Mais dans ce bruit sourd et continu il ne distinguait rien.

Sa porte s'ouvrit brusquement, il ferma les yeux sous une lumière assez vive, puis distingua un petit homme précédé d'un vieillard long et sec qui était le juge de paix. Le brigadier les suivait, portant du papier.

— Que me dit-on, M. Burat, commença le juge *ex abrupto* avec un étonnement plein d'effroi, vous avez tué une femme?

— Oui, monsieur.

Robert se souvenait avoir entendu cette voix et vu cet homme autrefois, dans les dîners que donnait son oncle. Qui lui eût dit alors...

— Quel est le nom de cette femme?

— Renée, Renée de Gèvres, dit Robert.

Il se reprit aussitôt:

— Renée Thévenin!

Et comme si ce nom eût illuminé soudain son passé :

— Ah ! mon Dieu, dit-il, c'est effrayant cela !

— Vous dites, Thévenin? fit le juge.

— Avec un *h?* précisa le petit homme qui était le greffier.

— Avec un *h*.

— Et quel est le mobile? commença le petit homme.

— Parbleu ! interrompit le brigadier, c'est bien dur à deviner !

— Ne répondez pas pour l'inculpé, Moulin, dit le juge de paix.

Inculpé ! Robert hocha la tête en songeant qu'il allait bien vite franchir ces trois degrés de la procédure : l'inculpation, la prévention, l'accusation. Inculpé, prévenu, accusé, — puis condamné ; c'était tout un.

Il eût voulu que le procès se dénouât de suite, comme on souhaiterait qu'un duel suivît immédiatement l'insulte. On continuait à l'interroger. Il répondait; il n'expliquait rien; il ne cachait rien; il parlait parce qu'on le priait de parler. Le juge et le greffier se retirèrent ensuite. A la fin, le juge ne l'appelait plus *monsieur* et ne le salua pas.

Robert éprouva comme un soulagement en se trouvant seul, face à face avec son crime; avec cette idée qu'il allait l'expier, et que la fatalité l'avait voulu. Il rejetait tout le poids du crime sur le destin. Il se disait, avec une volupté amère, que sa vie était depuis longtemps écrite, écrite avec du sang. Il évoquait les plus sombres souvenirs de sa jeunesse, son père, sa mère pâle dans son coupé bleu, il éprouvait une terrible jouissance à respirer cette amertume, semblable à ces suicidés qui se plaisent, avant d'expirer, à déchirer leurs plaies avec leurs ongles.

Puis cette idée de la fatalité l'absolvait; elle l'empêchait de songer à tout ce qu'il avait perdu, à Henriette souriante, aimante, aimée, à l'oncle Germain, à ce rêve du coteau de Montretout, à ce bonheur noyé dans le sang. Elle l'empêchait surtout de songer au remords. Du remords? Pourquoi du remords? L'image dernière de Renée lui revenait menaçante encore, pâle et mauvaise, sourde, sans pitié, sans cœur.

Peu à peu, dans la rue, le bruit s'éteignit. Robert entendit qu'un homme se postait à sa porte, se couchait sur le seuil peut-être, — quelque gendarme.

— Allons, se dit-il, je suis bien gardé.

Il s'était habitué à l'ombre. Il y avait un matelas dans cette pièce, Robert s'y étendit. Ses membres étaient brisés. Mais il ne put dormir. La fièvre le consumait. Il souffrait horriblement, se retournait, souhaitait le jour. Oh ! le jour ! la lumière ! Cette ombre ne l'effrayait pas, mais elle lui pesait.

Quand, à l'aurore, le ciel, qu'il apercevait par une petite fenêtre assez haute, devint blafard, il éprouva comme une sensation de calme et de frais. Plus patient, il attendit. Il éprouvait une sorte de souffrance inexpliquée, mais profonde.

— Qu'ai-je donc ?

Quand il put répondre lui-même à cette question, il poussa un cri de colère.

— Parbleu, dit-il. Misère de moi ! j'ai faim !

Mais il ne voulut pas appeler. Le jour une fois venu, son gardien ouvrit la porte et la referma aussitôt. Peu après, entra à son tour le brigadier Moulin, l'air assombri.

— Le cadavre est trouvé, dit-il. On va vous confronter tout à l'heure.

— Comment? dit Robert, qui se redressa.

Il n'avait pas songé à cette chose terrible, la confrontation. Voir Renée en face, Renée morte, Renée tuée par par lui.

— Il le faut donc? demanda-t-il.

— Il le faut.

— Mais, puisque j'avoue...

— Sait-on si on ne se trompe pas ? dit le brigadier. Ça pourrait être un autre cadavre; vous savez !

Et souriant à son idée :

— Ça serait drôle, pourtant, ajouta-t-il.

Il fit un demi-tour et s'éloignait.

Robert le rappela.

— J'ai faim, dit-il brusquement.

— Imbécile, s'écria le brigadier, j'oubliais...

Robert mangea.

Il entendit presque en même temps au dehors un bruit grossissant de voix, comme une marée qui montait. Que se passait-il dans la rue ? Il le sut bientôt : c'était le corps de Renée qu'on transportait de la mairie à la gendarmerie. Robert eut un tressaillement horrible lorsqu'on l'avertit que le cadavre était là.

Le brigadier le vit pâlir et, comme il chancelait, lui tendit le bras.

Robert eut honte. Il remercia de la tête, étouffa cette émotion et marcha droit. On le conduisit dans une façon d'antichambre, entre deux gendarmes. Dans la pièce contiguë, il entendait un bruit de pas, des croisements de voix. Il clouait son regard à la porte, devinant bien qu'*elle* était là.

Cette porte s'ouvrit.

Robert se leva instinctivement, fit quelques pas et heurta du regard le corps de Renée étendu sur une civière. Il croyait éprouver, dans cette première seconde, une plus violente émotion. Non, on ne le vit pas sourciller. Il s'avança, regarda la morte et s'arrêta.

Renée était livide, roide, les bras croisés, défigurée. Tout ce visage contracté était horrible. Les cheveux dénoués, ces beaux cheveux blonds, entouraient le cou, cachaient la poitrine et les blessures. Elle conservait encore un sourire crispé, plein de ce charme doux et féroce qu'elle avait. On ne lui avait point fermé les yeux. Cela surtout était effrayant dans cette face morte, des yeux glauques, des yeux élargis, pleins de sang caillé, menaçants encore. Puis, cette roideur sinistre, les plis nets de cette robe collée à ce corps froid, ces mains croisées, ces jolies mains exsangues, ces mains de marbre.

Robert la regardait, regardait ces cheveux où il avait promené ses mains frissonnantes, ces doigts qu'il avait enlacés dans les siens, ces lèvres violacées à présent et qui s'étaient froncées sous ses baisers.

Alors, un immense sanglot lui vint à la gorge, le passé, l'ironique passé lui revenait cadavre, il allait pleurer, crier, se courber sous l'horrible antithèse de la vie.

Les regards qui l'étudiaient l'arrêtèrent. Son orgueil combattit sa douleur. Il se roidit encore, il se vainquit. Une larme seule, amère et brûlante, jaillit de ses yeux et tomba sur la main glacée de Renée.

Puis il releva le front et attendit.

On lui demanda si ce cadavre était bien celui de Renée Thévenin.

— Oui, dit-il.

On lui demanda si c'était bien lui qui avait assassiné cette femme.

— C'est moi !

On lui présenta le couteau trouvé dans le bois auprès du cadavre.

— C'est le mien, dit Robert.

Le juge de paix fit un geste qui voulait dire ; l'affaire est bien claire, et l'on ramena Robert dans la salle où il avait couché. Il ne se détourna pas pour revoir Renée. Cet œil terne et sanglant, il le revoyait bien assez !

Robert se jeta sur le matelas. On avait ouvert la fenêtre. Le vent frais venait, caressait son front, calmait sa fièvre. Il entendait sonner des cloches sans cesse, sans trêve. Ce bruit l'irritait. Puis, dans la rue, ce furent des chants, des chœurs de voix fraîches et douces, des voix d'enfants. Il lui sembla que ces voix le soulageaient. Il monta sur sa chaise, atteignit la fenêtre et regarda.

Dans la rue passait lentement un blanc cortège. Des petites filles vêtues de blanc portaient une bannière brodée. D'autres, couronnées de roses, avec des ailes de carton et de papier doré, défilaient, rouges et fières, en chantant. Au milieu, un petit garçon, un baby demi-nu, costumé en saint Jean-Baptiste, une peau de brebis sur ses petits bras blancs, tenait une croix de papier d'une main et menait de l'autre, par un ruban, un petit mouton tout frisé. A chaque pas, le mouton s'arrêtait pour paître l'herbe entre les pavés, le petit saint Jean tirait sa laisse. Il y avait un prêtre en chasuble brodée et des enfants de chœurs vêtus de rouge, et des gamins qui, de çà, de là, partout, jetaient des fleurs.

Robert regardait. Mais il vit que les enfants et le curé levaient la tête vers sa fenêtre. On voulait le voir peut-être. Il descendit et s'accroupit sur le matelas.

— Mais, pourquoi cette fête? Qu'y avait-il à Montravel?

Il se souvint alors, le malheureux, des Fêtes-Dieu de son enfance, de ces processions qu'il regardait ou qu'il suivait, de ces journées pleines de soleil, de bleu, de vert, où les feuilles de roses volaient dans l'air parmi le soleil.

— La Fête-Dieu! dit-il.

Et il pâlit.

Le 15 juin! Il était né justement le 15 juin. Il allait avoir vingt-huit ans!

Robert frissonna, et ses lèvres prirent un étrange sourire.

— Je n'en verrai plus de ces processions-là!

Puis, encore:

— Vingt-huit ans!

La pleine vie! la jeunesse! la force, le courage, l'avenir! Oui. Mais à quoi bon tout cela? il n'y fallait plus songer. Un couperet allait couper la tête à toutes ces espérances.

— Je l'ai voulu, songeait Robert.

Il évoquait ensuite Thévenin, ce dur conseiller des débuts, la voix qui signalait l'écueil, celle qui montrait le chemin droit et rude, mais loin des ronces de la passion.

— A quoi bon les conseils, se disait-il, puisqu'on ne les suit pas!

Puis, c'étaient les projets d'autrefois, les rêves de réformes, de bonheur pour tous, de bien être, de lumière, de liberté! O les beaux rêves! Pourquoi les avait-il oubliés, délaissés? Pourquoi cet amour fatal venant traverser toutes ces résolutions superbes?

— Thévenin, se disait-il, continuera l'œuvre, il la fera seul. Seul, il le mérite. Je lui avais tout pris, amour et gloire. Le sort lui rend tout. Le sort est juste.

Il ne voulait point penser à Henriette. Il lui semblait que c'était une vision, rien de plus; quelque chose de consolant, un sourire, une goutte d'eau dans sa vie de damné. Une apparition, mais évanouie. Il voulait le garder, ce souvenir, pour l'heure où il faudrait mourir.

Jusque-là, il voulait retourner son poignard dans sa plaie, se reprocher le passé, se reprocher sa passion, maudire son amour.

— La passion! disait-il. Non: la mort, la déception! Elle l'a voulu, elle m'a rendu trahison pour dévouement, ironie pour confiance, désespoir pour sacrifice. Que de larmes qu'elle devait payer par des gouttes de sang. C'est hideux, cela! Qui l'eût dit?

Puis se calmant:

— Un autre l'eût deviné. Thévenin me l'avait dit. Dans ce cœur pourri ne pouvait que germer un amour gangrené. Je n'ai pas été son amant, j'ai été sa proie. Son hypocrisie avait captivé ma franchise. Son amour-propre s'est révolté de mon dédain. On suivrait mon crime pas à pas. On le verrait naître dans son premier sourire et grandir entre nos baisers. Elle me voulait tout entier, corps et âme, Je me suis donné. Elle n'a pas tremblé. Elle a voulu mourir. Elle savait bien qu'elle m'entraînait.

Implacable logicienne, elle m'a enlacé, captivé, étouffé, étranglé dans la logique de son amour!

Ensuite cette idée revenait, — tourmenteuse, incessante, — conclure tous ses souvenirs, toutes ses pensées; songeant à Thévenin, il se disait en courbant la tête:

— Me pardonnera-t-il, lui?

XVI

On vint, au jour, avertir Robert qu'il allait quitter Montravel. Il se leva, attendit. L'oncle Germain avait obtenu sans doute qu'on ne conduisit pas le jeune homme à pied, selon l'usage. Une voiture attendait à la porte de la gendarmerie. Autour de la voiture, cette foule qui est de tous les spectacles, de toutes les avidités, de toutes les curiosités. On la fit reculer. Robert monta, sans regarder. Il y eut des cris autour de lui. On le huait. La pitié est la vertu des délicats. Robert se laissa tomber dans un coin de la voiture. Les gendarmes s'assirent à côté de lui. Il regardait machinalement au dehors pendant que la voiture marchait.

Jamais Montravel ne lui avait paru aussi charmant. Ces vieilles murailles noires, ces enseignes effacées à demi, ces ruelles pleines d'herbes, ces pierres couvertes de mousse lui parlaient. Il se revoyait, enfant, au milieu de tout cela qui n'avait pas changé, tandis que lui...

La voiture faisait grand bruit sur le pavé hérissé. Les vitres dansaient en grinçant. Parfois une fenêtre s'ouvrait, quelque tête de jeune fille, éveillée à demi, ébouriffée, rouge, regardait.

Robert se sentit moins oppressé, soulagé, presque libre, en rase campagne. Ces regards lui pesaient. A côté de lui, les gendarmes, appesantis, s'étaient mis à sommeiller. Il pouvait songer, voir, rêver, pleurer — si les larmes lui venaient — à son aise, sans geôlier. La campagne souriait. Les arbres frissonnaient à la première brise. Les coquelicots trouaient joyeusement les blés jaunes. A travers la brume montait doucement la fumée claire des fermes pleines de vie. C'était quelque chose de gai, de doux, d'argenté, l'antithèse farouche qui assombrissait davantage Robert accablé. Tout ce repos autour de lui, tout ce calme: autant de reproches, autant de menaces. Quelle paix! On pouvait donc vivre heureux sur la terre?

Il fut écroué à Périgueux. On le mit au secret, puis l'instruction commença. Il avouait tout. On devint moins sévère. Il mettait une certaine hâte à tout conter, mais sans rien expliquer, en homme las de la comédie, et qui vaudrait voir baisser le rideau. L'instruction ne pouvait pas être longue. Robert fut renvoyé devant les prochaines assises, et les hôtels de la ville s'emplirent à l'ouverture du procès. La curiosité était d'autant plus surexcitée que ce nom de Burat était presque célèbre. Il avait même servi de prétexte à certains journaux officieux pour tirer à balle franche sur les esprits libéraux du temps.

A quoi peuvent aboutir vos théories? disaient-ils aux amis de Robert. Voyez comment a fini l'un des vôtres!

Lorsque les assises s'ouvrirent, l'oncle Germain, le pauvre oncle, amaigri, vieilli, courbé, blanchi, se présenta pour s'asseoir à côté de Robert. Il y eut un moment d'émotion curieuse dans l'auditoire lorsque celui-ci parut. Çà et là, quelques lorgnettes se dirigèrent sur l'accusé. Jamais Robert n'avait été beau, mais la douleur le creusant, l'émaciant, donnait à cette tête pâle le caractère superbe des faces de martyrs. Sa barbe avait poussé. Ses cheveux longs encadraient son visage, Ses yeux superbes, d'un éclat décuplé par la fièvre, semblaient se consumer en brillant. Son front avait la pâleur de l'ivoire. L'assemblée parut satisfaite de cette physionomie. Mais Robert était bien silencieux; ses lèvres avaient parfois des sourires pleins de dédain.

Il se tenait roide sur son banc d'accusé, ne regardant rien, immobile et froid. Il écoutait les témoins sans mot dire, il répondait par monosyllabes, nettement, vivement, comme s'il avait hâte de revenir au silence. Quelquefois il fixait des yeux durs sur les vêtements ensanglantés de Renée, qu'on avait apportés là, et n'écoutant pas, n'entendant plus, sourd à tous les bruits, isolé de toute cette foule qui analysait son attitude et ses gestes, il regardait.

Impassible, déterminé à mourir, trop fier pour chercher à émouvoir un jury qui ne comprenait pas ce sacrifice, Robert se sentait impatienté par ces lenteurs accablantes. Il était malade; il lui semblait parfois que sa poitrine allait se briser. Il ne dormait plus. Son cœur battait brutalement dans sa poitrine, prêt à se rompre. Il disait parfois, tout haut : — La lente justice!

Ses seuls mouvements d'émotion, de douleur et d'amour, il les gardait pour l'oncle Germain. Courtes échappées, regards chargés de larmes, serrements de mains, mots entrecoupés. Ils se comprenaient l'un et l'autre. L'oncle savait où marchait le neveu. Il n'espérait point le salut. Mais il était là, à ses côtés, pour protester par sa réputation d'honnête homme et témoigner en faveur de Robert.

Robert n'avait pas pris d'avocat. A quoi bon? On lui en sut mauvais gré dans les salons de Périgueux. Quelle idée avait ce criminel de priver une honnête cité de quelque plaidoirie magnifique faite, comme de coutume, par une des illustrations du barreau parisien? Cet assassin ne connaissait pas l'usage. Il ne voulut pas non plus se défendre. Le jury, après une courte délibération, le condamna à mort, sans circonstances atténuantes. On l'emmena. L'oncle Germain eut son dernier regard — son dernier sourire.

Quand il se vit face à face avec sa sentence, Robert se sentit soulagé; cette lutte avec les juges, cette misérable défense d'une vie à laquelle il ne tenait pas, le tuaient à petit feu, l'humiliaient. Il n'avait qu'une idée, celle-ci : « J'ai tué. Mon absolution, ce sera ma mort. Que Renée se venge! » Il ne voulut pas signer son pourvoi en cassation.—Non, dit-il. Ils m'ont bien jugé! Sans fanfaronande, sans essayer de se grandir, résigné, convaincu.

La journée qui suivit la condamnation lui parut durer un siècle, tant il y eut dans son cerveau de heurts de pensées et de chaos. — Condamné à mort! Ce sinistre dénoûment à une vie qu'il avait rêvée pleine d'œuvres, d'amour, de sacrifice, de lumière! Il doutait, s'interrogeait, se disait brusquement : Qu'y a-t-il de vrai en tout ceci :

Tout.

Il était né pour l'échafaud. Alors pourquoi était-il né? Il se souvenait qu'étant enfant, se baignant un jour, il avait senti la terre lui manquer, l'eau venir, la masse verte passer sur sa tête, la vie brusquement lui échapper. Mais on l'avait vu s'agiter, on l'avait entendu, on était accouru, on l'avait rejeté sur la berge. Pourquoi? Que de douleurs évitées, — quel crime de moins, — si on avait su le laisser mourir, ce jour-là! Puis, dans ses rêveries, une vision revenait souvent, étrange, preque fantastique. Une prison noire, une foule énorme, du bruit, un murmure sourd, au-dessus de la foule les éclairs des sabres, les casques dorés par l'aurore, et, sinistre, dominant le bruit et les éclairs, une machine maigre, la guillotine avide du sang d'un homme qui, livide, soutenu par des bourreaux, montait les marches lentement. Il voyait, il entendait, autour de lui, dans les groupes, des exclamations, des cris de haine, des propos échangés, comme ceux-ci :

— Son nom?

— Vous le savez bien. C'est celui qui a tué sa maîtresse!

— Il l'a tuée?

— Tuée!

Dans une sorte de vision bizarre, où la réalité se mêlait au songe, il se promenait à travers ces groupes, comme il l'avait fait, une fois, — là bas, dans cette nuit terrible où la folie, la colère, le désespoir, l'avaient conduit à la place de la Roquette, — devant un échafaud dressé. Il revoyait toutes les figures bizarres, l'homme à la cravate blanche qui pérorait, la foule hurlante, les soldats, la plate-forme, et les aides et les bourreaux acharnés sur la victime, mais au lieu du garçon de banque, c'était lui, Robert, qu'il voyait monter sur l'échafaud.

Il se reculait, il pâlissait, il frissonnait, puis secouant cette fantasmagorie :

— Seulement, disait-il, moi, je ne tremblerai pas!

On le sollicita pour obtenir qu'il signât son pourvoi en cassation. L'oncle Germain vint le voir, et jeta le nom d'Henriette.

— Soit, dit Robert, je signerai!

L'oncle Germain remercia d'un signe de tête, et jetant un regard autour de lui :

— C'est que, vois-tu, dit-il tout bas, nous ne désespérons pas de te sauver!

— A quoi bon? fit Robert.

Le factionnaire passait devant la porte ouverte.

L'oncle Germain se rapprocha de Robert:

— Ecoute, dit-il d'une voix brisée — il était pâle et tout son corps tremblait — s'ils rejetaient toute grâce par hasard, je t'enverrai un livre... une Bible, tu m'entends bien?

— Oui, dit Robert.

L'oncle Germain ajouta d'une voix mourante :

— Dans la reliure au dos du livre il y aura du poison.

Il porta la main à sa poitrine et tomba, étouffant, sur une chaise. De grosses larmes venaient à ses yeux rouges.

Robert, attendri, le regardait.

— Non, répondit-il alors, point de suicide. C'est mon sang qui lavera mon crime, mon sang versé devant tous. Est-ce l'échafaud qui vous fait peur?

— C'est l'échafaud, dit le vieillard.

— Eh bien! fit Robert, moi qui avais juré d'aider à le renverser, je demande que le dernier me serve pour mourir. Ce qui efface un crime, aux yeux de la foule, aux yeux du criminel lui-même, c'est le châtiment. Quand j'aurai pourri dans une prison, au bagne, je ne sais où, il y aura toujours quelqu'un pour se dire que je suis vivant, moi, tandis qu'elle est morte. Mais, quand j'aurai expié, on oubliera. C'est une dette de sang; on sera satisfait. Puis, croyez-vous que je tienne tant à vivre? Quant au suicide, ceux qui sont maîtres de leur existence ont seuls le droit d'en user, et je dois la mienne au bourreau.

— C'est vrai! fit l'oncle en hochant la tête. Eh bien! dit-il, j'aurai ta grâce, malgré toi!

On avait ôté à Robert la camisole de force dont on l'avait revêtu le premier jour. C'est une faveur. Quand il se promenait dans le préau, entre deux soldats, les autres prisonniers, la tête aux barreaux, ricanaient. Il demanda qu'on le laissât dans son cachot, seul. Il avait un livre, Montaigne, qu'il essayait de lire, puis se mettait à songer. Le livre le plus étonnant de tous, c'était lui. Poëme et drame, idylle et tragédie, du sang, des larmes, des sourires, une amitié profonde, un amour pur, une destinée étrange, que de choses ce roman de la vie contenait! Il aimait à revivre des souvenirs? on n'a plus que cela quand on va mourir. Bien souvent, après avoir réfléchi, rêvécu, il se disait, sinistre :

— Si tout était à refaire, je referais tout!

Un matin, on ouvrit sa porte. Le guichetier dit qu'un visiteur se présentait, muni d'un permis du préfet. Il pouvait entrer dans la prison, voir le condamné, mais il ne voulait le faire que sur la permission de celui-ci.

— Son nom? dit Robert.

— Thévenin!

Robert eut un *oui* terrible et tomba comme foudroyé sur son lit. Une minute après Thévenin allait droit à Robert et l'appelait. Le jeune homme tressaillit, releva la tête et laissa comme échapper un cri, un râle, En le voyant pâle, ainsi amaigri, Thévenin frissonna. Les cheveux longs de Robert lui retombaient en mèches sur le front, ses yeux agrandis se consumaient.

— Mon ami, dit Thévenin avec un profond accent de douleur.

Robert ne répondit pas, mais ses larmes jaillirent, il remercia Thévenin d'un sourire navré qui faisait mal. Puis ensuite :

— Vous! dit-il, oh! c'est vous!...

— J'avais juré de ne vous revoir jamais que si vous aviez besoin d'un conseil, d'un appui — j'aurais voulu ne jamais vous revoir!

— Il m'avait pardonné! fit Robert.

Thévenin se tenait debout devant Robert assis sur son lit. Le gardien, appuyé contre la porte, fumait sa pipe en contemplant le bout de ses souliers, sans regarder, sans entendre. Ils étaient seuls avec le passé. Tour à tour chacun d'eux évoquait quelque souvenir d'autrefois, quelque rêve évanoui, quelque chimère envolée, et le plus triste et le plus courbé, celui qu'il fallait consoler et soutenir, ce n'était pas Robert, c'était Thévenin. Cette amitié de frère aîné ou plutôt cette affection paternelle qu'il portait à Robert ne s'était jamais éteinte, il l'avait emportée dans sa retraite comme un trésor et, suivant de loin les succès ou les progrès de celui qui avait été son élève, il se disait que cette jeune gloire était son œuvre. Il pardonnait; il oubliait beaucoup parce qu'il aimait beaucoup.

— Mon pauvre Robert, disait Thévenin, la vie est injuste. Voyez celui qu'elle frappe le plus cruellement — et par le même instrument — ce qui n'est pas moi, c'est vous. Ah! les ironies du sort! les cailloux heurtés en chemin! Quand vous avez trouvé, je ne sais où, cette femme sur votre route, qui vous aurait dit ce que vous rencontriez!

— Je ne suis pas le plus malheureux, dit Robert. je meurs.

— Allons donc! fit Thévenin. L'arrêt peut être cassé.

— Je n'ai point signé le pourquoi.

— Eh bien! le roi fera grâce.

— Je n'ai point signé le recours en grâce. Je veux mourir. Tenez, dit Robert, vous allez me comprendre, vous. S'il est una raison à donner contre le dogme de l'inviolabilité de la vie humaine, c'est celle-ci que lorsque la tête d'un meurtrier tombe, cet homme eût-il il commis le plus épouvantable des crimes, aux yeux de ceux qui sont là, des spectateurs, des curieux, aux yeux de tous, il est absous. Sa dette est payée; il ne doit plus rien. Voilà pourquoi je veux mourir.

La voix était calme; Thévenin devinait une résolution inébranlable.

— Ma tête tombera! ajouta Robert. Thévenin frémit et le regarda. Robert était pâle, mais il semblait sourire. Le gardien avait involontairement tourné la tête vers Robert et le regardait.

— Je comprends, dit Robert, la peine du talion. Tenez, vous avez bien fait de venir. Je pensais à vous. Je vous aimais bien, mon ami, et j'ai été coupable, je paye mon premier crime à présent comme je paye le reste. N'importe. Vous aviez le droit de me maudire. Vous m'avez absous. Le dernier mot est dit.

— Mourir! répéta Thévenin.

— Oui, mourir, fit Robert, mais vivre encore dans des cœurs aimés, dans le vôtre, n'est-ce pas? et se dire qu'on aura des défenseurs ensuite. Quand tout sera fini, Thévenin, vous pourrez dire tout ce que l'assassin avait aimé, souhaité, espéré, tout ce qu'il y eut de dévouement et de foi dans cette vie flétrie. Mon ami, mon ami, que vous avez bien fait de venir!

— N'est-ce pas moi qui vous tue? dit Thévenin.

— Vous? Hélas! tout ceci m'a rendu fataliste. Le fils après le père, mort violente sur mort violente. Il y avait déjà, quand je naquis, du sang sur ce nom de Burat. J'étais né pour quelque tragédie.

Cette misérable existence a été si effroyablement secouée que je m'étonne de n'être pas devenu fou. Misèra! la raison est solide parfois!

Eh bien! non, dit-il tout à coup, en se redressant, je cherche à me draper jusque devant vous. Des lambeaux de fierté qui me restent je voudrais me faire un manteau. Non. J'ai été fou quand j'ai frappé. Savais-je ce que j'ai fait? Ma main tuait, ma main seule. J'étais fou, j'étais ivre. Je n'y voyais plus, je ne pensais plus. J'ai mérité de mourir comme un chien, j'ai tué comme une bête fauve. Vivre? Je me fais horreur. Et notez que j'étais né bon! Mais vous le savez bien. J'ai eu une heure de férocité, — mais atroce. Elle l'a voulu, parbleu! mais ne pouvais-je dompter ces instincts! Ah! mes beaux rêves, mes projets, mes théories! J'ai rêvé le meilleur gouvernement, Imbécile qui s'est soûlé de sang comme on se soûle de vin! Ils me tueront et ils feront bien. Ah! quel bonheur j'ai perdu, Thévenin! Ne me plaignez pas, je ne mérite pas votre pitié!

— Robert, dit Thévenin, c'est de la fièvre! Ne dites rien. En vérité, oui, je vous plains. Je suis un de ceux que la mort trouvera sans tache et je vous plains. Si je n'ai point failli, qui sait si ce n'est pas parce que le sort ne m'a point tenté? Je le dirai, je le dirai combien vous portiez haut votre jeune front avant que votre pied glissât dans le sang. Et pourquoi suis-je ici, sinon pour signer de mon nom cette absolution que vous donne la foule et pour servir de témoin dans ce duel? Moins que personne j'avais le droit de rester muet. J'étais son mari et je suis votre ami.

Pour la première fois depuis longtemps Robert respira, il se leva, et de sa voix brisée :

— Vous le voyez, dit-il, j'ai raison de vouloir mourir.

Tout à coup il devint extrêmement pâle, ses jambes fléchirent, il retomba sur son lit, souriant. — Ce n'est rien, ce n'est rien. La joie! Je ne savais plus ce que c'était que la joie!

— Il faut laisser le condamné, dit le guichetier poliment. Ça le fatigue.

— Au revoir! dit Thévenin en embrassant Robert. Au revoir?

— Oui! — ailleurs!

Quand la porte se referma, Thévenin put pleurer.

Un matin, on vit, à La Panouze, l'oncle Germain, ses maigres jambes dans d'immenses bottes de postillon, monter à cheval, avec une petite valise sur la selle, et partir lentement du côté de Pézuls où passait la voiture de Périgueux. Henriette l'avait accompagné jusqu'à la porte de la cour, à l'endroit où commencent les bois et adossée contre la muraille un peu écroulée et pleine d'orties, elle regardait le vieillard s'éloigner, dans le chemin empli d'ombre. C'était l'automne et les feuilles criaient sous les fers du cheval. L'oncle Germain, le dos voûté, trottait et trottait sans rien dire. Il se détournait parfois, apercevait Henriette toute pâle dans des vêtements noirs, poussait un soupir et donnait un coup d'éperon à sa jument étonnée.

L'oncle Germain allait à Paris. Il voulait solliciter par lui-même, implorer, parler, plaider. Le roi ne repousserait pas un vieillard. On saurait bien arracher une grâce!

En passant par les bois, du côté où il savait que Robert avait donné le coup de couteau, il fit faire un long détour à sa monture et silencieusement deux larmes tombèrent sur ses mains qui tremblaient.

A Pézuls, l'aubergiste conduisit la jument à l'écurie, demanda à Germain s'il lui fallait quelque chose, questionna et amena les propos sur le meurtre...

— Ah! notre monsieur, dit-il, quel malheur! Il me semble le voir encore, M. Robert, là avec des yeux comme des charbons.

— Bien, dit le vieillard. En ce cas, n'oubliez pas cela. C'est une leçon pour tout le monde.

Il fallut l'aider à monter en voiture. Ses jambes pliaient. Mais à Paris, il retrouva une énergie juvénile. Il se multipliait, frappait à toutes les portes, écrivait, demandait des audiences, sans découragement, sans hâte, avec l'âpre énergie de l'idée fixe. Il était bien sûr qu'il sauverait Robert!

Un jour, le ministre de la justice lui ayant accordé une audience, il avait une heure à attendre. Il entra dans un café, prit les journaux machinalement. Le nom de Robert le frappa. Il étala le journal sur la table de marbre, se pencha dessus avidement et lut. Et tout en lisant, il pleurait. Il lui fallait s'essuyer les yeux pour continuer sa lecture. Il n'y voyait plus, ne comprenait plus. L'article était un plaidoyer éloquent en faveur de Robert, une protestation émue, un appel déchirant à la pitié, noble et digne pourtant, avec toutes les circonstances atténuantes accumulées : la colère, la folie, cette vie de lutte, de labeur et de courage précédant une heure de rage insensée, ce passé effaçant peut-être le présent. L'article était signé Pierre Thévenin.

L'oncle Germain prit le journal, courut chez le ministre, lut l'article, et jamais plaidoyer ne fut plus ardent, plus émouvant, plus terrible. Le ministre répondit par une parole d'espoir. Germain Burat courut au bureau du journal. Il y trouva Thévenin.

— Monsieur, dit-il avec un regard de père, je m'appelle Germain Burat.

Thévenin lui tendit la main. Jamais étreinte ne fut plus ferme que celle du vieillard.

— Nous le sauverons, dit le journaliste.

— Croyez-vous? fit Germain dont l'œil jeta des éclairs. Moi, je sors de chez le ministre. J'espère.

— Pauvre enfant! dit Thévenin... C'est lui qui a payé pour moi.

— Pour vous?

— Vous ne savez donc pas qui je suis!

— Non.

— Je m'appelle Pierre Thévenin. Elle était ma femme.

— Thévenin... oui... ah! mon Dieu, fit Germain Burat qui ne comprenait pas. Et vous le défendez?

— Qui mieux que moi pourrait le défendre? Avant tout, je suis son ami. Mon nom a un terrible poids jeté dans cette balance où se mesure sa vie. Qu'ils disent ce qu'ils voudront, mais je suis à ses côtés, combattant pour lui, protestant contre elle.

— Ah! si nous le sauvons, dit l'oncle Germain avec cette naïveté sublime de ceux qui veulent faire partager à tous leur reconnaissance, si nous le sauvons, vous me laisserez bien vous présenter à Henriette?

Robert ignorait toutes ces démarches. Il ne voulait rien demander, rien obtenir. Il comptait les jours, étonné qu'on le laissât là. Les jours passaient. Il s'endormait chaque soir en se disant :

C'est pour demain.

Une fois l'aumônier était entré dans son cachot.

— Voilà le moment venu! avait songé Robert.

Le prêtre venait seulement essayer une conversion. Robert l'écouta, sourit doucement, répondit :

— Je crois à tout. Ce qui m'a soutenu dans ma vie dure, c'est la foi. L'espérance ne me fait pas défaut, même à l'heure qu'il est. D'autres, de plus dignes, achèveront l'œuvre commencée. Je vous remercie de votre appui, mais je saurai partir seul.

L'aumônier se retira.

Pourtant Robert commençait à s'étonner du temps qui s'écoulait. Vivre! Il était si lourd, ce fardeau de la vie à présent! Vivre sans air, sans mouvement, sans espoir, sans amour.

Plus d'horizon, plus de ciel, plus de soleil. Des murailles. Séparé de tout et de tous. Henriette perdue, Thévenin si loin, l'oncle Germain mourant! Vivre avec une image sanglante sous les yeux ou des visages en larmes. Il commençait à craindre maintenant que la mort ne vînt pas. La fièvre le rongeait. Il souffrait. Les battements horribles de son cœur le réveillaient la nuit. Il se dressait sur son séant, écoutait alors. Un bruit de pas. C'était le soldat qui veillait à sa porte. Mais dans la nuit, aucun choc de marteau, point de ces bruits sourds d'échafaud que l'on dresse, de foule impatiente qui attend, qui murmure. Rien.

Si on allait le laisser vivre?

Non. Il s'endormit, un soir, plus calme, plein de pressentiments, certain que ce serait pour le lendemain cette fois, décidé et frissonnant pourtant, sentant sur son cou nu un froid terrible, songeant à Henriette, à ceux qu'il aimait, impatient aussi de voir arriver l'heure, interrogeant le ciel encore sombre, demandant le jour...

En s'éveillant, il poussa un cri et se redressa. Sa porte s'ouvrait. Il entendit des crosses de fusil résonner sur les pierres du corridor.

Il passa rapidement son pantalon et se tint debout pendant que le procureur général et le greffier entraient, suivis du directeur de la prison.

Robert, fort pâle, mais calme, les regardait, scrutant leurs figures et leurs yeux battus qui ne trahissaient que la fatigue. Le greffier parfois même plaçait sa main devant sa bouche pour bâiller.

Le procureur mit des lunettes bleues, déplia un papier timbré et lut, très rapidement, quelques phrases que Robert ne comprit pas.

Robert écoutait, appuyé contre la muraille, les bras croisés, dissimulant toute émotion, avec cette pensée sur les lèvres :

— Hâtons-nous!

Tout à coup un mot le frappa dans la lecture du procureur, le mot de grâce.

— Quelle grâce? dit-il brusquement.

On le vit devenir rouge, s'avancer, tendre la main.

— Le roi a fait grâce, répondit le procureur. La peine de mort est commuée en celle des travaux forcés à perpétuité.

Il avait abaissé ses lunettes sur son nez et examinait le condamné par-dessus les verres bleus.

Robert était pâle à présent, livide. Il chancelait. Il regardait autour de lui, sans avoir l'air de comprendre. Ses yeux étaient fixes, Il balbutiait quelques mots machinalement. Tout à coup, il se renversa en arrière par un brusque soubresaut, porta ses deux mains jointes à son cœur qu'il sembla vouloir étreindre avec force, tomba sur son lit, et, la tête penchée à droite sur son épaule :

— La grâce! dit-il... Le bagne!... oh! le bagne!

Sa voix était étranglée. Mais il y avait dans ce mot de bagne, prononcé tout bas, une horreur, une terreur farouches.

— Le bagne! dit-il encore en pressant ses mains contre sa poitrine qui semblait se soulever.

On le vit retomber allongé sur son lit. Le greffier se précipita. Robert ne respirait plus.

— Un médecin! Le médecin! cria le directeur au guichetier qui courait déjà par le corridor.

Le médecin arriva trop tard.

Il déclara que le condamné était mort d'une hypertrophie, de la rupture d'un anévrisme, *anévrisme actif*, ajouta-t-il pour prouver qu'il connaissait Corvisart.

L'oncle Germain et Pierre Thévenin, qui arrivaient ensemble, le même soir, pour revoir Robert, Robert grâcié, Robert sauvé, — Robert délivré peut-être plus tard, — se heurtèrent contre son cadavre.

— Allons! songea Thévenin, ce n'en était pas assez d'un... destin!

L'oncle ne dit rien. Il fit seulement, par deux fois : Ah! mon Dieu! et s'évanouit dans les bras de Thévenin. Ce fut lui pourtant qui réclama le cadavre au directeur de la prison.

Il demanda à voir le corps.

Robert était étendu sur son lit, roide, les bras croisés, le visage calme.

— N'est-ce pas, fit Germain à Thévenin... on dirait qu'il dort? Après tout, il est plus heureux comme ça. Mais c'est nous, voyez-vous... c'est Henriette... Ah! quelle injustice... Non, il n'y a pas de Dieu... Je vous demande un peu ce qu'elle avait fait, elle? Je voyais déjà leurs enfants courir sur les pelouses. C'est affreux. Vous ne pouvez pas comprendre cette souffrance-là. Toute une famille! Il faut y avoir passé.

— Venez, dit Thévenin qui entraîna le vieillard.

La nuit venait quand ils se mirent en route pour La Panouze. On avait loué une voiture; le corps de Robert, enveloppé de couvertures, était couché au milieu. A ses côtés, Thévenin et l'oncle qui ne disaient mot. Sur le siége, le cocher sifflait une chanson. Thévenin lui avait dit une fois de se taire.

— Eh bien! quoi? fit l'autre, je ne le réveillerai pas!

Avant d'arriver à La Panouze, l'oncle Germain voulut faire avertir Henriette.

— Un coup trop dur lui ferait mal, dit-il.

Thévenin s'offrit. Il descendit, prit avec lui un petit paysan et alla à La Panouze, à travers les sentiers pleins d'ombre.

A La Panouze il y avait une fenêtre éclairée.

— C'est la demoiselle qui veille, dit le paysan. Je suis de l'endroit.

Il frappa à la porte brusquement, et la servante vint ouvrir.

Thévenin s'avança.

— Je viens de la part de M. Germain Burat, dit-il, et je voudrais parler à mademoiselle Henriette.

— Me voici, monsieur, dit une voix claire.

Henriette descendit, un flambeau à la main. La lumière éclairait ses joues maigres et ses yeux inquiets.

Thévenin salua et suivit Henriette dans la grande salle. Elle se tenait debout et, du geste, lui montrait le fauteuil de l'oncle Germain.

Ce mâle Thévenin se sentait faiblir sous le regard d'une enfant qu'il allait briser.

— Je vous apporte des nouvelles de Robert, dit-il, lentement, péniblement, car il étouffait.

— Eh bien? dit-elle.

Toute son âme était dans cette question.

— Robert a cessé de souffrir.

— Mort? dit-elle.

Elle tomba froide sur sa chaise, les bras pendants, inanimés.

— C'est la maladie qui l'a tué, ajouta rapidement Thévenin, un anévrisme; il était condamné depuis longtemps.

— Ah! mon pauvre Robert!... dit Henriette.

Elle se leva lentement, comme une morte qui marcherait.

— Et je ne le verrai plus?... Où est-il?... Ah! dit-elle en retombant sans forces, tout est fini.

On entendait, au dehors, le bruit des roues d'une voiture sur le sable de la cour, Henriette se releva encore toute droite, regarda Thévenin, devina et courut. Elle se jeta dans les bras de Germain et tous deux s'embrassèrent, pleurant. Elle voulut que l'on couchât dans sa chambre le corps de Robert.

Elle alluma de ces cierges que les paysannes du pays ont toujours au fond des bahuts pour conjurer les orages et, toute la nuit, regardant le pâle et beau visage de Robert, songeant à cette âme envolée, à ce cœur qui battait si fort, à cet esprit, à cette flamme, elle demeura rêvant aux côtés de Thévenin.

On enterra Robert le lendemain. Henriette avait coupé sur le front de Robert une mèche de cheveux. Elle la partagea avec Thévenin. Jusqu'à Montravel, jusqu'au bout elle suivit le convoi, soutenant l'oncle Germain, qui chancelait et se butait contre les cailloux. La fosse était creusée dans un coin du cimetière; la terre retournée attendait. On descendit le cercueil. Henriette, les yeux au ciel, semblait chercher l'image de Robert dans l'infini.

— Mon Dieu! disait l'oncle à Thévenin, que de convois... les uns après les autres, tous! Je suis donc maudit pour survivre aux miens.

Thévenin songeait.

En s'éloignant, il se heurta contre un nom, celui de Renée. La tombe était creusée à dix pas de celle de Robert.

Thévenin tressaillit.

— Le sort! fit-il.

Il se retourna et vit Henriette, aux bords de la tombe, qui priait. Germain, immobile, pétrifié, demeurait là, regardant toutes choses sans voir, Thévenin alla à lui.

— C'est le repos qu'il a trouvé, dit-il. Les malheureux sont ceux qui demeurent.

— Et il ne me reste plus rien de lui, dit le vieillard faiblement,

— Le souvenir, votre consolation, comme la lutte et le travail seront les miennes.

Henriette s'était relevée. Elle vint prendre le bras de l'oncle et, doucement, parmi ses larmes :

— Nous le retrouverons, dit-elle.

Le temps passait : mais à la Panouze, les journées s'écoulaient lentes, longues, douloureuses, et comme enveloppées de silence et d'ombre. Il semblait que dans ces grandes salles désertes, dans ces escaliers assombris, dans ce logis délabré, il y eût un mort. On y marchait doucement, on y parlait bas; quelquefois, on entendait comme un bruit de sanglots ou de soupirs. L'âme du logis était partie. L'oncle Germain passait à présent ses journées assis contre la fenêtre de la salle basse, essayant de lire un livre; puis, le posant sur ses genoux et le laissant glisser à terre, il se mettait alors à rêver ou à regarder, par les carreaux, les champs ironiquement joyeux ou le soleil qui se souciait peu de cette douleur.

Encore lui fallait-il, pour y voir, plus d'une fois essuyer les verres de ses lunettes brouillés et mouillés par ses larmes. Il ne disait mot, il songeait; quelquefois, il allait, pour se distraire, faire, comme il disait, *son tour de vigne*, mais à mi-chemin, il s'arrêtait sous un figuier, et, la tête dans ses mains, assis, regardant la terre, il songeait. A Montravel, on ne le voyait plus. Les paysans parfois lui portaient quelque médaille. Il remerciait. Il prenait la monnaie sans la regarder et l'oubliait dans son tiroir ou dans ses poches.

— Et vos médailles, mon parrain? lui disait Henriette. Vous les délaissez?

— Oui, — il hochait la tête, — je ne les aime plus. Tu sais, tous les sept ans les goûts changent!

De son côté, Henriette cousait, brodait; elle avait l'air de s'occuper; elle s'efforçait de parler, de conter, de causer; mais elle se taisait bien vite, elle ne savait pas; elle voulait encore aller, venir, mais elle s'arrêtait dans ses courses, soit dans sa chambre, devant un pauvre petit coffret qui contenait les lettres du mort et qu'elle ouvrait, lisant et relisant ce qu'elle avait relu tant de fois — elle prenait dans ses mains la boucle de cheveux coupée sur le front du mort, ou bien elle demeurait immobile devant cette cheminée qu'elle regardait jadis toute joyeuse et où la taille de Robert était marquée. Alors elle oubliait le présent, elle emplissait son cœur du passé et elle pleurait.

Parfois, l'oncle Germain, qui revenait, la trouvait ainsi. Elle se détournait, elle passait son mouchoir sur sa figure, elle le réchauffait de son haleine et le mettait sur ses yeux, et quand elle se retournait en essayant de sourire vers le bonhomme, elle voyait bien qu'il avait aussi les yeux rouges.

Mais il n'avait l'air de rien : il se frottait les mains, il demandait des nouvelles du dîner, il allait à la cuisine, regardait le rôti d'un air gourmand et disait à Henriette :

— Allons! allons! je suis content. Puis il se mettait à table et ne mangeait pas.

Un jour, elle le trouva enfoncé dans son fauteuil devant la cheminée, regardant au milieu du foyer vide la grande plaque de fonte qui demeurait là de temps immémorial.

— Ah! bien, lui dit Henriette, je parie que ce sont les chenets que vous ne trouvez pas assez luisants!...

— Non, fit-il; mais je n'avais jamais remarque le mot de marque de cette plaque... *Pati!* c'est drôle!

— Et que veut-il dire, ce mot? demanda Henriette.

— Rien; c'est du latin... Il ne veut rien dire!

Henriette prit, ce soir-là, parmi les vieux livres de Germain, un dictionnaire poudreux qu'elle ouvrit. Elle chercha *Pati.* — *Pati, Souffrir!* lut-elle. Elle sentit ses yeux se mouiller et se tournant vers le portrait de son oncle qui semblait la regarder dans son cadre, elle lui envoya un baiser.

Ainsi se passaient les jours. Les nuits étaient plus tristes. On ne dormait pas toujours. Quand le vent soufflait, ils entendaient crier les arbres courbés, les contrevents mal attachés frapper tristement contre la muraille; puis le huhulement fantastique de la chouette ou le hurlement des chiens après les ombres. Henriette laissait sa lampe allumée et, les yeux fixes, comptait les dessins de la muraille jusqu'à ce que le sommeil la courbât. Souvent l'oncle Germain ne se couchait pas.

Un jour, il prit Henriette sur ses genoux, comme lorsqu'elle était petite, il la regarda avec son bon sourire et lui dit avec une voix qui demandait pardon de l'entretien :

— Voyons, mon Henriette, tu as donc dit adieu, tout à fait adieu à la vie, toi!... Tu ne penses donc plus à... — il s'arrêta — Quand je ne serai plus là, mon enfant, que feras-tu ?

Elle prit dans ses mains la tête ridée de l'oncle Germain et déposa un long baiser sur ce front devenu chauve, puis avec le sourire mouillé de ceux qui savent souffrir tout bas :

— Ne dites donc pas cela, cher oncle. On ne meurt pas ainsi. Quand l'âge sera venu pour vous, je serai vieille aussi. Eh bien! j'apprendrai à lire aux petites filles. Tu as été mon oncle, toi, dit-elle en lui baisant la main, je serai leur *tata!* Ce n'est que justice!

Et l'oncle Germain hochait la tête. Il revoyait encore cette belle vision évanouie : Robert à ses côtés, Robert la main dans la main d'Henriette et deux ou trois têtes blondes souriant au pauvre vieux.

Alors il pensait :

— Deux êtres pareils, deux cœurs de cette race être heureux, c'eût été trop beau!

FIN

Paris. — Imprimerie de DUBUISSON et Cᵉ, rue Coq-Héron, 5

www.ingramcontent.com/pod-product-compliance
Ingram Content Group UK Ltd.
Pitfield, Milton Keynes, MK11 3LW, UK
UKHW022137190726
13855UKWH00003B/1185

9 782013 267038